·大河文丛·

小说集

等你长了头发

董永红 著

黄河出版传媒集团
宁夏人民出版社

图书在版编目（CIP）数据

等你长了头发 / 董永红著. — 银川：宁夏人民出版
社，2018.4（2023.8 重印）
（大河文丛）
ISBN 978-7-227-06888-4

Ⅰ.①等…　Ⅱ.①董…　Ⅲ.①短篇小说－小说
集－中国－当代　Ⅳ.①I247.7

中国版本图书馆 CIP 数据核字（2018）第 084305 号

大河文丛

等你长了头发

董永红　著

责任编辑　管世献
责任校对　白　雪
封面设计　叶　莉
责任印制　侯　俊

 黄河出版传媒集团
宁夏人民出版社　出版发行

出 版 人　薛文斌
地　　址　宁夏银川市北京东路 139 号出版大厦（750001）
网　　址　http://www.yrpubm.com
网上书店　http://www.hh-book.com
电子信箱　nxrmcbs@126.com
邮购电话　0951-5052104　5052106
经　　销　全国新华书店
印刷装订　三河市嵩川印刷有限公司
印刷委托书号（宁）0027093

开本　660 mm×960 mm　1/16
印张　15
字数　186 千字
版次　2018 年 7 月第 1 版
印次　2023 年 8 月第 3 次印刷
书号　ISBN 978-7-227-06888-4
定价　45.00 元

《大河文丛》之序

张学东

　　我始终以为，但凡有河水流经的城市，总是令人产生无限的遐思；那些被河水长久滋养的土地，必能诞生神奇和壮美。

　　青铜峡素有塞上明珠、鱼米之乡的盛誉，山川锦绣，人杰地灵，滔滔黄河之水千百年来在此奔流不息，向世人诉说着一段段自秦汉以来的农耕历史。2017年金秋时节，青铜峡作为宁夏引黄古灌区被正式列入世界灌溉工程遗产名录，这是中国黄河流域主干道上产生的第一处世界灌溉工程遗产，全世界将目光聚焦在这片创造了农耕文明的古峡圣地。而今适逢宁夏喜迎60年大庆之际，六卷文学丛书《大河文丛》即将付梓行世，这既是青铜峡作家们的一次集体亮相，更是向自治区60年大庆呈上的一份厚礼。

　　《大河文丛》主要囊括了近年活跃在宁夏文坛的鲁兴华、董永红、袁鸣谷、包作军、孙海翔以及秦兵六人的文学作品选集。此前他们的作品多发表在宁夏的《朔方》《六盘山》《黄河文学》等刊物上，并在区内外多次获奖。这六本书的作者有一个比较普遍的特点，即他们都扎根于青铜峡，有教师，有护士，有公司职员，也有机关干部等，他们长期生活在这片土地上，且是利用业余时间进行文学创作。他们的作品散发出泥土的气息、花草的香味，有时甚至如河水那般温润蕴藉，给读者带来美好的阅读体验。

鲁兴华在创作短篇小说之前，曾写过大量的微型小说，最典型的当数《"骆驼"的罗曼史》，可谓构思精巧，语言简练，故事不蔓不枝，通过寥寥数笔，就把小人物的喜怒哀乐惟妙惟肖地刻画出来。后来，她又改作短篇小说，依然延续了那种近乎白描式的创作手法。《旅途》可以说是她转型之后，最为出色的一篇短篇佳作。故事依旧非常简单，从旅行团队的一日游写起，大巴车上坐了形形色色的旅客，在短暂的相遇相识之后，看似美好的观光旅游开始了，可美中不足的是，旅途中人们发现团队中居然有一位按摩小姐——她其实是位心地良善、完全靠双手谋生的普通劳动者，而几乎所有的旅客都用有色眼镜看她。作者巧妙地通过那些冷漠的表情、猜疑的心态和世俗的眼光，洞悉了人性中很不光彩的一面，从而歌颂了来自底层的按摩工作者的淳朴与正直，批判了所谓中上层社会人士的狭隘与自私。

鲁兴华的另一篇小说也堪称出色，《一只羊的独白》以第一人称即动物的视角，生动展示了一只羊短暂的人世遭遇，从而唤醒读者久已麻木的心灵，就像老子所倡导的"齐观万物"的法则，我们人类并非这个世界的唯一主宰，该对一切生命常存敬畏之心。众所周知，短篇小说最是以"短"见长的，倘若在这短小的结构中涉猎了人类那些重大的命题，它在某种程度上也就变得宏大了。鲁兴华通过个人的不懈努力和创作，让我们看到了这种可能性。

另外一位女性创作者是董永红，她已先后出版过两部长篇小说。由于长期在医院工作，董永红对病者之痛、医者之艰难等医患关系，有着更为深切的体悟和了解，其短篇小说或侧重刻画病人家属的焦虑与困境，或真实记录一线医生的日常繁重诊疗。《等你长了头发》较为生动地讲述了患有白血病的琛琛在住院治疗期间，与张大夫等医护人员之间发生的感人至深的故事。琛琛的母亲为了给孩子治病，不停奔走于单调、繁忙、压抑的医院科室之间，孩子的病情无时无刻不牵动着她的心。让人略感欣慰的是，张大夫们对小患者总是和颜悦色地加以抚慰，尤其是母亲给孩子的那句承诺"等你长了头发"，在不知不觉中将故事的悲剧色彩淡化了，让人真切感受到至善亲情足以抵挡世上的一切病痛和灾难。

在董永红的《自愿书》中，有个叫蛮大胆的女医学专家，自小就在男孩子堆里玩闹嬉戏且从不甘示弱，后来做了医生果然是大刀阔斧手术精湛，而这个女医生最叫人惊诧的却是，逢人便会建议对方在生前签署器官捐献协议，经过她的软磨硬泡，最终故事中的"我和父亲"都签了这种自愿书。小说在看似闲散戏谑的叙述过程中，勾勒出一个另类医生的形象，同时，也将人们通常比较避讳的器官捐献话题推到读者面前，令人深思。在这个意义上，董永红的小说仿佛是专门为司空见惯的医院打开的一扇小窗，医者仁心，救死扶伤，ICU病室，孱弱的患者，焦虑的家属，凡此种种，使读者能更多地认识到这个平凡而又特殊的领域，从而也能更好地了解我们自己，尤其是我们的身体。

比之上述两位女作家的作品，袁鸣谷的短篇小说集《炎阳下》则更注重故事的奇特性，尤其是在语言、细节和情节等技术把握上，均有自己独到的地方。《墙上的猫》以旁观者的口吻慢慢讲述陈年旧事，"阳光下的恐惧是一种慢性病，在有增无减的过程中持续"，这样感性极强的句子，让小说呈现出某种久违了的光阴的质感，同时，也能感受到作者对语言文字的反复锤炼。《子弹壳》塑造了经常受人欺辱的男孩哑锁的形象，书写童年故事几乎是每个作家的拿手好戏，好在这个压抑悲伤的故事，最终没有完全坠入阴暗，作者让那群经常欺负哑锁为乐的坏孩子良心发现，从而为暗淡的童年岁月留下美好的一瞥。《炎阳下》的光哥曾是一度入狱过的劳改犯，人们对这样的人员或多或少会冷眼相向，无奈之际，光哥巧设骗局，并以自己有所谓的大人物做后盾，竟也蒙混过关将女儿办进了理想的学校就读，在看似荒诞幽默的故事背后，折射出的却是社会百态和人情冷暖。

这套书还辑录了两部散文作品集，即《褐色精灵》和《稻花香里》，作者分别是孙海翔、包作军。喜欢读书又勤于思考的孙海翔，去年刚刚出版了首部短篇小说集《拳手》，乡土、少年、顽劣和先锋，或者可以概括为那部集子的显著特质，它们集中展示了作者在富饶的青铜峡文学创作队伍中与众不同的一面。《褐色精灵》，主要是孙海翔多年来的读书随笔和散文短章，甚至多数是他发表在自己博客上的印记性文字，这些或长或短或轻或重的作品，恰好可以为一个已经取得了不俗成绩的小说作者找到一个可靠而清晰的注脚。散文创作其实并不那么简单，它并非文学创作的某项副业，恰恰相反，它需要作者有更加深厚的语言功底和生活积累，有更加自觉的结构布局和精神提炼，所谓形散而神聚。好在这方面孙海翔已经有了很强的自我意识，也就是说，他正在通过《褐色精灵》这样的散文篇章，不断地做出自己的尝试和探索，只要在路上，一切皆有可能。

包作军可谓是个多面手。多年以来，他既写微型小说、短篇小说，也擅长于散文创作，他往往能在多种体裁中自由穿梭。发表在《朔方》上的短篇佳作《裸泳》，可以视为包作军在小说领域的一次成功突破，故事以一种惊险而有趣的形式，为读者揭示婚姻生活中女性不为人知的情感世界，读罢让人印象深刻、感慨良多。散文集《稻花香里》是作者多年散文创作和实践的结晶，这些作品中最值得称道的，窃以为还是深情描绘黄河祭坛和故乡地三的风土人情的那些篇章。青铜峡的黄河楼、黄河祭坛建成之后，吸引了大批区内外游客驻足观光，而作为散文写作者，包作军几乎是第一时间用他独特的文字记述了故乡的这两大人文景观，从古至今，像黄鹤楼、滕王阁等宏伟建筑，均被文人们一次次地吟诵赞美，包作军也不例外，他的《千年河坛》既写得通透大气，同时也融入了自己的感思和忧虑。

"地三，是我们祖祖辈辈生长的地方；地三，也是粮食的故乡。地三，从最初的包氏三兄弟在此开拓，到张王李赵刘多姓氏杂居并处，从最初一片蛮荒之地，到最终成为在整个宁夏都颇具美誉度的村落，成为宁夏确定的十个特色产业示范村之一，并且正在规划建设目前国内面积最大的叶盛地三国家级农业主题公园，展示了生命的顽强、坚韧和从容。如今的地三，村舍、青烟相映成趣；高树、低柳俯仰生姿；绿草如茵，稻花飘香，瓜棚豆架，鸡犬相闻，安静地枕在大河的怀抱。"这些排比句阵是鲜活的、走心的，既可以看作是作者爱乡之情的真实表达，也可以理解为一种拳拳赤子之心，对于故乡，每个作家都应该肩负一种神圣的使命，即如何在自己笔下进行文学性的表述和颂扬，包作军巧妙地借用了古人"稻花香里说丰年"和"也傍桑阴学种瓜"的诗情画意，为读者展示其故乡地三"开轩面场圃，把酒话桑麻"的安逸与美好。

无独有偶，诗人秦兵也借助于《山水光晕》，以简洁疏朗的话语方式，以饱满而硬朗的诗行，更以边塞诗人的一唱三叹，不知疲倦地抒发着个人的美好情感，描摹着这片沧桑巨变的神奇土地，书写大地就是书写人生，赞颂故乡，就是讴歌人民！

概而言之，此次入选《大河文丛》的六位写作者，他们笔下所展现的这方水土，或侧重风俗民情，或揭示人生际遇，或歌咏生命和自然，六部作品共同为广大读者奏鸣出的旋律，犹如一曲感情充沛的交响乐，清澈激荡，真诚朴实，既传达出一定的时代风貌，又显示了个人的艺术才华，这些作品的出版必将引领青铜峡地区的文学爱好者们潜心创作、再创佳绩。

党的十九大报告振聋发聩地将"文化是一个国家、一个民族的灵魂"向世界宣示出来，一时间让文化自信与文化创新的号角，在九百六十多万平方公里的土地上响彻。作为宁夏的作家，实际上最困难的、也最具挑战性的就是如何能够站在一个文化的制高点上，更加清晰准确地审视和描摹我们所处的这一区域。党的十九大报告用了大量篇幅，为我们梳理了这个复杂多元且瞬息万变的大时代，只有深刻把握了时代的脉搏，作家们才能在创作中更好地表达对国家和民族的责任、对人民大众的真挚情感，才能更好地书写无愧于新时代的华彩篇章。而如何记录一个正在深刻变革的大时代，如何让我们滚烫的文字与当下复杂火热的生活现场相得益彰，正是作家们需要不断体悟和深思的。

不久前刚刚结束的全区第八次文代会上，石泰峰书记语重心长地指出，作家、艺术家要"欢乐着人民的欢乐，忧伤着人民的忧伤"。鉴于此，由青铜峡市委宣传部策划出版的《大河文丛》，就不仅仅是一次文学献礼，它更是为新时代新征程而发起的一次集结和检阅。如果说时代是出卷人，那么广大作家们也可以是灵魂的答卷人，心中有定力，笔下有乾坤，铁肩担道义，妙手著文章，唯如此，我们的文学作品才有可能传得开、留得下。

在本文行将结束时，我谨祝愿青铜峡这片土地上的人们永远安宁祥和，这里的作家们能在未来奉献出更多更好的得意之作。

是为序。

2018 年春节于塞上银川

张学东，1972 年生，宁夏文坛"新三棵树"之一，国家一级作家。现为宁夏作家协会副主席、《朔方》副主编、宁夏政协委员。个人先后入选"国家百千万人才工程""四个一批人才工程奖""享受宁夏政府特殊津贴专家""塞上文化名家"等。

目　录

自愿书

她随手拿起盘子中的一个大橘子，剥开，一瓣一瓣往外取着说："比如，这是你的心，给一个人。这是肝，给两个人。这是肺，给……"比画五脏六腑的橘瓣没了，她把空空的橘皮展在我眼前。

脖子猛然缠了橡皮筋似的发紧，我端起茶喝了几口，又问："皮呢？"她立起一只手，剁着手中的橘皮说："你看，把它切碎，种到没皮的人身上去。""骨头呢？""哈，肋骨抽出来再造人啦。"她开玩笑。"剩下的零零碎碎咋办？""掏心掏肺，扒皮分骨之后，剩下的全都有用场。还有二太子，也能继续发威呢。哈哈。""哎呀，你们这些当医生的人，也太野蛮了，那不是把人给五马分尸了嘛。"她从盘子中拾起刚刚比画过我五脏六腑的那些橘瓣，送入口中咀嚼着说："嗯，要说细碎的程度，有时候，不是五马，就算有五百马，也未必分得出治病所要的那样细。"我冲她努努嘴说："你想算计我，我才不上你的当。""哈哈，才不是呢，这是善举。"我摆摆手说："这个，我可接受不了。"

她又拿起一串葡萄吃着说："我们终究都会老去，这也是归去的一条路嘛。"我放下茶杯说："真到了那一天，我还是像老祖宗一样，规规矩矩入土吧。"她摇摇头说："我不觉得那样就好。""那就火化呗。""嘿，你说，你这么帅的大帅哥，干吗要化成一捧灰呢，不可惜吗？实在是太可惜了嘛。""前些年，你动员我去献血，之后又劝我捐干细胞，我都去了。

现在，你又劝我捐什么器官。我这辈子叫你纠缠，也是倒霉透顶了。"她一拍膝盖，大笑着说："是吗？哈哈。"我喊着她的绰号说："蛮胆大，若要我捐的话，到时候你亲自动手，看你咋下得了手。"她笑着说："那可没准，我要跑在你前头了，就顾不得你了。"我说："那我争取在你前面。"她敲着桌子说："嗨，我说哥们，难道这也是争的事吗？"她站起来边洗手边说："想想，某一天我们停止了呼吸，身上有用的东西还能继续活在不同的人身上，这也是很有趣的事儿。"

我忍不住好奇地问："啥样的病人才接受移植呢？"她说："看不见的，烧得没皮的，器官失去功能的。"她擦净手，从包里拿出一个文件袋递给我说："得走了，下午有个学术会，有些我得翻译。你看看这些，等你啥时候想好了，想通了，可以给我打电话，或直接给红十字会打电话。""我才不打。"她潇洒地一甩头，说："不打就不打，打就打，全由你。"

我送她出门，她挥挥手，开车走了。

蛮胆大这个绰号是我给她起的，她是我们同学中唯一去海外镀过金的人，现在是著名的医学专家。我自小习惯了喊她的绰号，怎么也改不过口尊称她为专家、教授之类。她呢，从国外取得博士学位回来，也没有拿个啥架子，在我面前仍像小时候一样大大咧咧。

今天上午，我开完会路过中央大道的停车场，突然听见有人喊我的小名，回头一看，原来是蛮胆大。我们大概有一两年没见了，问她最近忙啥，她说忙器官捐献的事。我知道她是个大忙人，就问有没有空儿去我家转转，她看了一下表说："好，有半小时。"就这样，从见面到走，她就没离开捐献的话题。

蛮胆大自小就敢胡胆大，一百个男生的胆子拼起来怕也抵不上她一个人的。小时候我们一块儿在草地或水塘边玩，碰到菜蛇、蛤蟆之类，只要逮到她的手上，定被她拆卸得七零八落，看个究竟。

蛮胆大博士毕业后，回到了我们这里最大的一所医院。工作的第二年，她亲手给我父亲做了肾脏手术，后来又为我岳母做过心脏手术，我们全家人都非常信任她。一次，我与朋友在烧烤店喝完酒出现了腹痛。妻子以为是酒喝多了，急忙给我拿胃药。熬到后半夜，我的腹痛越来越厉害，妻子只好把我送进医院。医生检查后，说我患的是阑尾炎，得立即手术。

我平日打针都害怕，一听说做手术，浑身的骨头顿时吓散了。我对妻子说："快，打电话，叫蛮胆大来。"妻子为难地说："这大半夜的，咋叫人家。"我咬着牙说："快打，快打。"听见蛮胆大在电话里对我妻子说："阑尾炎手术，实习生都会。"我拿过电话说："蛮胆大，你快来，要是你不来，我就不做手术。"蛮胆大笑着挂了电话。

蛮胆大很快就赶来了。她不顾我疼痛难忍，还有意笑嘻嘻地逗我："等打了麻药把你麻倒，我就给你咔咔切了。"我挣扎着说："反正在你的屠刀下，切啥还不由你。"她仰头一笑说："等打开肚皮，我看啥坏了就切啥。"妻子吓得脸色煞白，声音颤抖着问她："不是说阑尾炎吗？还有啥坏的？"蛮胆大拍拍她的肩膀低声说："你给我说，他哪儿坏，我一趟儿切了了事。"妻子愣着，望着蛮胆大一脸坏笑地走了，才明白是她故意逗笑呢。

正是对她的完全信任，我病愈后在她的鼓动下，每年定期去献血。后来又采了血样，随时准备为能配上型的血癌病人捐献自己的干细胞。可我万万没有想到，今天她竟然劝我身后捐献器官。

自打蛮胆大当医生，我和家人真的没少麻烦她，不光是开刀动骨的大事，就是平常孩子感冒拉肚子，老人血压高，我也常问她。她是我儿时的伙伴，学医后又是我随时可以咨询的家庭医生。说真的，我和妻子从心底感激她，我的父母和岳父母他们更是经常念叨着她的好。

但此刻，我心里莫名地憎恶她，悔不该碰见，和她谈论那样阴森的话题。回到家，我把她留下的文件袋扔进书柜。走出书房，我又觉得不能把那种不吉利的东西放在家里。

我下楼向大门前的垃圾箱走着，眼前不知为什么猛然浮现出送殡的情形。唉，还是把它扔到远处去吧。

我快步走出小区，过了对面的马路，寻找路边的垃圾箱。噢，前面不远处有一个。我将袋子狠狠地扔出去。袋子打在垃圾箱上，又弹在路边。也许是好奇，也许是想到蛮胆大终日为治病救人奔波的样子，我在垃圾箱旁边打开袋子，里面的宣传册上有换了器官康复者的笑脸，有正在经受病痛折磨的病人期盼救治的庞大数据，还有人体器官捐献的常识、法规、流程等资料，这些东西，似乎并没有我想象得那样可怕。

我把这些东西又放进袋子，顺手搁在路边的一棵树上。我想，这种事我不情愿，也许有人情愿，那当然比扔进垃圾箱好。

这些年，蛮胆大带给我的总是阴转晴的好心境，今天却恰好逆转了，她搅和得我心里极不爽快。细细想来，我还是为她干事的勇气折服，可就是说不清自己的心情为何一落千丈。

晚上，我在新闻中看到记者采访蛮胆大，就扭头对妻子说："这家伙，上午来咱家了。"妻子惊讶地说："啊，你咋不给我打电话，我们欠她那么多人情，好歹也请她吃顿饭。"我说："她不是惦记吃饭的人。""那她喜欢啥，缺啥，等她有空了咱们去谢谢她。"我没好气地说："她喜欢我的器官，动员我以后捐器官呢。""啥？啊！不会吧，她咋说的？"我怕吓着妻子，就简要说了几句。妻子问："你咋想的？"我故意试探妻子："我同意。"妻子怕我逃跑似的，一把摁住我的肩膀说："你别胡说，我可不同意。""有啥不同意的，这是好事。"妻子愣了片刻，拍着我的脸说："你还没七老八十吧，咋说这不吉利的话吓人呢。""人总有那么一天的。"

妻子紧张地说:"你是不是受蛮胆大蛊惑了?""我觉得她说得对。"妻子叹着气说:"我就知道她给你洗脑了。不过,身后的事,可由不得你。咱们真到了逃不过的那一天,都乖乖儿归到祖坟去。"我说:"行,听你的。"妻子又问:"你到底听谁的?"我说:"听天由命。"

就在这天夜里,我梦见一个肥如泥塔的人跪在地上,吃力地对我说,把你的心给我吧,给我吧。我给你钱,给我吧,快给我吧。我吓得转身就跑,谁料刚转身,就被几个戴着墨镜穿着黑衣的人抓住,推进一间黑屋子,然后捆绑住四肢,扔在石板一样又硬又冷的台子上,眼前突然亮起一道刺眼的强光,一个身穿手术衣的人,手中拿把大刀站在我面前。我以为是她又要给我做什么手术,就使劲喊叫,蛮胆大,蛮胆大,你要干啥?没有人回答。只有我的嘶叫和刀割皮肉的剧烈疼痛,还有黏糊糊的血湿透了后背,湿了全身。隐约中,我看到那个人又举着一把斧头,只听咔嚓一声,我的前胸就张开了。110,警察、警察快来救我。我语无伦次,摸着手机,但摸不到。我一阵眩晕,眨眼间,看见那人手中捧着一颗血淋淋的心走了,眼前的灯突然灭了。啊,我的心,我的心!

"醒醒,醒醒,你这是咋了?梦魇得叫也叫不醒。"妻子拍打着我的脸叫着。

"我的心,我的心……"我的手在胸前乱抓着,寻找裂口。

妻子扶我坐起,掀开我脊背下汗水湿透的毛巾被问:"做噩梦了?"

我低头看着前胸说:"梦见有人把我的心掏去了。"

妻子拍拍我的头说:"行了,咱再不想它了,好好睡觉吧。"

我无法入睡。在这个夜晚,我有必要对生命进行一次深度的思考。是的,活着,我们吃饭、穿衣、养生、美容,无限地爱惜自己,指尖连个小毛刺儿都容不得。但是,每一个人,终究都有那么一天,会停止呼吸,再也无法爱自己了。如果说,自由的灵魂会出窍而去,那么,血肉之躯到底该有怎么的归宿？

第二天上班，我无精打采地坐在办公桌前，对面的办公桌是刚参加工作两星期的女大学生，名叫笛儿。我无意间抬头，看见她温情的目光，便不假思索地问："你说，我的眼睛好看吗？"笛儿显然没料到，很少与她说话的我会这样问她。也许她以为我在搭讪，在有意逗她，或对她不怀好意，便从鼻子里哼了一声，背过身去倒茶。我简直管不住自己女人似的自恋，腾地站起来追问："你哼了一声，是肯定，还是否定？"笛儿可能觉得我这个半老不小的男人，在有意讨年轻女孩的无聊，就冲我轻蔑地一笑，没好气地说："当然是肯定啦，你的眼睛特好看。"我说："等我以后死了，我要把眼睛捐给那些失明的人。""啊？不会吧？"笛儿一惊，开水溢到了手上，烫得她直咬牙。

过了一会儿，她怯怯地问我："这，不会是真的吧？""是真的。""那你的眼睛捐给别人，还会认得我吗？""大概不认识。""你的眼睛，怎么会不认识你认识的人呢？""我也不知道，那得等以后，换了我眼睛的人认出你来再告诉你。"笛儿这才发现我说的还真是严肃的事情。

然后，我们各自低头工作，再无话。

中午，我不想在食堂吃饭。离单位后门不远有一条小巷，那里有一家面馆的面很合我的口味。我刚落座，抬头看到笛儿也来了。我招招手，她径直过来坐在我的对面。

点了面，我们边等边喝茶。她微笑着问我："你怎么跑这儿来吃饭了？""我常来的。""我怎么没注意过。"我说："你也常来这儿吃面吗？我没见过你。"她说："从没有。""今天怎么来了？喜欢吃面吧？"她笑笑说："我最不喜欢吃的就是面。""那你怎么来了？不然，给你换米饭吧。"她喝了一口茶说："没事，为了你的安全，我就凑合着吃一顿吧。"我不明白地问："为了我的安全？"她点点头，一脸认真地说："我觉得你早上说的话有点不对劲，怕你有啥想不开的事。刚才大家都往食堂走，只有你一个人出后门了，我就悄悄儿跟上了。""谢谢关心哈，原来你在跟踪我。你想哪儿去了，饭是这样香，生活是这样美好，比起那些看不见的，躺在病床上动不了的，我们活得多幸福。哎，你咋以为我有想不开的事呢？""第六感觉吧，反正我觉得你早上说的话怪怪的，很吓人。""噢。"看来，不光我一个人对捐献的事感到恐惧，还有，因了自己的一句话，难为一个女孩坐在这儿，吃她最不喜欢吃的面食，我心里很愧疚。

吃过饭，我们顺着大路往回走。我又问笛儿："你想想，以后我的眼睛是捐给男人好呢，还是捐给女人好？"她双手一摊说："我可没想过。"我笑着说："你年轻，不必想这些。"她说："你也年轻，也不必想这些啊。"我冲她笑笑，她说："我以为你是个很乐观的人。""你以为得对。"我说。"但你今天咋这么怪异？"她说。"我有个当医生的朋友，她昨天给我讲了捐器官……""我，我得去商场买东西，先走了。"笛儿不等我说完，转身跑了。唉，我真不该在一个年轻姑娘面前提这事，一定吓着她了。

笛儿不知是对这事感到压抑，还是害怕，第二天上午我开完会回到办公室时，笛儿已搬到另一间办公室去了。看来，我没给她留下好印象。没关系，比起我困惑的"身后事"，她对我有无看法根本无所谓。

我想快点淡忘这事，偏偏父亲的肾脏又出了问题。我送他到医院，他非要请蛮胆大给他看病。我不想见她，索性欺骗父亲说蛮胆大出差了，不在医院。

在我去送检查单的时候，父亲自个儿找到了蛮胆大。

蛮胆大的父亲和我父亲是朋友，父亲见到她，就像见了亲闺女一样。我的谎言穿帮了，父亲好半天都不理我。

检查的结果是父亲得做肾脏透析。我扶着父亲过去，透析室外面排着好多病人。有一个男的和一个女的看起来病得很重，男的三十来岁，有气无力地靠着椅子，肤色如灰，水肿得睁眼都很困难。陪他的是两个衣着很旧的男孩，父亲问那个大的："你妈妈呢?"他低头不语，小的稚气地说："我妈妈借钱去了，等借多了钱，就给我爸爸换个新肾。"另一个女的很年轻，面如白纸，趴在椅子上不停地呻吟。问起，她的姐姐小声告诉我："我妹妹结婚不到半年就得了这种病。眼看两年了，几家人的钱都花光了，她的病却越来越重。现在，婆家人都不露面了。唉，医生说最大的希望就是早点换肾，我们全家的她都不能用，要能用的话，我宁愿把我的给她一个。"正说着，她妹妹挣扎着喊："姐，把我扶到楼顶去，我要跳下去，跳下去……"姐姐走过去捧着妹妹的手，轻轻地抚慰着。

做完治疗，父亲难受得直皱眉头。我要扶他回去，他还想找蛮胆大问病情。我找了几圈，同事们都说她在手术室，大约很晚才能出来。父亲不信，又要亲自打听。我就扶着他楼上楼下找。我平常极少对父亲说谎，这次生怕见蛮胆大，才落得如此麻烦。当然，父亲亲自寻找的结果与我说的没有两样。

父亲坚持要等她。我劝他先回家，等到蛮胆大忙完了，再给她打电话。父亲说："我得当面问她，电话里说不清。"我说："等她做完手术，我叫她来家里。"父亲说："她那么忙，还是我等她。"

过道里人很多，我扶着父亲出去，坐在树旁的长椅上。父亲沉默着，似乎仍在生我的气。看来，不给这个犟老头说清楚是不行。我坐在他身边说："爸，我本来想躲着她的。"父亲不解地问："咋?"我说："前些天碰见她，她劝我老了临走的时候捐献器官呢。她自己早就填了志愿。我怕她再问这事。"父亲叹了口气说："她是医生，想事比咱们平常人宽哪。"看到父亲紧绷的脸舒展了，我悬着的心才放下来。

天快黑了，我又去找，蛮胆大仍然在手术室。父亲说："那咱们回吧。"我写了一条短信给父亲看过，才发给了她。

第二天傍晚下班，蛮胆大特意绕远路过来，进门就喊饿得慌，母亲赶紧给她捞了满满一大碗面条。吃过饭，她揉揉膝盖坐在沙发上和我父亲聊起来。送她下楼，我又提起父亲的病情，她说捐献的人太少，器官实在太稀缺了，要不然的话给老人家换一个肾就好了。我愣了一下，眼前突然闪现出做透析治疗的那一男一女。

到门口，蛮胆大劝我留步，我说："那你回家早点休息。"她说："要不是惦记来看叔叔，我回家喝一瓶牛奶倒头就睡，这两天太累了。""你们又抢救病人吗？""给一个病人换了心，病人还是个犯人。""给他换了谁的心？""车祸没救过来的。""走吧，你快回家休息去吧。"我推了蛮胆大一把，再也不想听她说这些了。

周末，有两个朋友喊我小酌。正好，我对他们说说这事，听听他们的看法。一个朋友问："真想捐吗？"我说："看到那些病得可怜的人，还是想的。"一个接过话茬说："唉，怎么搞得像和我们告别似的。我说，你可别仿照电视剧里那种俗不可耐的情节了。等以后你老得熄灭了，我要是还没灭，好歹送你一把眼泪。"我笑了一阵说："我也不想赚你的浑浊老泪。"他饮了一杯酒说："别把自己搞得太高尚了。这世上，有人一高尚，就显出有的人卑微了。"我对他们讲了蛮胆大的事，朋友说："她是啥人，情愿把自己肢解的人，那不是平常人，那是超人。行了，救人是他们的事，咱喝咱的酒。"朋友是保守派，或许我期望从他们那儿得到肯定是不可能的。

这事不知怎么越传越歪了。朋友、同学、同事陆续打来电话，问候我有啥想不开的，都劝我要好好活着，弄得我不得不一遍遍解释。单位领导也关心我，找我谈心。有几个关系好的同学，特意从外地赶来看我，有的还劝我去精神病院治一治，真让我哭笑不得。

为躲避麻烦，我索性关了手机。

一天早晨，我在街边见到那个有名的酒鬼，他把自己喝成了肝硬化，酒醉后把老婆的一只眼睛打瞎了。眼下，老婆扶他出来晒太阳。他眼神无光，面如黄土，一副死了没埋的样子。

午休时，我刚闭眼，就见那个酒鬼在我追。我一路狂奔，猛然撞在车上。我听见他捂住我的嘴说，死了，死了，快把他的肝给我。我使劲推着他的手说，不不不，我活着，我还活着。他强压着我说，死了，已经死了！这是谋杀，我要告你，我挣扎着大叫。

"爸，缠了哪门官司呀?"女儿摇着我的头问。

"啊啊，梦魇住了。幸亏你叫醒了我，不然——"

女儿笑着说："不然又有人掏你的心了，是不是?"

"谁说的?"

"我妈说的。"

我不好意思地说："去，给爸端杯茶。"

女儿拉起我的胳膊说："起来，自己喝去。我和老妈给奶奶送东西去呢。"

这个奇怪的梦，使我好生害怕，难道那些等着换器官的人，真的盯上我了?

有一天单位加班，晚上走出单位门，我急忙叫出租车。上了车，怕司机看见我的脸，我把帽檐拉得很低。到小区门口，我快步小跑着。快跑到单元楼时，猛地看见门口有个黑影，忽然，不知从哪儿窜出一个黑影抱住了我，吓得我顿时浑身冷汗，完全忘记了像梦里那样逃跑。

"抓住了，抓住了。"

"嗨，我在这儿呢，抓我来呀。"

"呀，对不起。"黑影放开我，向另一个黑影跑去。噢，老天，原来他们在捉迷藏。我松了口气，腿软得好半天才上楼。

不知怎么回事，我越来越觉得别人对我不怀好意，他们或瞅着我的眼睛，或瞅着我的内里。我不敢同平常那样上街，天黑不敢一个人出门，我仿佛一个逃犯，躲躲闪闪，疑神疑鬼。我不想吃饭，晚上像受了惊吓的小孩一样蜷缩在妻子怀里。妻子惆怅地说："我看还是把蛮胆大叫来，让她给你开导开导。要这样下去，你怕就真的早早儿把自个捐了。"我想来想去，答应了。

蛮胆大抽空跑来，瞅着我奇怪地问："你吃泻药了，还是减肥了？不过两个月没见，你怎么苗条了一大圈？"妻子苦笑了一下说："他心病重得很哪，你快劝劝他，我愁得简直没办法了，才叫你的。"蛮胆大笑着说："啥心病？说说看。"我说："还不是你上次说的事，成了我的心病，我快撑不住了。"她愣了一下问："上次说的啥事？"我说："就是捐器官的事呀，难道你不记得了？""这事呀，哈哈，这，难道也算个事？也会给你种下心病？""实话对你说，我可没有你那样满不在乎。自从你说了这事，我的心里就像压了一块磨盘。也不知道是咋了，我发现别人都怪怪的，和以前完全不一样。""咋个不一样法？""以前别人看我，无非是看我的长相、衣着，自从想着捐器官后，就发现别人一下子就看穿了我，我觉得自己好像没穿衣服，根本没有任何保护。"她笑着问："以前别人的眼睛只是普通的眼睛，现在都变成透视机了？"我点点头说："对，对，基本是这样的。"

妻子端来苹果，蛮胆大啃着苹果，伸出胳膊问我："你看，皮肤有几层？肌肉有多少块？"我笑了笑说："不知道。"她又问："我怪吗？"我摇摇头说："唉，你从来就是个怪人，怪习惯了，做啥别人也不以为怪。我没怪过，一怪别人就觉得怪。""哈哈，完全是你的心态在作怪。万事都在于人的心态，你把持得住，自然好，把持不住，就出问题。""我就是把持不住了。"她打开手提包，翻找出她的志愿卡说："说白了，这就同咱们的医保卡、银行卡一样，是一张生命储蓄卡。"

"生命储蓄卡！"我喊了一声，猛然站起来，朝蛮胆大的背上捣了一拳。她侧身靠在我妻子身上，笑着说："你看，这个斯文人和我一样，也变成野蛮人了。"妻子的脸上掠过一丝惊讶，眨巴着眼睛，瞅瞅我，又瞅瞅蛮胆大。

父亲的肾病重了，为纠正他的贫血，我拿着自己的献血证定期给父亲领血，输血。蛮胆大盼望有机会给他换肾，父亲说自己一把年纪了，再不受那罪了，要是有人捐的话，还是赶紧换给那些年轻人。

那天，父亲对我和蛮胆大说，如果他临走的时候身上还有能用的，他也愿意捐给别人。蛮胆大紧紧攥住我父亲的手说："谢谢您。"

父亲眼花，不能亲手填写"中国人体器官捐献志愿登记表"，我给他代填。落笔才发现写的是我的名字；填好这份，我又帮父亲填了另一份。

（发表于《黄河文学》2016 年第 10/11 期）

麦　地

　　尕虎年轻时，甩开膀子把石磨塆的地挖上了山顶。虽说山顶种的庄稼长势比塆地里好，可毕竟地势高，山下的麦子黄透了，山顶上那块地里的麦子仍青溜溜儿长着。前些年，山上的放羊娃打个盹儿，羊群就嗅着麦香跑去了。为此，尕虎的老婆和他们没少吵嘴。国家实行退耕还林政策时，邻居都劝尕虎把那块又高又远的山地退了，但他说啥也舍不得。后来别人在石磨塆的地里种上了刺玫瑰、柠条、沙棘、杏树等耐旱植物，他家那块地仍然种着庄稼。家家的牛羊圈养起来了，尕虎家那块庄稼就悠闲自在地从春长到秋。直到中秋节秋田收得差不多了，尕虎爬上西山顶，远远望着石磨塆的山顶披上了"金盖头"，便笑呵呵地说："开镰了，要开镰了。"

　　出了村子绕过两道山，才能看到又大又深的石磨塆，从山根到山顶是赶牛的慢坡儿，人越走越吃力。加上尕虎老婆近年渐渐发福，走不了几步，就将双手扶在膝盖上，弯着腰喘气歇缓，还不停地埋怨尕虎当初应该同村民一起把石磨塆的地退了。尕虎说："你不记得开荒时，我早上天天鸡叫出门，晚上星星全了才进门，挖下的黑刺家里整整烧了五年，我舍不下呀。再说，这几年开春把籽种一撒，老天关照着，咱们啥心也不用操，秋后只管用麻袋扛麦子的事，你不偷着笑，还怨我呢。""把地退了的人，谁还跑这么远的路呢？""退地的补助有咱地里的收成多吗？"

尕虎反问，老婆就不言喘了。

尕虎两口子要上石磨垴顶，只能顺着山脊往上爬，爬一阵，气喘得不行了，就坐下歇息。山垴里的刺玫和柠条长得半人高，满地野草如织。尕虎指着不远处说："听老人讲，咱村口的那盘大石磨，就是老祖先在这道山垴里开荒时挖出来的。听说以前有个王富汉，怕土匪打劫，就把石磨安在深山里。""还挖出啥宝贝了？""那都是爷爷的爷爷手里的事，谁知道呢。"两口子一路闲聊着，终于到达山顶自家的麦地边。

眼前是一片齐胸脯的麦子，巴掌长的穗子，圆鼓鼓的麦粒简直要跳出麦壳了。"呀呀，啧啧！"尕虎捏了一把，激动地喊起来。老婆用镰把戳着他的屁股说："快开镰，要是刮场大风，饱粒子可就全摔掉了。"看她急切的样子，好像这片麦子长在温棚里，一旦他们掀开棚顶，麦子就失去保护了。

尕虎两口子甩开镰刀，只听得一阵沙沙作响，麦地就豁开了一道口子，身后的麦垛齐刷刷排开了。正当两人割得起劲时，太阳渐渐晒展了山垴。"噢，到歇缓吃干粮的时间了。""才割了几分地，就要歇？"尕虎笑着说："一扑到好庄稼上，你心劲大得都不知道饿了。"尕虎说完放下镰刀，用袖子拭去额头的汗水，转身喝水去了。老婆则丢下镰刀，到地间洪水冲的沟下方便去了。

"你快来，你快来。"不一会儿，老婆在沟下喊尕虎。"咋了？大惊小怪的。"听见老婆一声接一声喊他，尕虎只好放下手中的干粮，走了过去。老婆蹲在地沟里不抬头地说："你快下来，快些。"尕虎跳下去，看见老婆手里拿着一个硬杆挖着什么。"这土里有个绿影影，你快来看。"老婆说。

尕虎把老婆挖的浮土刨开，果然有一道绿边。尕虎握紧拳头在地上蹭了几下，一个鸡蛋大的圆窝显露出来了，他刨出窝里的土，惊讶地后退了一步，叫道："哎哟，好像是个碗呀！"说着一个健步跳上沟，卸下镰架上的刃子，又跳下去。老婆蹲在地上，愣愣地看着尕虎。

　　碗好像铸在土里了，尕虎挖得非常小心。他生怕划伤或损坏这个不明之物。在老婆惊讶的目光中，碗一点点显露出来。这个沉甸甸的东西，除了露在外面的半边绿碗底外，一时还难以看清它的真面目。

　　"从底子看，好像是玉的。"尕虎跪在地上，双手捧着碗，左看看右看看，里看看外看看。"给我，"老婆抢过去掂量了一阵，又摩挲了半天说，"谁把碗埋在这里做啥呢？""肯定是过去的富汉藏下的嘛。"尕虎接过碗说。"要真是富汉藏下的，那下面的宝贝可能多着呢。"老婆一提醒，尕虎拍着双手说："对，说不定还藏着金元宝、银锭子呢。"于是两人把挖出来的碗包好，放在安全处，又跳下沟接着挖。挖了半米深，两人手上都磨出了血泡才歇下来。尕虎又捧起碗，擦拭着，老婆提来水壶，可不管他们怎样抠搓浇洗，碗仍然土迹斑斑。"要是个金的，咱这后半辈子睡着都吃不光。"尕虎兴奋地捏了一把老婆的大腿。老婆猛地跳起来说："你赶紧回家拿铁锹来挖。"尕虎说："你咋不早说，害得我白费了半天工夫。"他把碗紧紧搂在怀里，孩子似的蹦跳得老高。"给我，给我，小心，小心。"老婆又把碗要了过去。

　　太阳挂在高远的蓝天上，几片白云做梦似的飘荡在天空，山谷里很宁静。偶尔有小鸟落在沙棘树上，啄食着黄透的果实，发出叽叽喳喳的欢叫声。尕虎一把脱掉破旧的外衣，甩开膀子大吼一声向山下抛去，外衣在半空中伸展了，袖筒被风灌得鼓鼓的，如断线的风筝，猛然落在一片黑刺上，吓得刺里的呱啦鸡突突乱飞起来。尕虎口中不知怎地猛吼出了一句秦腔，把天上安静的云惊醒了，它们向远方慢慢游去。

　　看着尕虎哼着秦腔，一蹦一跳下山了，老婆一个人坐在地上，边啃干粮边瞅碗，眼前不时飞过无数精美的宝贝：驮着帝王的金马驹、驾着祥云的金凤凰、镶着宝石的金簪子，还有一串串珍珠玛瑙……惊得她不由乱叫起来。她扔下干粮伸手去抓，宝贝却从眼前消失了。她拿起干粮，它们又在她眼前飘忽起来。难道自己福浅，守不住宝贝？还是他们把镇宝的碗挖掉，宝贝开始乱飞了？她曾听老人讲过，金银财宝专挑命大福深的人哩。她一疑心，就急忙放下干粮，跳下地沟，把碗按原先的样子压在他们挖过的地方。这才忐忑不安地坐在地边，眼睁睁地盼着男人早点来。

看到尕虎扛着铁锹从山下快步走来，她急忙站起来喊："你快些啊。"尽管尕虎小跑着，但她还嫌太慢了。她搓着手缝中的血泡，焦急地边迎接他边说："你快些哟，再慢东西就跑光了。"

尕虎气喘吁吁地把铁锹扔在地上说："我刚才碰到小玲妈了，她问要不要明儿帮咱们收麦子，我没顾上理她。""你就让她操心好娃娃，不要管咱们。你不理她，她疑心你给她使脾气呢，明儿就来了。她一来，咱们还咋挖？你呀，真是个没脑子。"老婆生气地说。"今儿挖不出来就算了，你还真当个事呀。"尕虎嘴上这样说，心里其实想的和老婆一样。小玲是他们的大孙女，小玲妈是他们的儿媳妇。儿子出门打工去了，虽是分开的家，可凡事还得他们照顾，儿媳妇经常抱着孙女来混饭，老婆心里很不舒坦，但也不好发作，最多眼皮不展罢了。

尕虎一来，老婆就提着铁锹下沟了。她挖土，尕虎蹲在边上啃干粮，不时提醒她小心挖，只要铁锹碰着石头发出响声，两个人都会屏住呼吸，细心察看半天。

坑越挖越深，土越来越硬。他们只好转变方向，一个小心翼翼向上挖，一个慎之又慎向下挖。天黑时，他们才发现事先忘了在坑壁上留台阶，两人望着高过头的坑沿面面相觑。尕虎灵机一动，转身蹲在地上叫了一声："上。"老婆犹豫着说："我一个女人家，咋能踩男人的肩膀呢？"尕虎说："你快上去，要不是女人，我能挖出宝碗吗？"老婆只好抖抖瑟瑟地踩上尕虎的肩膀，压得尕虎顿时缩着脖子喊："天啊，快些。"老婆身重，她抓了一把麦子，谁知猛地连根拔起，沙土灌了尕虎一背子、两耳朵，弄得他不由得斜了一下身子，老婆就顺势骑在他的脖子上。"呀呀，你要把我当驴啊。"尕虎跪在地上说。"哎，上面没个抓手呀。"老婆扶着男人下来说。尕虎侧身抖了抖耳朵里的沙土，挥了挥胳膊，又蹲在地上说："快上。"老婆这回不想让尕虎受罪，就咬紧牙踩上他的背，挣扎了半天说："你再抬一点，还是上不去。"尕虎猛吸了一口气，啊了一声，撑起身子，老婆这才就势爬出了坑壕。她转身去拉尕虎，尕虎拿起铁锹，在坑壁上挖了两个脚窝，老婆双手把他拉上来。两个人拍打着身上的沙土，趟过齐胸的麦子，迈着轻快的步子，连早上割下的麦垛也没顾得堆码，就抱着宝碗回家了。

　　为保险起见，尕虎特意把那个碗藏在屋后的地窖里。两口子半夜睡不着，又取出来，不管用砂纸打磨，还是用凉水浸泡，碗上的锈迹仍然纹丝不动。老婆疑惑地说："玉石难道也生锈吗？""可能生呢。""金子总不会生锈吧？"她又问。"可能也生呢。"尕虎把碗举在眼前，没准地说。"照你说公鸡会下蛋，男人也生娃呢。我问个啥，你都说生呢，那到底是个啥碗呀？""谁知道，说不准这是金碗镶了个玉石底子。"尕虎轻弹着碗，发出沉闷的响声。老婆想了一阵说："要不然，咱拿铁锉锉两下，看到底是个啥货色。"尕虎说："土里埋过的玉脆得很，敢胡锉？"就这样，两个人在猜测中熬过了不眠之夜。

　　第二天天麻亮时，尕虎两口子重新把碗藏进地窖，背着干粮，扛起铁锹上山了。他们脚下生风般很快就赶到了山顶。这次他们扩大了寻找范围，尕虎想把面前那些挡人的麦子割倒，老婆拦住说："不行，不行，要是把麦子割倒，别人一眼就看见了。""老婆在大事上，比我能成。"尕虎拍着脑袋自愧不如。"本来就是嘛。"老婆笑起来了。于是，他们从隐蔽处掘开口子，认真细致地挖起来。只要挖出一片石头，他们也得摩挲半天，好像它是生锈的银元。要是碰着大石头，两口子就凑在一起小心地挖掘着，他们生怕把盛珠宝的大缸挖破呢。

再说尕虎的儿媳，昨天公公没有理她，儿媳心中打起了乱鼓。山坡上收完夏粮的地耕过了，收过荞麦、胡麻等秋粮的茬儿仍长着。儿媳想公公虽然成天一声不响地帮她，但心里肯定憋着闷气。分开的家，儿子盼下的光景是儿子的。儿子一出门，凡事都得老人操心。眼看着要打碾庄稼了，还得公婆帮忙才能收进仓里。儿媳思前想后，就知道自己问公公要不要帮着收麦子的话太愚蠢了。昨天公公忙得一路小跑，山顶的那块麦子肯定黄透了，难怪公公不理她呢。今天早晨，她背着女儿小玲去婆家时，小姑子还在西屋里做睡梦。她急忙叫醒她，把女儿小玲丢给小姑子，就扛着镰刀上山了。

奇怪，山顶的麦地里，怎么看不见公公婆婆的身影？他们不是老早就上地了吗？儿媳顺着阳坡走到地边，才听到麦地的沟里有响动。他们不割麦子，在沟里干啥呢？儿媳顺着地边向前走了几步，停下，心想这样贸然过去怕是不好，咋办呢？不问他们了，自己开镰割吧，说不定他们又会嫌这嫌那。她左右为难了一阵，就顺着地边向山坡走去。

儿媳隐隐约约听见沟下好像有挖土的动静。不对啊，麦子都没有割倒，咋就开始挖着平地沟了？儿媳来回磨蹭了一阵，实在搞不清那两个老骚情到底在日鬼啥。也不能这样干等着，满地波浪似的麦子，着实喜人呀。干脆去看个究竟，于是儿媳弯着腰悄悄地移向地沟。靠到近处，眼前的景象让她起了疑心：公婆要是平地沟倒也罢了，他们把地沟挖成了坑坑洼洼乱糟糟的一片，难道他们要挖野兔吃肉？不可能，谁会把这么好的麦子丢下不收去挖它呢。那么地沟下有狐狸或狼洞吗？啊，要真有，它们猛然窜出来扑到自己怀里多吓人啊。想到这里，儿媳也不敢往前凑，而是屏住气，蹲在地上细听起来。

谁知地沟里的两个人，你一言我一语憧憬着挖宝物的事。这一听，惊得儿媳的额头顿时渗出了汗珠。从他们隐隐约约的谈话中，儿媳才听出来他们不但挖出了宝贝藏着，而且还正在寻着宝贝。怪不得公公不理她，原来是防着她这个外人哪。儿媳猫着腰，慢慢退到地边，顺着山塆最隐蔽的小道急奔回家。在婆婆家门口，她听见女儿小玲哭闹，小姑子抱着哄她。她顾不得管她们，低头轻步绕过墙根，回头看周围没人，急忙滑下屋后的一眼地窖，从一堆新土里刨出那个又锈又沉的碗，包好了，爬出窖口，把两只觅食的鸡吓得嘎了一声，鸡的叫声惊得她的心咚咚乱跳。她缓缓吸了一口气，蹑手蹑脚地绕过墙根，就朝隔山的娘家跑去。

说来凑巧，儿媳翻过山，在半路的地坎边刚好碰见娘家老哥放骡子。"你咋来了？"老哥一问，她猛然愣住了。老哥可是个有名的贼精鬼，见妹子怀里抱着一团东西慌慌张张往家跑，还以为妹子同婆家人闹家务了。这大忙天，他可没有心思管妹子和婆家的鸡毛蒜皮，所以他没好气地拦住了她。

"哥，我公公在山上挖出来了个碗。"她凑在他面前悄声说。"碗？啥碗？"他阴着脸问。"我认不得，他们也认不得。""哎呀，我说你们这家人，端了一辈子碗，咋还不知道个啥碗呢？"妹子的话简直让他上火。"哥，你悄声些，万一叫别人听见可不好。"妹子凑到他耳旁说。他转身把骡子牵到草深处，蹲在地上抽烟。妹子自小就怕哥，现在看他绷着脸，并不热心的样子，只好蹲在他身边，断断续续说碗的来历。听着听着，他扔掉烟头，站起来很不耐烦地打断她的话，板着脸说："啥破碗，你还敢往咱家里拿，你看咱家这几年过得平顺不是？我的瓜妹子，你咋变得这么瓜了？那哪里是个啥宝贝，明摆着是古坟里给死人盛饭的破碗嘛，过去山里开荒地时，不知挖出来了多少。你赶快把它放到路边那个古坟里。回家点着烈酒把手洗洗，要是沾上不吉利，要倒大霉呢。"老哥的话吓得妹子变了脸，浑身颤抖起来，她猛然站起，准备把碗扔到远处去。"你可给人家拿好，要是打了，主家三更半夜找来，谁都不得安生。"听了哥的话，她把那碗连同包布放进离路边不远的一处古坟里，就转身往回跑。快到山顶时，她回头看见老哥坐在山坡上，舒坦地晒太阳呢。

儿媳跑回家双腿发软，浑身哆嗦，顾不得歇息，急忙寻出柜子里的半瓶白酒，倒在脸盆里，划着火柴扔进去。酒哗啦一下飘起蓝色的火焰，她不顾烫热，抓起燃烧的火团就在手上扑腾起来。等洗得手背又红又痛，才把半桶冷水倒在火苗腾腾的脸盆里，脸盆里蹿上一股刺鼻的酒味，火焰熄灭了。她随手把外衣放进脸盆里泡了，又取出来晒在当院的铁丝上，这才如释重负地坐在门槛上发呆。小姑子背着侄女小玲，念着"小飞鸽，咯咯咯"走进大门时，惊得她的脸颊不由抽动了几下。小姑子好奇地望着嫂子说："我以为你上地了。"

再说尕虎两口子，从早到晚，仍然没挖出个宝贝的影子，但他们并不甘心。天黑后，两个人浑身酸痛地往家走，路上商定明天还得挖。回家吃过饭，他们累得再也没有精力下窖取碗欣赏，而是倒头就睡了。

第三天清晨起风了，阵风吹得树叶片片乱飞。半路上，尕虎看着山顶风卷云涌，皱着眉头说："咱们还是先收麦子，看来天气要变了。"老婆不假思索地说："好瞎再挖这一天，寻到了算咱命大，要没有，咱就彻底死心了。"尕虎也就同意了。

尕虎说啥也没想到，天黑回家的路上会碰见一个羊贩子。两人差点撞了个满怀才认清对方，对方拍了一把尕虎的肩膀，神秘兮兮地说："哎呀，听说你亲家家出事了。""啥事?"尕虎惊讶地问。"你还不知道呀？你儿媳妇的老哥，就是那个贼精鬼，倒卖文物叫公安局扣住了。"听到这话，尕虎脑子里响雷般轰的一声。他镇了镇神说："他家祖上几辈人都是羊把式，家里除了几张烂羊皮，能有个啥文物呢？""听说，他在哪搭弄了个玉碗，反正也不识货，贩子出了两万，他非要三万。两人讲着讲着，不知咋又搅和进了一群人，大家你争我抢地看，不小心把碗碰在楼梯上，打破了，贼精鬼就和贩子闹了起来，掺和的人全叫公安局扣了。"尕虎听得浑身发抖，眼睛发花，身后的老婆惊得妈呀一声，跪在地上。

羊贩子走了，尕虎拉起老婆说："得快些把坑填平。"

天越来越黑了，两人挣扎着向山顶爬去。秋风一阵紧一阵地抽打在脸上，令人喘不过气。路边的野草也有意捉弄人，不时缠住他们的脚，好半天都难得脱身。

夜深了，风更大了，天空的阴云紧压在山顶上。山坳里漆黑一片，呜呜吼叫的风，狠狠地赶着山顶的麦子冲浪般倒过来，又倒过去。风扬起的沙土，不时飞进尕虎两口子的眼睛，弄得一会儿她翻着给他舔眼睛，一会儿他又翻着给她舔眼睛。然而，麦地中的坑好像总是填不平，他们手中的铁锹也越来越不听使唤。

接连几天秋风冷雨，尕虎和老婆依在炕上，提心吊胆地望着窗外。偶尔回头，望着彼此鬓角不知何时生出的缕缕白发，无言以对。

天终于晴了，尕虎两口子扛着镰刀爬到山顶，才看到满地的麦子全倒了，金灿灿的麦粒铺了一地。除了风雨的吹打，还不知有多少人来过。麦地中的土堆处处异军突起，地间洪水冲开的那条浅沟，已经变成了几人深的大壕。

（发表于《朔方》2011年第5/6期）

忧伤的驴

"灵儿，把驴拉去……给你王叔说一声，把它装在车厢上层，车厢下层又压又挤，怕出不了村子，就死了……"听到母亲哽咽着结结巴巴挤出的话，我的泪水不由得夺眶而出。这说明父亲和母亲已经商量好了，驴是非卖掉不可的，人都没有水喝，何况驴呢？不但要卖，还非要用榔头打折腿子才卖！

因为缺水，村里的大牲畜，多数被打折腿子卖出去了，眼下只剩了零零星星的几个。

我们向父亲打工的煤矿上打过五次电话，每次他不是下矿了，就是联系不上。就这样，一次一块，已经把五块钱白白交给了王站的女人，她还显得很不耐烦。不过，她的确够烦的，村里几十户人家，只有她家安了一部墙头上挂着铁筛子的电话，王站的女人说那是卫星电话。出门在外的村民要往进来传话，在家的人要往出传话，她站在坡道上扯开嗓子，上庄下庄喊叫接电话。"明明妈，你家掌柜子来电话了。""春生妈，你家春生叫你呢。""……"有时候一天要喊几回，嗓子都喊哑了。她喊一回一块钱，人把钱给她，她眼皮都不展，如果接电话的人没钱，欠了账，她连眼睛也不愿意睁了。

王站十年前开始搞贩运，富了起来，是村里的大能人，说话比村长还有分量，他的能耐是乡亲们公认的。这几年旱灾重，他就结伙外地的

022

贩子，把村里大牲口的腿打折，贩运出去卖肉。如果哪年开春天色好，他又从外地贩些牲口回来，方圆人就得出高价购买它们耕种。因为这里十年九旱，村里很多人也不买马和骡子这些大价牲口了。毛驴劲小，耕地慢也浅，但价格相对便宜些，所以王站贩运的多数是驴。

王站从我家买去的那头骡子，长着棕红色的毛，如一位高贵的公主，亭亭玉立地站在槽边。它的毛光泽发亮，身体圆润，鬃毛齐刷地立在肩头。槽里是王站专门从外地给它拉回来的草，它慢悠悠地吃着，脚下不远处的瓷盆里，是王站从远处拉来的甜井水，它偶尔抿上一小口，如品茶。它时而摆动着整齐而顺滑的尾巴，拍打着身边的蝇蚊。天旱绝产了，它也不用下地劳动，成天食衣无忧，任性而自在。可能它也有些寂寞，有时用蹄子刨着水泥槽子，如一个阁楼上的佳人，很想出去走走。

小的时候，我常常给它喂青草，还把干粮省下喂它，它调皮可爱，是我最好的伙伴。长大后，王站看上它了，就从我家买了去。我很伤心，拉着它怎么也不放，王站说就在门口，和你家里一样，你想了就来看啊。母亲也是这样劝我的，我就抱着它的头，对它说了很多悄悄话，才放它去了。之后，我想了就去看它，还给它拔青草。上学后我没有时间去了，渐渐地，它就好像不认得我了，我去了，它还皱着眉头用鼻子吹我，生怕我吃它的好草喝它的甜水而赶我走。于是，我再不敢去了。

有一天，我家的一只小羊跑去喝它槽中的水，它飞起一蹄子把小羊踢倒在地上，小羊差点被它踢断了气。我气得发抖，拿起棒子准备好好教训它一顿。王站的女人出来说："你这个娃娃，手里没高没低的，咋能打我家的骡子。它也知道，水是从大老远的地方花钱拉来的，难道谁想白喝就让白喝呀。"我又羞又怒。是啊，它已是王站家的骡子了，染上了主人的"霸气病"。如果它生活在我家，我一定要教训它。当然，它只有在王站家，才能这样骄傲地生活，否则，它的命运也是可以料想的。想到这儿我就不生气了，它能好好地活着，就是幸运的。人有时候也会犯错，何况它是个畜生。再看到它，我的心里平静了许多。我曾经多么喜爱它，常抱着它的头说悄悄话，它毛茸茸的嘴巴在我脸上亲来亲去。现在，它竟然不认得我了，真是个畜生。

这一回，电话是父亲打来的，王站女人在门口一喊，母亲像早就准备好似的冲出门去，不到一分钟，母亲就抓紧了电话，他们在电话里是咋说的，不得而知。我只知道家里的驴是非卖掉不可了。这事明摆着，但我还是希望父亲不同意，毕竟这是个非常吃苦耐劳又温顺的驴，它已经为我家劳动了好几年。它虽然消瘦，毛色枯黄，但开春时它和王站家的骡子配对，耕地一点也不落后。每年的地要耕好几遍，它都忠心耿耿，任劳任怨。如果风调雨顺它就能好好活下来了，可偏偏又逢旱情天灾。

王站昨天蹲在自家门口，慢腾腾地对我母亲说："你得尽快联系你家掌柜子，说定了，我明天把驴拉走。说不定，我这一去要十天半月才回来。如果这几天下雨了，真是把天叫响了。万一还不下雨，驴就越来越瘦，一把骨头，想多卖几个钱也迟了。你们考虑好了给我个话。我明天下午回来，半夜装车，要连夜起身，天亮了就出不去了。"这算是通牒。

早就明摆着的事，母亲还要一次次给父亲打电话，白白花了六块钱。不知父亲打来电话又花了多少钱，还有王站女人那不情愿的喊声。

这些天，我拉着驴寻觅过山里能长草的每个角落，我在沟壑边给它拔草，挖草根。一天下来，它的肚子还是瘪瘪的。看见我挖的草根，它扑过来狠狠吞了一口，噎得眼睛瞪成了拳头大。我给它捋着脖子，叫它慢些吃。

也就是在这些天，我心中出现了一个计谋，如果家人最终决定要把驴腿打折了卖，我就骑着它去外面讨饭。它的腿是那么结实，我和它一起走，我就不信寻找不到一处有水草的地方。等在外面把它养肥壮了，我再骑着它回来。这个想法把我折磨得难受。我从来没有出过门，也不知道从哪个嵚岈出去能寻到有水草的地方。对，一定要打听清楚了才行，也不能走得太远。这当然不敢叫家人知道，更不能向村里人打听，那么怎么才能走出去呢？为此我夜不能安。

这样我就听到了夜的声音。

西屋里的小侄子时紧时松哭泣着，开始是嫂子抱着他满地转来转去哄，哄了很长时间还不停，嫂子就打着吓他，可他的哭声更大了，嫂子就把他扔在一边不管了。

母亲长长的叹息过后，是磕磕碰碰穿鞋的响动。她在嫂子的房前问："娃娃咋了？"里面没有应，母亲推门进去抱起娃娃，哄了半天，他还是哭。"你起来给娃娃喂奶，怕是饿了？"母亲对嫂子说。"吸不出奶就哭，你叫我有啥办法。"嫂子哭腔调地说。母亲把娃娃放下，他又大哭了。她走出门，在院子里寻了一些柴火进灶房来，我装睡着了，没有出声。母亲从柜子里取了面烧面汤，我听见她从桶中盛了一碗水倒进锅里，水在锅里噜噜响着，面汤很快就好了，母亲用勺子扬起吹着，向嫂子的屋子去了。之后院子里渐渐安静下来。

过了一会儿，母亲轻轻地走出嫂子的屋子，在院子里自言自语道："这天上没有个云彩丝儿。"她坐在屋台上，借着皎洁的月光纳鞋底。她对此非常在行，就是在黑暗里她也会纳。

噜啦，噜啦，麻绳拉过来又穿过去，来来回回，一针一线，密密麻麻地钉在鞋底上。

我在谋划自己的路，母亲在谋划什么呢？

我听见驴悲凉地叫了一声。它一定是听到母亲的动静，向她要夜草吃呢。母亲只好叹息了一声。

如果说这些天我以为在卖驴这件事上，母亲是父亲的帮凶的话，现在我有些可怜她，同情她，她一定想着全家人，父亲、哥哥、弟弟、侄子……而我，正如母亲说的"私心太重"，只想着自己了。我们母女可能都想不明白，所以一直无法入睡。当然我只有这几天无法入睡，而母亲肯定是夜夜失眠，要不然，白天很少看到母亲纳鞋底，可过些天柜子里就放着好几双了。记得当初给小嫂子定亲时，人家还嫌婆婆太年轻，怕折磨人家女子，这当然是人家推辞不想答应的一种借口。之后娶来了嫂子母亲更加辛苦了，她把家里能想到的事都想好，不要嫂子操一分钱的心。没几年光景，母亲的头发就霜染了。我这才意识到我的谋划是多么可怕。仔细想想，如果我悄悄儿出走了，还不把母亲急疯。家里人平安着，母亲都愁得脸上堆满了皱纹，如果我突然间下落不明，她能不急吗？想到这里，我心里顿时很难受，几乎要从炕上翻起来了。我想与母亲商量，我要向她说明我的想法，但我很快就蔫巴了，显然，这是行不通的。家里谁也不会同意，那么我只能悄悄走了。可是那样全家人必然要放下一切，到处寻找我，村里谁家的娃娃出走了不是这样折腾家里人的啊？想到此，我就软塌塌地睡下了。

身边是我的课本，母亲劝我把读书的心收回来，把书收拾起来，好好儿帮嫂子看侄子。可是我没有收心，也没有收书。我不能收，开学我要寻求班主任的帮助。班主任对我一向很关心，她会帮我的。反正，下学期开学我要去上学，偏要去，偏要去……我咬紧牙关对自己说着，眼前一片模糊。

六月，天还是没有下一场雨。我知道父亲说话的分量。"浩儿的学暂叫上着，灵儿就回来帮着家里干活算了。这样的天色，家里的情况你也知道，不是大人不叫你去上学了，咱们家，唉。"这话父亲不知说过多少回了，好像说了好几年，我就是不理。"凭啥？有浩儿上的学就有我上的，咋不叫他回来，他的学习还没有我好。"我态度强硬地说。"你再咋说是个女子，不能和儿子比，女娃娃嘛，常在学校也不是个样子，早些回来学着做家务，以后到了别人家也不受气。"父亲反对女娃读书的旧观念根深蒂固，这我清楚。"男娃咋？女娃咋？我偏要上。"我经常顶撞父亲，但是这回行不通了，母亲没有给我烙下干粮，家里的粮仓已经露底了。我当时跺着脚大哭："我要去，我偏要去。你们偏心儿子，我大哥在城里上班，不也没给家里一分钱吗？反而还向家里要钱。就这，我大嫂还嫌我们家穷，说他们贷款买房压力大得受不了。依我看，不见得儿子上学有了工作，你们就脱产了。"父亲没有理会我，转身走了。

我无力地坐在房台上，浑身瘫软，似乎好几天都没有吃饭了。我感到全身如干裂的河滩，慢慢碎裂分开。

母亲坐在我身边，好一阵，她无奈地说："灵儿，你也长大了，家里的情况你是看出来的，是我们当老人的实在没本事供你读书了，如果有一点办法，我们也不想硬把你拉回来。你大哥念书自个找到了饭碗，不用操心了，是咱们家的福气，现在你小哥也想分家呢。这年景，收拾一院地方，把人的骨髓都要榨干哩。咱们家欠你小嫂子的彩礼钱还没有给清，还有三千块。这天色，土里哪能刨出这么多钱。你们当儿女的，要体谅我们当老人的难处，不要私心太重了，不能个个只想着自个儿。灵儿，听妈一回，不去学校了，听妈的话，回来算了。"

她坐在我身边絮絮叨叨，没完没了，可怜兮兮，低声哀求。

"我不，要回来，叫浩儿也回来，他学习没有我好。"我当然也不希望弟弟辍学，但是我还要这样说，以此寻求心理的平衡。"他比你小，还不懂事，回来能干啥呢？再说也没有扯掉儿子的书，叫女子念书的世理，我的灵儿啊。""你们供我上学，以后我有工作了养活你们。"我这是和她谈判。"我的灵儿啊，不上学去了，算了。今儿你就给驴挖草根去，家里的水你也管好，这是再没有办法的办法。"母亲摸了摸我的头，起身走了。

后来弟弟背着干粮上学去了，他看我时眼中怯生生的，好像我是个陌生人，也许他生怕我拉住他，不叫他去学校了。

我张望着村口的路，心中的希望如春雪般一点点消失了。我多么想奔向那熟悉的路，可是肩头没有干粮，双脚粘在地上，我无力拔起。

王站七十多岁的老母亲一直坐在家门口，她目睹了我们家的这些事情。

她对我说："女娃嘛，上学也不是好事，学成了也是旁人家的人，男娃成功了，就是不给家里一分钱，那也是家里的根。"

我真想把这个老东西一脚踢开，踢得远远的，滚远去。

父亲常说：活在世上的，无论是人还是牲口，福气是命里注定的。看王站家那个红骡子，是个有福气的，多少牲口的腿被打折，送进了馆子，它活在一个有福气的人家，福都享不完。看人家王站女人跟上王站，别人没有吃过的人家吃过，别人没有见过的人家见过，别人没有穿过的人家穿了，别人想都想不出来的，人家用上了。看王站妈，七十多的人了，身子骨还硬朗朗的，一辈子从没有受罪，连个牙痛的病都没得过，有福气的人，在啥时候都是有福气的哩。我活了半辈子，总算是看出这个门道了。

照父亲这么说，人的命运上天早就注定了，我还能挣脱吗？我是个读过几年书的人，我知道，除了我看到的眼前的一切外，还有我无法看到的，更大、更广阔的世界。我难道就要相信命运吗？那么我该如何做呢？老天，请赐予我力量吧。

第二天，父亲和村里的人结伴出门打工去了，他们在内蒙古下了煤矿。我恨我的家人，我在家里摔碗摔碟，要给他们一些脸色看，当然除了在小嫂那里我不敢外，在母亲面前我肆无忌惮。我向她挑衅，她总不吱声。她有时可怜得像个叫花子，被我气过了头，只能抹一把眼泪走了。

母亲变得沉默寡言。常言道：人没钱了不如鬼。母亲在大嗓门的王站女人跟前显得极渺小、卑微。我看不惯她那低三下四的样子，母亲每次去王家用完电话，都要把钱双手捧到王站女人面前，尴尬地笑着，说些好听的话，讨好的神情就如狗饿急了，看见有人手中拿着一块馒头。母亲不认得电话号码，王站女人拨得滴滴嘟嘟响了，一扬手说："哎，通了，接！"母亲神色慌张地接上。"倒了，倒了，给你说过多少遍了，咱们村上的这些人，和死人差不多，没有几个能教会的。"王站女人这时笑得弯下了腰。母亲手颤抖着把电话调顺，脸通红。接电话的不是父亲，母亲说的话他们听不懂，他们说的母亲也听不明白，扯着嗓子一遍遍地问，就一句"刘多禄在不在？"也要耽搁好长时间。"谁？""刘多禄。""你找谁？""刘多禄。"有时，人家听不明白，烦了，就挂断了。每当这时母亲就强忍着眼泪，她不好意思在别人家落泪，但我看她一走出王站家的门，就用袖子抹眼睛了。

我看着她难过，之后我就去给父亲打电话，母亲怕我说不清，跟着。我把电话号码压得脆响，对方接了我就说普通话，省得母亲说不明白，白白浪费时间。如果联系不上父亲，我就把钱扔在王站家的桌子上走人。"到底是上过学的娃娃，比大人强。"我不理会王站女人的话，但我分明听出她话中有话，我才不理她。我看到母亲那更加难堪的神情。"他姨，你看，唉，你不要多心，你知道她的坏脾气。"她一向讨好别人的方式被我打破了，她往日那些可怜的心思白费了，她明白以后还要用人家的电话，有事了还要寻求人家帮忙。这我心中再明白不过了，我只是心情不好，无法控制自己的情绪。我也不想把家里人多年维活下的邻居得罪了，真没有这样的打算。我也不是恨人家有钱，他们有本事我很服气。我只是无端生气，无处发泄。总之，我的心胸太窄小了，经常抱怨。

那天天亮，嫂子说和我哥联系上了，也要出门打工。她说家中连买奶粉的钱也没有，娃娃吸着两个空罐罐把她拖累住啥也干不成。显然，这是母亲没有料到的。侄子才几个月，大热天咋能断奶呢。母亲要打电话问我哥的意思，被嫂子拦挡了。

"娃娃太小了，怕是不成哩。"母亲试探着说。嫂子没有说什么，低头默默地收拾东西，看来她决定好的事，不过是想给母亲打个招呼罢了。

不久，村里的两个女人就来叫嫂子了。"还以为你不想走了，快些，迟了就搭不上班车了。"她们在门外催嫂子。母亲抱着侄子，她叫我帮嫂子收拾，我进屋去，看见嫂子泪流满面，行李已收拾得差不多了。我帮她把行李提出来放在门口。她从母亲怀中抱过侄子喂奶，眼泪一行行落在孩子的脸上，又顺着他的小脸往下淌。

母亲抹着泪，接过侄子说："你放心去，娃娃有我哩。"嫂子捂着脸走了。门口等她的那两个女人也抹着眼泪。她们拉着嫂子说："快走，好不容易把娃娃哄进家里，如果他们跑出来，咱们就走不起身了。"

她们就这样走了，快过崾岘时，她们三个人都大声哭了。

我以后也要同她们一样吗？我不敢想下去。

眼下，家里的活儿全是我和母亲的，她做家务看侄子，我干外面的。地里没有活儿，担水和放驴就是我重要的活儿。

"灵儿，早些把驴拉去，你王叔快回来了。"这话，母亲已经说了好几遍，念经似的，一遍又一遍。

我把昨天挖的草根全倒给驴，抚摸着它坚硬的脸，想起智慧的阿凡提骑毛驴游走四方的故事，想起它脚下这尘土飞扬的大地，想起它背负着铁犁浑身大汗的劳作。那坚硬的土地，它一年年艰难地翻新过，还有那盛满石头的架车子，它挣扎得快要倒了，眼珠就要跳出来了，等拉到了，它的眼珠又缩进深深的眼眶里，使人想起《伏尔加河上的纤夫》。它是多么坚韧，家里所有的重活儿都少不了它。开春耕种，秋后犁地，拉庄稼，它总是最忠心耿耿的奴仆。它奋不顾身地为主人做着事情，如果说它的一生可以量化，来来回回，它一定丈量过地球几圈儿了，而且还忍耐着饥荒。眼下天旱没有收成，驴成了多余的，成了废物，成了非打折腿才能贩出去卖肉的了。老天非把好东西变成废物才甘心。当然，如果天下雨，它就不会有这样的下场。

这些日子，我天天和它到十多里外的村里给家驮水。我把它拉到斜坡处，它静静地等着我把水一点点吊上来，倒进它背上的桶里。返回的路上，我常对它说话。我觉得只有驴才肯听我说，我说什么它就听什么。累了我们停下歇息，我拉着它的耳朵说："你把我驮上，我们走有水草的地方去，外面有很大很大的草原，有非常平的平原，还有长江和黄河，那里有的是水，我和你一起去逃命。"

那么，现在，我拉它去干什么？

它同往常一样把头伸过来，扑在我怀里。我抱着它的头，不知道咋对它说。我的心仿佛钝刀一点点往进戳，我只能使劲抱住它的头。

下午，我把驴拉到王站家去。王站外出收牲口还没有回来。驴挣扎着非要吃王站家骡子槽中的好草，我放开了它。它们在一起耕过地，骡子倒是不欺它。如果年景好，它们俩一定是拴在我家的槽上吃草，并由父亲指挥着劳动。可现在，它们都将与我无关。我的骡子，我的驴啊。

我想把驴拴在角落里，我希望王站抡起的榔头被墙角阻拦，驴的腿就不会打折了。它的腿那么坚硬，能打折吗？那是怎样的巨石相撞，山崩地裂！

我想着，想着，嗓子中干得着了火。

天上没有一丝云。

我这样想着去拉驴，怎么也拉不动，它正急着吃草，如饿疯的乞丐见到了宴席，我使劲拉，它恼了，扭头把我撞倒在地上，我浑身粘满了粪草。它从来没有这样对我粗鲁过。也许它预感到了什么。它吃得很急，噎得眼泪直淌。

是啊，对于生存的无奈，对于命运它明白了。它告诉我，这就是严酷的生活。它用这样的方式和我作别。

夜晚，我用棉花把耳朵塞住，却下意识地想听到什么。很久，很久，我睡着了。

突然，我听到一声惊天动地的响雷。

天啊，驴的腿！

我冲出屋子，天上还是没有一丝云。是我做了个可怕的梦。

天上刺目的白光把我的眼睛灼伤了，我捂了一会儿，跑出大门。

王站家的门口，已经被王站的女人打扫得亮亮堂堂，干净得仿佛能在地面上晾凉粉了。

（发表于《雨花》2014年第9期）

等你长了头发

"你来一下。"张大夫在水房门口碰见了小夏。

小夏应了一声，忙把琛琛吃过饭的碗洗净，搁在床头柜上，就向医生办公室走去。张大夫拿起办公桌上的几张单子，对走过来的小夏说："化验的结果出来了，你们一家人的骨髓，都和琛琛的不配。如果能联系到琛琛的爸爸，在血缘关系中，他还是有可能的。"

小夏的身子有些摇晃，张大夫绕过办公桌，双手扶住了她。小夏软软地靠在白色的条椅上，闭紧双眼。张大夫牵着小夏的胳膊，坐在她身边说："我知道，你有难处，但碰到这种不得已的事，不找他帮忙，恐怕是不行了。"

小夏的泪水，一股跟着一股。

正是晚饭时分，值班的张大夫握着小夏的手说："咱不哭了，要是能把琛琛的病哭好，我陪你哭几天几夜都行，可哭不好呀。"张大夫哽咽着劝她。张大夫是琛琛的主管医生，像琛琛一样患病的孩子不在少数，但同他这样配合医生和护士治疗的，她还是第一次见到。

小夏和琛琛母子俩，租住在一间整洁的小公寓里。小夏每天从工厂下班，就去学校接琛琛。琛琛从小爱帮妈妈洗碗、叠被子、做家务，俨然是个懂事的小大人。这几年，母子俩的日子过得很安静。一天下午，老师打来电话说，琛琛的鼻腔突然出血不止，小夏给管事的打了声招呼，就向学校跑去。

躺在沙发上的琛琛，看见妈妈着急地跑进来，一骨碌翻起来说："妈妈，你不要急呀，我没事的。""琛琛，快仰起头。"老师喊了一声，又对小夏说："也就怪了，没磕没碰的，这血咋也止不住。"小夏一把抱起琛琛，转身向医院奔去。

急诊室止住了琛琛的鼻血，医生瞅着化验单说："这孩子得住院。"小夏不解地问："鼻子不出血，我们是不是就可以回去了？"医生说："血液化验异常，还是赶紧住院进一步检查吧，不敢耽搁。"小夏愣了一下，从医生手中接过单子，蹲在琛琛面前说："来，妈妈背。"琛琛牵住她的手说："妈妈，回家。""咱们要听医生的话，去病房住几天。""妈妈，住几天？"小夏低头，脸贴着琛琛的脸，没有回答。

这一住，已近两个月。

琛琛入院后，张大夫查房的时候对小夏说："得给孩子做骨穿，检查骨髓，请他爸爸来签字。"小夏低声说："我是单亲，我签。""噢，他？"小夏怕琛琛听见，忙给张大夫使眼色，张大夫说："那你来一下医生办公室。"小夏随她进去，张大夫说："我理解，不过，我能不能问一下他的情况？"小夏说："不必了。""他是不是不在了？"小夏说："他在很远的地方，我们早就分手了。""请原谅，我没别的意思，只是在孩子的治疗上，有可能要请他出面。""不用、不用，我自己能做主。"张大夫说："这不单单是为了做主的事，那就先检查，然后看情况再说吧。"

张大夫给小夏详细交代了病情，小夏签完字，跌跌撞撞出了医生办公室，蹲在门外，压着胸口喃喃自语：老天，把病得在我身上吧，我的孩子太小了，他扛不住呀。老天，求求你，别折磨我可怜的孩子。

琛琛两个月大时，小夏抱着他坐了几天几夜火车，从外地回到老家。在老家住了些日子，她又抱着琛琛来到这座城市。如今，六年过去了，琛琛已经长成个小学生了。这些年，她一个人拉扯琛琛，从不提他，更不让亲人问他。她强迫自己忘记他，只想和琛琛安静地生活。不料，张大夫却提起了那个她不愿想起的人。

小夏在外面待了一会儿，等呼吸平缓了，才擦干眼泪，回到病房。

琛琛坐在床上读童话书，见妈妈进来，就凑在她耳边悄声说："妈妈，对面床上的那个哥哥打针哭了。"小夏说："过会儿医生也要给你打针。"琛琛伸了一下舌头，又贴在她的耳边问："妈妈，啥叫单亲？""噢，就是妈妈最亲你。"琛琛拍拍小夏的脸说："哇，我最亲妈妈，我也是单亲啦。"

正说着，张大夫带着实习生来了。琛琛翻身趴下，扭头说："阿姨，我忍住不哭，你大胆打吧。"张大夫将他挪到床边，摸着他的头说："琛琛，乖，阿姨在你的骨头上扎针，有点疼，你想哭就哭，但千万不能动，行吗？""行，我不动。"张大夫摆好体位，让小夏和实习生分别压着琛琛的头和脚，她坐在床边，解开骨髓穿刺包，消毒，打麻药。

琛琛牙关紧闭。小夏的眼泪一滴一滴落在琛琛的额头上、脸颊上、眼睛上。琛琛的小手攥紧妈妈的指头，从牙缝里挤出一句："妈妈……我能……忍住。"

"宝贝，别动，别动。"张大夫说着，将一根鞋锥子那样粗的大针对准穿刺部位，稳稳地刺了进去。

"阿姨，我不动。"琛琛咬着嘴唇，身体微微抖动。小夏和实习生紧紧压着琛琛的头和脚，生怕他动一下。

"马上就好，马上就好，好了，好了。"张大夫安慰着，轻柔地操作着，采集完骨髓标本，取掉针头，贴好伤处，站起来，收拾东西。

小夏蹲下，拭去琛琛眼角的泪水，又拿纸巾轻轻地沾着他嘴唇上刚才咬出的鲜血。琛琛发抖的小手抚着妈妈的脸说："妈妈，别哭，我不疼。"

张大夫望着这对母子，心里一阵酸楚。她把骨髓标本交给实习生，过去摸着琛琛疼得汗津津的额头说："宝贝，要在床上躺着，不敢起来玩了。"琛琛眼里噙着泪，嘴边泛起浅浅的微笑说："谢谢阿姨，我能躺着画画吗？""能。""老师叫我们画画布置教室，妈妈，你快回家给我拿画板吧。"小夏说："妈妈今天要陪你，不能离开。"琛琛说："我一定听阿姨的话，乖乖躺着，要是再不画，就迟了。"望着他乞求的眼神，张大夫对小夏说："那你快去快回吧。"

小夏走后，张大夫和实习生抽空来看琛琛，他果真躺在床上，一会儿看童话书，一会儿玩魔方，一会儿和同室的病人说话。

骨髓穿刺的结果出来了，琛琛患的是白血病，张大夫说这种病最好的治疗方法，就是有可以配型的骨髓进行移植。小夏让张大夫抽了自己的骨髓化验，结果与琛琛的不配型。

张大夫说如果能多找几个亲人，说不定有能配得上的。小夏立即给家里打电话，听说琛琛得了重病，一家人放下手头的活儿，急忙赶往医院。

小夏生活的城市离老家大约七百公里。这六年，她一直没有回去，平常也不多与家人联系。琛琛两岁时，父母赶来看她，那时候，小夏在他们心中掀起的风浪已经平息了，看到女儿上班忙，他们就想把琛琛带回老家照顾，小夏摇头拒绝了。老人见女儿这样倔强，也不敢劝说，只好回去了。琛琛四岁时，妹妹来过一回，当时妹妹再次试探着向姐姐问琛琛的爸爸，小夏一摆手，妹妹就不便问了。这几年，家人常盼小夏带琛琛回去，可她不知道是忙，还是为别的，总是没有回家。眼下，突然接到小夏的电话，一家人又急又担心。

高中毕业后，小夏怀着梦想，去外面闯荡。不久，聪明能干的小夏没费太大周折，就在一家公司找到了合适的工作。一年后成为公司的骨干，过年回来给家里买这买那，惹得乡亲们眼红。两年后，小夏晋升了职务，虽然忙得一年半载也顾不上回家，但家里盖新房、买电视这等大花销的钱都是她挣来的。那时候，乡亲们说起小夏，就会引来一片啧啧的赞叹声，亲人的脸上也堆满了笑容。

转眼，小夏已经三年没回家了，父母想念她，打电话叫她抽空回来。小夏说工作实在太忙。父母说，钱挣多少得够呢？还是要回家转转。小夏说自己啥都好，让家人不要担心，她打算着钱挣多了，就在城里买房子，将来把父母接到城里住。父母对小夏说，只要她生活得好就行，千万别累着，他们在农村生活得好好的，才不想去城里。乡亲们听说了，个个羡慕，哎呀，你们咋不去呢，去当城里人多好啊。小夏的父母说，这女子不过说的耍话。

到了第四年的冬天，正当一家人盼着小夏回家过年的时候，小夏终于回来了。出租车把小夏放在大门口，调头走了。小夏掖了掖裹孩子的包被，低头进了家门。

和从前不同，小夏不是一个人回来的，而是抱着孩子回来的。除了大包小被、奶粉奶瓶、箱子行李，她的脸上身上还落着一片片青伤。

"这，这不是我的小夏吗？你回来了？"母亲惊讶地问。"妈，回来了。"小夏抱着孩子坐在椅子上。

"你的脸咋伤了？和人打架了？受人欺负了？"父亲紧张地问。"不小心受伤了。"小夏说。

"这是谁家的娃娃？"母亲伸手抱过孩子问。半天，小夏说："我的。""你的？你啥时候结婚了？""没结。""啊？那这是谁的娃娃？""我的。""噢，娃娃的爸爸呢？""不要问了。"

一阵沉默后，父亲又关心地问："天寒地冻的，你咋一个人抱着娃娃来了，你们是不是闹啥别扭了？""别问了！"小夏哽咽着说。母亲接过孩子，放在炕上给他换了干尿布。小夏拿出奶瓶，冲了奶粉递到母亲手中，就拉开被子躺在炕上，合上疲惫的眼睛，一言不发了。

母亲向家人递了个眼色，他们出去了。给孩子喂完奶粉，母亲把孩子放在小夏身边，下地去了厨房。

父亲瞅着母亲，母亲瞅着父亲，弟弟和妹妹瞅着父母，谁也不知道，他们的小夏到底怎么了？

"肯定和男人闹别扭，挨打受气了。狗日的，闹家务也不能把女人打成这样！"父亲说。

"这女子，啥时候结婚的，也不给咱们说一声，突然就抱个娃娃回来了。这么远的路，也没人送她。"母亲低声叹息。

小夏的弟弟和妹妹手搓着手，不知道姐姐到底遭受了什么。这些年，他们只幻想着姐姐生活得好，幻想着她出人头地，幻想着她衣锦还乡。眼下，姐姐猛然这样狼狈地回来，简直就像在他们的肉上扎了一刀。

不能胡乱猜测了，赶紧收拾做饭，把厢房的炕煨热，把炉子生旺。

吃过饭，妹妹抱孩子，弟弟拎行李，父母忙前忙后，安顿小夏和孩子住在厢房里。

消闲的冬天，乡亲们听说小夏回家了，纷纷前来看望。小夏闭门不出，谁也不见。面对乡亲们热情的问候，父母只好找借口，为女儿打圆场。他们躲闪的目光，结巴的语气，使乡亲们不由得怀疑：这个风光的女子，难道在外面栽啥跟头了？

小夏一睡就是十多天，除了吃饭，就是睡觉。开始几天，她好像累得抬不起眼皮。后来，她只是静静地躺着，有时闭着眼睛，有时睁着眼睛，望着房顶发呆。白天，一家人轮换哄孩子。晚上，母亲或妹妹睡在小夏身边，帮着照顾孩子。

小夏就这样一声不响地睡着。有时，母亲拉住她的手问，她也不说话，问得多了，小夏就说："妈，我的事，你啥也不要问了。"有时，父亲叫小夏去堂屋里坐一阵，她也不去。有时，妹妹问小夏，小夏说："你还小，姐的事，你不懂，你以后长大了，我给你慢慢说。"唉，他们的小夏以前不是这样的。

小夏突然归来，别说乡亲们私下里议论纷纷，猜测了无数传闻。有和小夏家关系好的人，心怀忧虑。有些人不免笑话，哼，那女子，能得很，头上长了刺蓬，把人耍大了，是不是招上歪风了。

不怪外人猜测，就是自家人也是一头糨糊，谁也说不清楚小夏的情况，不知道她到底怎么了。父母猜测，小夏肯定和男人闹家务赌气回来了。就算闹了家务，过几天，男人也该回来找女人和娃娃，哪能任由她娘儿俩一走不管呢。于是，一家人天天盼着有个男人上门来。盼过了腊月，盼到了年。等到过年的时候，娃娃的爸爸总该借着拜年的机会来了吧。在大年初二到二月二的这段日子，只要有人叫门或有人来访，一家人就跑出去，看是不是有个男人来找小夏。只是，来的不是亲戚，就是乡亲，并没有盼来一个打问小夏的陌生男人，家人的心更悬了。难道，娃娃这么小，小夏和男人分手了？还是，娃娃的爸爸出什么事了？家里人嘴上不说，心里个个都很着急，小夏就是不吐露一个字。女子大了，有主见，做父母的又不能逼着问她。不说就不说吧，只要小夏的伤退了，精神好了，娃娃乖乖儿长着，事情总有水落石出的时候。再说，不管出了啥事，只要小夏在家人身边，就已经很好了。

来年三月，天气暖和了，小夏要带琛琛走。家人问她去哪里？她说回去上班。父母要送她，她不让。弟弟和妹妹要送她，她还是不让。父母就安顿她回去后，一定和男人好好过日子，千万别打打闹闹的。小夏没有吱声。临走的时候，他们又叮嘱她，到了一定给家里报个平安。

几天后，小夏打电话说她到了，叫家人放心。父母嘴上说那就好，

那就好，其实还是不放心，又问琛琛爸爸的情况。小夏说，很好。父母以为她去了原来的地方上班了。琛琛两周岁时，小夏打来电话，直到那时，家人才知道小夏并没有回原来的单位，而是就在离家不太远的地方。父母想小夏，要去看她，小夏不让。母亲只好说想去城里的大医院看胃病，小夏听说母亲胃疼，就叫父亲陪着母亲赶紧来看病。母亲的胃并无大碍，小夏带他们在城里转了几天。父母见小夏精神大好，也就不那么牵挂她了。

小夏偶尔给家里打个电话，问候一声，说她和琛琛生活得很好。过了两年，妹妹又去看了一趟小夏母子。这一晃又是两年，因为琛琛得病，小夏就叫一家人都来医院，为琛琛做骨髓配型。

医院的日子是疼痛的、单调的、寂寞的、难熬的。小夏跑出跑进，去单位办理请假手续、做饭、送饭，不能常守在琛琛身边。琛琛服药、打针、输药，疼了悄悄落几颗泪珠，心慌了和病友说说话，闲了趴在床上画画、看书。

老师和同学来看望琛琛，琛琛拿出自己的画让老师挑选，老师说他的画都好，琛琛就把画全部送给了老师和同学。

老师和同学走了，琛琛很心慌，每天查房都问张大夫："阿姨，我啥时候能回去上学呀？"张大夫说："等你的病好了，就回去。"琛琛说："我的病啥时候才好呀？"张大夫说："还得过些日子，你别心急，病就能好得快。"琛琛说："那行，我不心急了。"

张大夫只能这样安慰琛琛，为让琛琛安心治疗，张大夫过几天把女儿的玩具找出来，洗干净带给琛琛。过几天，又把女儿的书拿给琛琛。

家人赶到医院，张大夫把琛琛的情况给他们讲了。没啥可说的，只要能治好琛琛的病，只要他们谁的骨髓能与琛琛的配型成功，不管有没有风险，不管怎样疼痛，他们都不怕。

可惜，经过检查，一家人的骨髓，都与琛琛的不相配。

"这可咋办？"父母焦急地问张大夫。张大夫说："就看孩子的亲生父亲，能不能配型了。"

父亲就背着琛琛对小夏说："以前，你不叫我们提他，我们也不敢多问。眼下，碰到人命关天的事，你给我们说个实话，到底是咋回事？他到底是死是活？如果他死了，咱们也就不指望了。如果活着，不管咋说，在救娃娃命的事上，他总得管。"母亲接着说："不管你们吵闹了，还是离婚了，我们都不怪你，都尊重你，只是，你给我们说说，他到底是咋回事？哪怕你不愿意找他了，我们去找他。哪怕他不过问你和琛琛的生活，从来也不认咱们的门，但在给琛琛治病的事上，别说是娃娃的亲爸，就算是旁人，肯定都不会推辞。"

小夏实在没办法了，只好向家人道出了实情。

琛琛的生父是小夏原先工作的那家公司的一个小头儿，当年追求小夏时，他说自己是单身，对小夏特别关心，小夏对他也十分满意。那段时间，温情似云如雾，笼罩着痴情的小夏。在她梦想与他牵手婚姻时，公司却派他去了国外。与所有的恋人一样，小夏与他相别的眼泪化成了牵魂的丝线。

八个月后，当他走出机场，看见小夏挺着大肚子站在面前。

"你？和谁结婚了？"他吃惊地问。

"你不在，我还能和谁结呀。"小夏笑着拉住他的手。

"这是怎么回事？"他指着她问。

"你走后才检查出来的，名字我都想好了，不管是男孩还是女孩，就叫琛琛，这名字好听吗？"小夏笑着问他。

"天哪，为什么不早告诉我？"

"我想给你一个惊喜呀。"她伸开胳膊拥抱他。

他一把推开她，严肃地说："简直是胡闹！"

"你怎么了？"瞬时，委屈的泪盈满了她的眼眶。

他无力地坐在椅子上，小夏给他的不是惊喜，而是一枚炸弹。

两个人曾经爱得无间，此刻，一个即将落地的生命，犹如天河，隔在他们之间。望着他无比沮丧的样子，她由不住心疼。

"你怎么了？"良久，她摇着他的胳膊问。

"快，上医院！"他猛然站起来，牵住小夏的胳膊就走。

"昨天刚检查过，一切正常。"她说。

"不能要。"他果断地说。

"为什么？"

"我已经有家了。对不起！我不是有意欺骗你，我是真心喜欢你。"

他同样扔给小夏一枚炸弹。

小夏扶住椅子，吃力地喘气。

他松开手，让她坐在椅子上，他坐在对面。

小夏低着头，地面一片潮湿。他抱着头，沉默不语。

小夏站起来，走出候机室。

他跟在身后问："去哪儿？"

小夏说："从今往后，我们就是陌生人，谁也不认识谁，我的任何事，都和你无关。"

"听话，去医院。"他拉住她说。

"放开我！"小夏说。

"去医院。听话。"

"放手。"

"听话，别固执，要不然，只会毁了我们两个人的生活。"

"我骗你呢，孩子是别人的，放开我。"小夏说完要走。

他死死拉住她。

小夏说:"你放心。我很好。我们都会很好。"

"你想怎么办?"他追问。

"不用你操心,我们会生活得很好。"小夏说完,挣脱他的手,独自走了。

小夏吞咽着泪水,不让它流出来。泪水惊醒了腹中的宝宝,宝宝踢腾起来。她停下脚步,昂起头,所有美好的期盼,顿时坠落,变成了雨。

小夏抚摸着腹中的宝宝。往常,她低唱呢喃,给宝宝说她和他的爱情,说他们三个人将来的生活。现在,她怎么给宝宝说呢? 说什么呢? 哎呀,宝宝是不是听见他的话了? 如果宝宝听见爸爸如此说,他的小心灵怎么受得了呢? 但愿,宝宝那时正在梦中,什么也没听见。那么,快收起眼泪吧,如果宝宝知道了妈妈为啥伤心,他的小心灵同样受不了。

小夏渐渐冷静了,决心要把孩子生下来,一个人拉扯。

孩子用的小被、衣服、奶瓶、尿布之类,她两个月前就买好了。眼下,她给自己买了坐月子必需的东西和穿的衣服,又备足了一个月的食物。

预产期到了,小夏住进医院,剧烈的阵痛令人眩晕,她咬紧牙关,冷汗湿透了棉衣。别的孕妇身边,有丈夫喂水,婆婆搀扶,母亲安慰,而她,再疼只能一个人扛着。撕裂的阵痛持续了两天一夜,琛琛终于出生了。生了孩子的她,腹痛得吃不下饭,抱不起孩子,要不是邻床的一个家属好心帮忙,她自个连卫生间也去不了。过了几天,医生让她回家休养,她抱着琛琛回到了住处,忍着疼痛,挪着脚步,自己伺候自己坐月子。

产后,她的身体还是太虚弱了。有天夜里,她正在给琛琛换尿布,猛然感到呼吸困难,心里难受,眼前发黑,伸手在床头找药,药没找到就啥也不知道了。隐隐的,她听见琛琛的哭声,挣扎着睁开眼睛,看见琛琛光着腿，小脚丫乱蹬。伸手一摸，琛琛的小脚凉凉的。她拉住床栏坐起来，慢慢抱起琛琛，小声哄着，给他喂奶。琛琛不哭了，他的小脚在妈妈的怀里渐渐温暖。

没有人照顾的月子终归有难处，不知是心情不舒畅，还是吃的有些单调，小夏的奶水不够琛琛吃。凌晨，小夏起来给琛琛冲奶粉，低头放暖瓶的时候，又晕了。她伸手扶桌子，结果碰倒了刚冲好的奶粉，奶粉洒了，奶瓶砰的一声滚下桌子，惊醒了琛琛。小夏挪到床边，哄乖了琛琛，又去洗了奶瓶，重新冲奶粉。

小夏担心，万一自己有个意外，琛琛怎么办呢？她想给他打个电话，一想起那天见面的情景，又作罢了。要不，请个保姆吧，想来想去，又觉得来个陌生人，她不放心。如果母亲或妹妹能来照顾她的话，当然再好不过了，可这事，她怎么向亲人说呢？她叹了一口气，把吃饱的琛琛放进被窝里，然后轻手轻脚下地，给自己做早点。她想，要吃好点，也要让自己快乐起来。

一天，有人敲门，原来是他。小夏坐在床边，手里拿着一块手帕给琛琛缝护巾。床上，有一个长得酷似这个男人的小孩。他瞅着他，神色恐慌。

"孩子的爸爸出差了，他过几天就回来。"小夏望着他的脸，挤出一丝苦笑，她不想让他感到为难，也不想再与他有任何瓜葛。她觉得这个男人非常陌生，根本不是爱过她和她爱过的那个人。是不是认错人了？也许，她爱的那个人还没回来。那，他又是谁？来干什么呢？经历了生产的剧烈疼痛，小夏觉得有些事变得模糊，说不清了。

"噢，那就好，那就好。"他说着，转身要走。

小夏低头，针尖不小心刺进了指缝，她放下针线，用纸压住流血的指头。

他门开的瞬间，一个满脸怒气手持木棍的女人突然冲进来，他没想到妻子在跟踪，吓得惊叫了一声，逃跑了。

小夏从来没见过这个女人，也没有丝毫防备。女人叫骂着，扑过来把虚弱的小夏推倒在地，狠狠痛打了一顿，打骂声惊醒了琛琛，他大哭起来。女人又要去打琛琛，被小夏死死拉住了。女人打够了，用木棍指着小夏的鼻子警告，如果再勾引她的男人，她就掐死小夏，捏死孩子。

小夏本来打算等琛琛长大点了再离开，眼下寒冬腊月，小夏怕琛琛受到伤害，就挣扎起来，匆忙收拾东西，逃回了老家。

有亲人的呵护，小夏身上的伤退了，心头的伤也淡了。她想，住在老家也不是常事，就带着琛琛离开老家来到城里。手头有些积蓄，她索性安心陪着琛琛，一直等到他学会走路了，才把他送到幼儿园。她找了个能准点下班的工作，这样不用加班，不用出差，每天都能按时去接琛琛，陪他玩，给他做好吃的，给他讲故事，搂着他安心入睡，捧着他快乐成长。她的心紧紧拴在琛琛身上，不让他受到伤害。琛琛自小没生过大病，偶尔感冒发烧，吃几天药也就好了。谁能想到，向来健康的琛琛会得这种病。

六年了，为让琛琛安静地成长。小夏更换了新的手机号，断了和他的联系，也断了与原来同事的所有联系。

如今，怎么办呢？

小夏徘徊来，徘徊去，终于找了个借口，拨通他办公室的电话。是一个女人接的电话，说他出国去了。小夏打听他在国外的联系方式，女人磨蹭了一阵，告诉了小夏。挂上电话，小夏长长松了一口气，尽管他的骨髓也不一定与琛琛的匹配，但总算多了些许希望。

国际长途电话联系不到他。小夏就以只有他能读懂的方式，将琛琛的情况通过国际快递投寄给他。

总是没回音！难道他没有收到吗？或许他正准备启程。

小夏焦急地等着，一家人也焦急地等着。

护士给琛琛输液，琛琛伸出布满针眼的小手，闭住眼睛说："阿姨，你挑吧。"护士捧过他肿得厚厚的手，看来看去，决定在右手上扎，可惜针刚进血管，手背就鼓了包，护士只好拔掉针，又在左手上扎。小夏心疼难忍，不觉间泪水滑下脸庞。琛琛睁开眼睛，抬起鼓包的手，擦着小夏的眼泪说："妈妈，你咋哭了，我不疼，真的。"小夏吻着琛琛的手，喃喃地说："妈妈没哭。"

化疗使琛琛的脸色苍白，浑身水肿，头发全掉了。琛琛望着镜子里的光头，难为情地说："妈妈，看我这光头，同学会不会笑话我呀？"小夏说："不笑话，你像动画片上那个聪明的一休小和尚。"琛琛笑笑，学着一休的样子，用手指在头上画着圈儿问："妈妈，咱们啥时候才回家啊？"小夏说："还得过些日子。"琛琛说："你每次都说过些日子，这都过了好多日子了。"小夏说："再过些日子。"琛琛说："再过多少日子？"小夏搂住琛琛，吻着他的额头说："等你长了头发……"

很长时间仍没有他的音讯，父亲说他是不是骗小夏呢，非要亲自去找。小夏不让，父亲说他会找个借口，把他叫到背地里，给他说琛琛的病情，哪怕是求他，也要把他求到医院来。小夏拦不住父亲，就叮嘱他千万别对外人说，她不想让无关的人知道琛琛的消息，父亲答应了。

父亲坐了几天几夜火车，找到他所在的公司打听，公司的人也说他出国去了。问多长时间能回来，说得好几年。父亲没办法，只能回来。

琛琛的病加重了。小夏的积蓄快花完了，父母把家里的牛羊和粮食都卖了，凑钱给琛琛治病。

病房里，有一个病友与骨髓库中捐献者的配型成功了，张大夫跑进病房，激动地宣布了这一好消息。那个整天闭着眼睛不说话的人，惊讶地从病床上坐起来。不久，幸运的他进了无菌仓，接受了骨髓移植，生命逢春了。

一个病友没有等到配型的骨髓，身体渐渐衰弱，黄叶般凋落。另一个家里拿不出来钱，住了几天就回去了，也不知道他怎么样了。还有一个和琛琛一样，等待着，也许有一天，有捐献者的能与他们匹配成功。也许，他们一直要等，或等到，或终究等不到。

下了一场雪，病房外的窗台上，堆着厚厚的积雪。早晨，张大夫走进病房，窗帘边刺眼的白光，落在琛琛没有血色的脸上。她心中一惊，急忙拉开窗帘，跑过去，抓住琛琛的小手。

琛琛醒了，气息微弱地说："阿姨，早上好。"张大夫弯下腰，瞅着他的脸说："好。"琛琛看见了大雪，欣喜地说："啊，下雪了。妈妈，咱们堆雪人去。"张大夫把琛琛的手放进被窝，拍拍他的肩膀说："乖，外面太冷，不敢出去。"说完，扭头对小夏说："你来一下。"小夏跟她出去了。

"与捐献者的骨髓配型成功几率太小了，这样等着不行，还得想办法寻找琛琛的父亲。"张大夫说。

小夏把琛琛安顿给家人和张大夫，亲自去国外找他。可是，那个女人给小夏说的地址是错的。她又打电话问他以前在国外工作的地方，那边的人说他没在那里。他到底在哪里呢？她一定要找到他。

飞机穿过大洋，穿过群山，穿过一个又一个国家，穿过城市和乡村。夜来了，星星仿佛就在眼前。小夏望着夜空，喃喃地说，我的宝贝，你快点好起来吧，妈妈要带你到天际数星星。

半夜，航站楼如一块吸铁石，将飞机从星际吸进当年她等他回来的那个机场。风很大，下飞机的人转瞬就散了。小夏来到等他的那把椅子跟前，慢慢坐下，看看表。看的还是以前看过的表，坐的还是以前坐过的椅子，她在等待天亮。

飞机降落了。飞机起飞了。一波人来了。一波人走了。

一个年轻的女人在她身边坐下，可能是给男友打电话吧，声音低低的，有些哽咽。过了一阵，走了。一个中年男人又坐下，从手提包里掏出本子和笔，记着什么，然后，走了。彼此之间，没有问候，没有对视，没有道别。陌生，匆匆。

小夏搓搓手，去卫生间洗了脸，天快亮了，她走出机场，坐上一辆大巴，踏入曾经逃离的那个地方。找到以前熟悉的一个同事，从她那里打听到，这几年，他和妻子的关系越来越僵，妻子经常来公司，闹得他没法工作。去年，他离了婚，辞掉这里的工作，去了别的地方。公司的人都被他的妻子闹腾烦了，他走后，大家商量，凡有人问起，就说他出国了。

得到他的手机号，小夏跑到一个僻静的角落，身子靠在墙上，指尖颤抖着按下那一串数字……

（发表于《朔方》2018 年第 5 期）

丢豆子

　　正午的太阳好像被谁钉在了天空，烤得彩云的后背快着火了。她割一阵豆子，抬头看看天空，盼着太阳能快点斜一斜。可是，她每次抬头，太阳都不偏不移地停在那儿。

　　彩云额头涌出的一层层汗水，聚积成一串串汗珠，滴滴答答，刺得她的眼睛越来越模糊。她站起来，解开湿漉漉的衬衫扣子，伸伸腰，取下潮湿的草帽一扇，扑面而来的还是热浪。她家的豆地，深陷在锅底塆，是个天然的热锅。北坡南坡豆地里，娃娃们还扯着长丝丝的豆蔓吃嫩豆角。锅底塆的豆蔓挨不住太阳的烘烤，抢先黄了。太阳对锅底塆总是偏爱得有些不依不饶。彩云抢不过熊熊的阳光，任它炒得一个个豆角噼啪咧嘴，吐出一颗颗白豆儿。小小的白豆豆一出豆角，便纷纷逃窜，有的躲到豆蔓下，有的藏进石缝间，有的钻进杂草里，成了再也收不进粮仓的"丢豆子"。

　　彩云真想去山梁上透透气。昨天半夜彩云睡得正香，突然有个亲戚打门，叫她男人去帮忙看护一个病重的老人，男人跳起来穿上衣服跑了。彩云本来和男人商量好的，今天赶早一搭儿上地割豆子，可是夜里一打扰，她早晨惊醒时天已经大亮了。彩云摇了摇仍然睡着的女儿，附在她耳边说："妈妈割豆子去了，你睡醒了，把门关好去奶奶家。"女儿迷迷糊糊地答应了一声。彩云顾不上管她，急忙背上干粮和镰刀上地了。

彩云割了一上午豆子，眼下又热又困，两把黑乎乎的头指，僵硬得简直有些握不住镰刀了。她想回家，又心疼越来越多的豆角里蹦出越来越多的丢豆子。算了，咬咬牙接着割，要不然，这样的毒日头非把满地的豆角都晒爆不可。想到这里，彩云就手对手捏搓了一阵指头，从割倒的豆笼下取出干粮袋子，喝了半瓶水，啃了一块干粮，然后拾起镰刀接着割豆子。

豆蔓变得又干又脆，彩云每割一把，就见三三五五的丢豆子在地上乱跑。彩云看看天空，太阳仍然没有挪动。这毒辣的太阳，这烤人的锅底塆，不知要糟蹋多少豆子呢。彩云不时用袖子拭着脸上的汗，嘴里不停地唠叨着："东山西山的庄稼，哪搭不是一坨儿一坨儿慢慢缓着黄呢，偏偏这个锅底塆的，说黄着来，就狠赶着，猛跌子黄透了。"不管她咋唠叨，地里的豆角像故意跟她作对，噼啪咧嘴。那些灰的绿的蚂蚱们跳来跳去，故意和豆子在豆蔓上玩着跷跷板。

"得赶紧割。"彩云紧握着镰刀对豆子说。她甩开镰刀割了一大片，再抬头时，眼前出现了一层怎么也挥之不去的浮云。她抬头望望天空，太阳还是静静地停在头顶。

就在这时，六岁的女儿在山下的路上边跑边喊："妈妈、妈妈，你快回来。"彩云急忙站起来问："咋了？"女儿说："妈妈，你快回来，我姨姨来咱们家了。""哪个你姨？""我水仙姨。""啊！"彩云一听表妹水仙来了，眼前一亮，顿时来了精神。她扔下镰刀，磕掉撑满布鞋的土，拍打着衣服就往回跑。

水仙是彩云小姨的女儿。当年，彩云的小姨和姨父在城里开馆子，生了孩子没人照顾，小姨就将只有三个月大的水仙送到了彩云家。彩云本来到了上学的年龄，可为了水仙，父母就没让彩云去上学。当同龄的孩子背着书包走进学校时，彩云就背着水仙到处玩耍。

水仙断奶早，她又不吃奶粉。彩云可没少为这个表妹操心，她用温火炒了酥脆的白面块儿，偷偷地放在一边，连自家的妹妹也舍不得给，只存着水仙一个人吃。平日洗衣服，彩云总是先给水仙洗。妹妹抱着衣服跑来说："姐，先洗我的。""先给水仙洗。""她的一洗水就脏了。""脏就脏了，反正先得给水仙洗。"妹妹一听气得哭起来。不知多少个夜晚，妹妹和水仙为抢绣花被闹得不可开交。彩云见妹妹把水仙惹得哇哇大哭，就把绣花被硬从妹妹怀里拉过来，盖在水仙身上。水仙不哭了，妹妹又哭起来了。为此，彩云没少骂妹妹。

有一年夏天，水仙不知得了什么病，无论彩云怎么哄她，她都不愿意吃东西。彩云妈着急了，准备把水仙送回去。彩云哪里舍得水仙走，她想来想去，就说："妈，咱们做些凉粉，说不定水仙爱吃呢。"彩云一提，妹妹也嚷着要吃了。凉粉做成了，彩云先给水仙切了一小碗，调上韭菜花儿和清凉的姜水，水仙果然胃口大开，一下吃了两小碗。这下，彩云妈才不提送水仙回去的话了。水仙依然从早到晚缠着彩云，彩云仍然时时照顾着水仙。小姨和姨父偶尔来探望女儿，见彩云如此牵心水仙，就给彩云买了一身新衣服。妹妹见姐姐有了新衣服，也闹着向妈妈要。妈妈说："只要你和你姐一样心疼水仙，小姨也给你买新衣服呢。"妹妹一听，就跑过去背水仙，结果没背起，两人一起摔倒在地上，水仙哭了，彩云抱起水仙，朝妹妹屁股上一巴掌，妹妹委屈地哭了。

水仙六岁的时候，小姨要接她去城里上学。彩云抱住水仙哭着怎么也不放手，惹得两家人都哭了。小姨捧着彩云的脸说："别哭了，水仙会经常回来的。""水仙是我家的，我不叫她跟你们去。"彩云一哭，水仙也哭着不回去了。最后，小姨和姨父硬抱起水仙走了。十多年过去了，每每想起那一幕，彩云的眼里就不知不觉盈满了泪水。水仙回去后，小姨只带她来过彩云家一次。那时候，她已经学会认字了。尽管彩云经常惦念着水仙，但水仙回到父母身边后，就慢慢地把彩云一家淡忘了。

今年春节彩云听妹妹说，水仙在城里开了一家时装店，还找了一个称心的男朋友。妹妹打趣地说："姐，人常说亲的不得远，远的不得亲。水仙小时候，你不管我，一心一意偏心她，如今我经常来看你，水仙能不能想起你，还说不准呢。"彩云笑着说："水仙那么小，记不得咱们也是正常的。"妹妹撇着嘴说："看看，你又说偏心话了。""不是偏心，水仙当时没人照看，咱们不心疼她，谁心疼她呢？""要不是她，你就上学去了。咱爸咱妈当时是不是吃浆糊了，咋能叫自家的女儿给别人拉扯娃娃呢。""小姨咋是别人呢？小姨是妈亲亲儿的亲妹子，就像你和我一样亲么。""我才不会像小姨那么私心。""都是过去的事了，还说它干啥呢？只要水仙过得好，我心里就高兴得很。""其实，人家水仙过得好不好，和咱们没有啥关系。""咋没关系？她过得好了我就放心了。""你放心，人家过得比咱们都好。小姨和姨父开馆子攒了几百万，如今又给水仙开了那么大的服装店，可他们谁也没记着给你送一片布角角儿。"彩云拍着妹妹的肩膀说："我可从来没指望水仙给我送啥东西。"妹妹冲她一笑说："我也不是要你沾她的啥光，唉，只是觉得他们没有良心，根本不记得咱们拉扯水仙操下的心。"彩云还如从前那样心疼水仙，妹妹的话，她并没有放在心上。

水仙是两月前结婚的。彩云听说水仙准备结婚，连夜赶着给水仙绣了两双花鞋垫，绣了一幅鸳鸯戏水的护被单。她还打算绣一对鸳鸯枕头的时候，白天农活的劳累加上连续熬夜，彩云患上了严重的眼病，两只眼睛肿得睁不开，疼得她彻夜不眠。男人给彩云点着眼药，埋怨："依我说，你绣的那些早都过时了，人家根本不稀罕。我看你是白费眼神呢。""水仙小时候最爱盖我家的绣花被。如今她要啥有啥，肯定不稀罕这些，可不管咋说，这是我的一片心意。"男人说："但愿人家能领你的心意。"

彩云被眼药刺得皱着眉头说:"唉,你说我这个人也就怪了,水仙在我心里,就像咱们的女儿一样,叫我心疼呢。"

水仙结婚时,小姨雇了两辆大客车,请各处的亲戚去吃宴席。不巧的是,彩云偏偏没有那个福气。那时,她的眼睛仍然疼得看不清路,医生说眼病可能有传染性,彩云就让男人带着她绣的礼物,给水仙贺喜去了。男人回来说:"啧啧,人家有钱人办事那个排场,几十辆小车,几百桌宴席,最好的烟,最好的酒……"彩云因为水仙出嫁心里有点难过,但听男人讲了水仙打扮得多么漂亮,笑得多么开心之后,她仿佛看到穿着美丽婚纱的水仙翩翩而来。过了一会儿,彩云又问男人:"水仙看我给她绣的东西了没有?""人家那么忙,哪有工夫看你的古董。""那就等水仙闲了慢慢看吧。"彩云说。

彩云想着往事,禁不住笑了。眼下,水仙带着新女婿来"认亲",她会是个啥样子呢?彩云边跑边想象着。

彩云跑到小车跟前,车门缓缓地打开了。一双穿粉红色高跟鞋的脚落地后,一只涂着红指甲戴着钻戒的手扶住了车门,随之,头发盘得高高的水仙,戴着金边太阳镜走出了车,粉红的连衣裙飘然而下,款款地抚在水仙的膝盖上。水仙长长的脖颈上带着铂金项链,手腕上洁白的玉镯在阳光下闪闪发光。围观的人群惊讶得发出"啧啧"的赞叹声,那些调皮的孩子则你挤我,我挤你,一点点向前凑近。

"水仙,你来了。""姐。"水仙答应了一声。彩云慌忙在衣襟上蹭了蹭双手,扑过去拉住了水仙的手,像个慈爱的老妈妈瞅着水仙可爱的脸,纷纷而下的泪珠落在她们的手上。彩云手上的污渍,粘在了水仙白净的手和美丽的红指甲上。水仙想放开彩云的手,可彩云紧紧地拉着水仙的手说:"姐多少年没见你,你都长这么大了。"水仙说:"姐,你也变样了。""唉,咋不变样呢,看,我女儿都六岁了,像你走的时候一样大了。"彩云抬起右手拭了一把眼泪，指着旁边围观的女儿说："来，让你水仙姨看看。"女儿宛然一笑，缩到人群后面去了。彩云对水仙说："她怕生，一点儿也不像你小时候那么胆大。"

彩云拉着水仙说话时，一个身材魁梧的男人走下车，整了整西服，望着彩云被汗渍和眼泪弄得地图似的黑脸，皱着眉头笑起来。"哦，这是妹夫吗？看我，只顾和水仙说话，把妹夫晾在了一边。快，快进屋。"他从车厢里拎出包说："我们绕了好几个地方，来认你们这些山里的亲戚，真不容易。"彩云牵着水仙的手怜惜地说："你没晕车吗？咱们这里的山路不好走。"水仙摇摇头说："我不晕车。"

一直到大门口，彩云才放开水仙的手，先去把狗拉进羊圈，请水仙两口子进了堂屋。

彩云早上走得急，没顾得收拾家，谁料来了亲戚。望着炕上女儿折的被子和有点儿凌乱的家，彩云急忙用毛巾擦了椅子和桌子，歉意地说："你们先坐下缓一缓，我给咱们沏茶。"水仙说："姐，你不要忙了。我们坐一阵就走。""好不容易来了，我可不叫你们走。"彩云给他们泡了茶，然后开始收拾家。水仙两口子从包里取出矿泉水，转身站在屋台上。水仙拧开矿泉水瓶，让女婿给她倒水洗手。

彩云麻利地收拾了堂屋，出来笑着说："水仙，你们进屋喝茶缓着，姐给咱们做饭去。""姐，这山上有草莓吗？""有是有呢，就是在后山里，还远着着。""有多远？""翻过后面那个山，再过两道垮就到了。"水仙高兴地搂住女婿的腰说："咱俩摘草莓走。""走。"彩云听他们要上山，急忙说："水仙，你想吃，姐给你摘去，你穿着裙子可不敢上山去。""姐，我们经常去外地旅游，行头齐全着呢。"说话间，水仙女婿就从车里拿来了行装。彩云见他们真要去，又说："天正热，你们先缓一缓，吃了饭我带你们去。""姐，我们饱着呢，不吃饭了。"水仙说完准备换衣服了。彩云见劝不住他们，就拿起门后的鞭子说："姐给你们吓蛇去。"水仙笑着说："我们的行头可是世界顶级品牌货，啥也不怕。姐，你忙你的，不用管我们。""那你们上山一定要小心。"

彩云在灶房里舀水的工夫，他们就换好衣服出发了。彩云用温水毛巾拭着被太阳晒得生疼的脸，一直目送着水仙两口子上山了，才进门用香皂一遍遍搓着被杂草汁染得怎么也洗不干净的手。洗完了，她特意换上一身新衣服准备做饭。

做啥饭呢？彩云自问道，还是做水仙最爱吃的凉粉。她从山上回来，吃一碗凉粉，多爽快。彩云挽起袖子，端着面盆走进粮仓，取了几碗磨掉皮的荞麦粒子，倒在面板上，拌上凉水，拿起一块圆石头，一遍遍碾磨起来。这是很费工的事，荞麦粒碾磨细了，彩云在锅上撑着擀面杖架上箩儿，喊来女儿帮忙。女儿洗了手，用小手紧紧地抓着箩儿说："妈妈，我水仙姨简直像仙女一样，她来咱们家干啥呢？"彩云说："她认我来了。""她以前不认得你吗？""认得，咋不认得，她小的时候，我天天背着她到处耍呢。""我水仙姨的裙子太好看了，妈妈，你也给我买嘛。""等你和水仙姨一样大了，妈就给你买。""妈妈，和我水仙姨一起来的那个人是谁呀？""是你水仙姨的女婿，你叫姨父。"母女俩闲谈着，将碾碎的荞麦粉全部用净水过到锅里，然后在灶膛里生了火，边烧边不停地搅动。直到锅里的凉粉全粘在一起了，用温火炖一会儿，再用碗将凉粉盛出来晾着。

彩云向锅里倒了两瓢水，跑进菜园割了些嫩嫩的韭菜回来，洗干净，切碎。她刷了锅，在锅里倒了胡麻油烧热，泼了红辣子，又炒了韭菜花，炝了醋，等碗里的凉粉凉了，就可以调着吃了。

做好这些，彩云走出灶房门，看见太阳西斜了。她望着山顶，等水仙快点回来。她早已忘了锅底塆的豆子，只担心水仙在山上碰见蛇，或偶然有兔子从草丛中跑出来吓着水仙。

彩云正焦急地望着山顶，邻居家的老奶奶笑着说："彩云，你给亲戚做的啥好吃的？咋这么窜香啥？""凉粉，我这个妹子最爱吃凉粉。""人家山珍海味都吃不完，能看上吃你的凉粉吗？"彩云笑笑，转身进门又开始做凉面。做好凉面，彩云又炒了三碗蚕豆，装进干净的白布袋里，这也是水仙小时候最爱吃的。

夏天天热，碗里的凉粉凉得很慢。彩云在几个盆里盛上凉水，把碗底浸在水中，这样就凉得快了。

整个下午，彩云都沉浸在见到水仙的幸福中。她忙这忙那，脚下生风，割豆子时的疲劳荡然无存。

太阳大斜的时候，彩云看见水仙挽着女婿的胳膊，从山顶走下来。彩云瞅着他们亲密的样子，脸上溢满了微笑。她回到灶房，把早已准备好的凉粉凉面，还有红红的油泼辣子和韭菜花儿等等全端上了桌，就出门去迎接他们。

"水仙，你们寻着草莓了吗？""寻着了。""多不多？""多得很，满山红灿灿的。"彩云把他们迎下山，迎进大门，关切地说："快进屋吃饭，我做了凉粉。"水仙女婿说："不了，我们得走了，要不然天黑了。"彩云说："我就怕你们着急，凉粉已经调好了，吃了再走。"水仙看着女婿说："那，咱们吃了再走吧。"水仙女婿一摆手说："你吃了那么多草莓，千万不能吃凉粉，吃了反胃。"彩云说："不能吃凉粉，就吃凉面。""哎呀，凉面更不能吃了。"彩云说："那你们稍稍歇一阵，姐给你们下热面。""不了，我们还有事呢。"水仙女婿说着和水仙一起去堂屋里换衣服。之后，他们放下认亲的礼品，走出门来。

彩云见他们执意要走，眼里闪着泪花说："水仙，你来看姐，一口饭也不吃，姐心里可过意不去呀。"水仙说："我们真的有急事。"彩云留不住，只好送他们出门。水仙伸手拉开车门的时候，彩云猛然想起了炒的蚕豆，就喊着说："水仙，你等等，姐给你拿豆子去。"彩云跑回去拿来布袋交给水仙。水仙女婿就发动起小车，一阵风似的走了。

彩云有些惆怅，低头对站在身后的女儿说："也不知道有啥急事，你水仙姨连饭也没吃就走了。"女儿拉住她的手，翻来覆去看了好一阵，抬头问："妈妈，你咋不像我水仙姨那样，也染红指甲？"彩云抚摸着女儿的头说："你水仙姨在城里当老板，妈妈在土里刨食，染不成红指甲。"女儿说："我姨父说，你的指甲那么黑，做的饭不能吃。""他啥时候说的？""你回去拿豆子，我听他说的。""噢……"彩云抱起女儿，眼前浮现出很多年前与水仙分别的情景。

彩云抱着女儿进了灶房，母女俩坐在桌子前，端起凉粉大吃起来。彩云吃完去堂屋里拿衣服，发现地上扔着一对印了汗渍的花鞋垫，拾起来一看，这不正是她几个月前连夜赶着绣了送给水仙的结婚礼物吗？

彩云步态踉跄地走出堂屋，对女儿说："你吃饱了，叫奶奶来端凉粉。妈割豆子去了。"女儿放下筷子问："妈妈，你还要上地呀？""嗯，妈还得上地。"

彩云回到豆地，拾起镰刀，眼前是无数晒裂的豆角，地上滚着白花花的丢豆子。彩云的眼病好像复发了，眼睛又模糊又难受。

太阳不知道何时落山了。

（发表于《朔方》2013 年第 11 期，2014 年获中国小说学会"文华杯"全国短篇小说大赛三等奖）

白雨三阵

她赶早起来，一手拿着个新塑料袋，一手提着铲子悄然出门。凌晨下过雨的地面，到处是大大小小的水坑。

路有点滑。天空堆着一团团或高或低或疏或密的云。有些松絮的云里，不时漏下零星的雨滴。

早晨的阳光也要挤过云的缝隙，一束一缕的，忽闪着，像顽皮的孩子摆弄着手电筒。

看来，天气是转晴转阴还没个准儿。

每逢阴雨天，她的手就像箍了钢丝一样僵硬，全身的关节也道不清是疼还是酸得难受。年前，镇卫生院的老医生对她说，风湿病可能是人体缺金子引起的，还说有两个老病号，吃了几十年雷公藤之类的抗风湿药都不见效，但服了含有金子的一种药后，情况就大好了。她一听，当然高兴，但当医生说出药价时，她只能苦笑了。唉，那可是金子，不同草药丸子。这些年光吃草药丸子，就把家里吃得紧紧巴巴。

这位老医生与她同村。他开了方子对她说，这种贵药，咱们小地方没有，叫你当镇长的儿子啥时候出差了，到大医院给你买。

她出了医院门，就把药方子揉成一团，扔进了路边的枯草丛里。她站在街上，向儿子工作的大院望着。她是多么想去看一看儿子啊，可是，又怕打扰儿子。

一团白云追着一溜儿青云从头顶跑过，柳絮似的微雨就轻舞纷扬起来。她把袋子和铲子夹在腋下，边走边用左手捏着右手，又换了右手揉着左手。等十个手指头不太僵硬了，她才捋了捋粘在额头的白发，抖了抖潮潮的衫子。

昨天傍晚，她从田里回来，看见一辆小车停在老大家门口，就知道儿子回来了。扔下工具，拍打着周身的尘土，急急忙忙跑了去。她小跑到老大家门口，才收住了脚。

她宽慰着自己，下了决心，就进了老大家的大门，到了堂屋门前。她伸着脖子向屋里张望，并不见儿子的身影，双手扶腿上了石台，凑近堂屋才看见儿子不知为何躺在炕上，大哥和大嫂围在两边。

"我娃咋了，是不是病了？"她扑上前去。大哥和大嫂抬起头盯着。儿子也欠起身说："二妈，你来了。"她看见儿子的脸色有些灰黄，就捧过儿子的手问："我的娃，你咋了？"儿子侧身要坐起来，却被大嫂伸手按住肩膀说："你缓着，不要动。"又扭头对她说："娃血压高，头晕，你不要惊扰他。"她仍然絮叨："噢，我的娃血压咋高了？"儿子说："二妈，不要紧，就是胖引起的。"大嫂瞟了她一眼说："以前，你没个轻重，天天追着叫他吃饭，看把娃娃害成啥了。"儿子知道她们之间不卯，平常很少回来。听她这样说她，儿子就扭头说："也是我应酬多，酒喝多了引起的。"她说："娃，妈蒸了新艾叶，医生说艾叶能凉血，妈这就给你端去。"大嫂瞪了她一眼，她这才发现自己又失口了。儿子说："二妈，不端了，医生叫我多吃些苦苦菜和芹菜。"她说："二妈这就给我娃挖苦苦菜去。"儿子摆着手说："二妈，你就不要操心了。"大嫂气呼呼地说："除了给娃娃吃，你还知道啥！护心油挖不出来，要能挖出来，你早都挖着给娃娃吃了。"听到这话，她就呆在地上。

儿子见她说她的话这样重，就扭头说："妈，去灶房，给我把草药磨了。"他是想叫她离开，免得伤她的心。可她瞅着她，硬是不走。

她的眼里涌着泪说："那，我娃好好缓着，二妈走了。"

儿子说："二妈，你不要操心，不要紧的。"

她出了门，跟跄着往回走。

小时候，儿子把她叫妈。后来，儿子就改口叫她二妈了。

大嫂和她两人年轻时，关系好得比亲姊妹还亲。儿子是大嫂超生的，出生不到一个月，大嫂就患病不能给儿子喂奶，大哥就把儿子抱来了，她当即就断了不到半岁的女儿的奶，接过大嫂的儿子奶起来。她把大嫂的儿子奶到两岁了，大嫂还是病快快的。儿子吃惯了她的奶，又和姐姐玩得非常亲热，说啥也不回自家去。儿子三岁的时候，大嫂的病才渐渐好了，就硬把儿子往回抱。儿子紧紧地扯着她的衣角，哭喊着"妈妈、妈妈"，嗓子都哭哑了。她也是硬了心"不要"儿子了。必须把大嫂的儿子还给大嫂，自己也打算生个儿子呢。在好言劝说无果的情况下，她就强行撕开了儿子的小手，大嫂硬把儿子抱回家去，圈在家里。

没多会儿，儿子又哭喊着逃跑了。她一家关严了门，缩在里面。儿子在外面哭着叫门，他们在家里个个捧着脸哭，就是不吱声。

终于，儿子把一家人的心都哭碎了，他们只好把门打开。

后来，她三番五次给大嫂送儿子，但儿子没有送出去，只是惹得两家人不知掉了多少眼泪。

大嫂的儿子总得还给大嫂的。白天还不了，那就夜里还。大哥和大嫂夜里来抱儿子，他们还没动手，儿子就哭醒了。而她几十次把儿子抱到大嫂家，儿子半夜醒来，寻不着她，哭闹不止，大哥和大嫂只好把儿子送到她跟前。这样来回折腾了几个月，大嫂就下了狠心，无论儿子怎样哭闹，也不让他回她家了。

一连十天，大哥和大嫂把儿子圈在家里。白天，她出门干活儿，可到了夜里，儿子总是哭着不睡。她听着，不住地抹着泪，熬到后半夜还睡不着。

熬了半个月，一直回避不露面的她听不见儿子的哭声了，这才松了一口气，对丈夫说："唉，儿子总算是服下了。"到了深夜，大哥把门敲得乱响，说儿子发高烧抽风了。

她跳起来就往老大家跑。儿子抽风不止，她急了，抱起儿子就向镇上的医院跑。

儿子患了严重的脑炎，抽了几天风。医生说，儿子可能呆傻，可能留下严重的后遗症。大哥和大嫂商量后，决定把儿子送给她家。因为他家已经有了两个儿子，而老二家还没生儿子，况且这些年大嫂患病，他家根本没有钱再给儿子看病了。

她和丈夫自小疼惯了这个儿子，当老大两口子提出把儿子送给她家时，他们就把家里的羊和牛卖了，把年幼的女儿托在老大家，抱着儿子到大医院看了几个月病。后来又把家里能卖的都卖了，接连几年送儿子到大医院做氧疗，做康复训练。

为给儿子治病，他们出门总是啃着干粮，喝着凉水。儿子吃西瓜，他们吃瓜皮，儿子吃肉，他们嚼骨头，儿子睡床，他们睡地。好在，病治得及时，儿子并没有呆傻，也没有啥不良的后遗症。

儿子经历过那漫长的半个月"圈养"之后，看见大哥一家就拼命逃跑。有时，碰见大嫂就吓得哭喊着"妈妈"向她飞来。大嫂就气得骂："看你个野粮食吃大的坏样子。"

在儿子上大学之前的十七年中，他完全就是他们最疼爱的宝贝疙瘩，是姐姐心疼的弟弟。家里换一包果子，别人只是闻一闻香味，全存着给儿子吃。一家人省吃俭用，想方设法存一点钱，给儿子买高级补脑液。她也没想着再生，一心拉扯着这个儿子。

临近谷雨，杏花、桃花已经凋谢了。有几家园中的梨树开着繁盛的白梨花，甜丝丝的花香溢满了村子。多么好的季节啊，女人们提着笼子出门转一圈，回家就变着花样儿，蒸榆钱，蒸艾叶，拌苜蓿，拌苦苦菜。如今，大家生活好了，再不像过去那样盼着这些东西救命，年轻人只为尝个新鲜，而老年人吃着这些东西时，总会感念如今生活的安稳和丰富。

她来到自家长着青麦苗儿的地边。蓬松的地垄上，到处是一朵一朵含着露珠的苦苦菜。她蹲下，把袋口捻开，放在麦苗上，拿着铲子专挑那些猫耳朵大叶子的嫩苦苦菜挖。不多时，袋子里就卧了一层水葱般的苦苦菜芽儿。

挖了一阵，她腿酸得蹲不住了，就站起来，捋着手上的泥土。就在她挪了几步，准备去前面的地垄上挖时，却看见儿子从家里走出来，身后紧跟着大嫂和大哥。儿子朝她家门口望了望，上了车，把车退到路上，掉过车头，走了。大嫂和大哥站在路边，目送着儿子。

村口的天空，垂挂着纱帘般白白的雨雾。哎，我娃，路上下雨呢。她跑出地垄，儿子的车已经驶进了雨中。

我娃，路滑，你慢些开车。她用袖子拭着模糊的眼睛，喃喃地说。

儿子的车已不见了。刚才挂在村口的白色雨梢，转眼间遮住了大半个村庄。她赶紧去拾袋子，雨梢就奔在眼前了。

没处躲，路滑得也跑不回家。她蹲在地上，任凭白蒙蒙的雨缠裹着身子，冷清清、潮乎乎的，她屏着气，捏揉着手指。叫她难受的不是白雨的淋拍，不是手指的疼痛，而是儿子没有吃上她挖的苦苦菜就走了。

她本想早早挖了苦苦菜给儿子拌了吃的。儿子却走了。往常，儿子走时，总要给她说一声。儿子是不是有急事呢？噢，看儿子出门望着家的样子，肯定是打算给家里打招呼的，只是看到村口的白雨，就顾不上了。

这阵雨，像分窝的蜂儿，一扫儿就过了。随之，一缕阳光跟过来，晒着浑身湿漉漉的她。她松了一口气，拧掉衣襟上的水，接着挖苦苦菜。

本是种瓜种豆的时节，等太阳晒一晒，人们就得下地了。又赶着来了一阵雨。春雨，难得的春雨，越多越好呀。

眼下，她可没想这金贵的春雨，只是惦记儿子的车开得顺不顺，儿子头晕得咋样了。

那一年，儿子接到了大学录取通知书，大嫂和大哥就悄悄地来她家要儿子。他们自然舍不得。大嫂当时就翻脸，说她霸占着她的儿子还当自个的儿子。他们生怕儿子知道伤心，就答应把儿子还给大嫂和大哥。可儿子从小就在她家长大，把他们叫爸和妈。过去，他们不是硬"还"过儿子吗，结果把儿子阴治了一场大病。如今儿子长大了，咋个还法呢？要是还像过去那样硬还，儿子肯定不同意，反倒落得几头伤心。

大嫂说："我们办个酒席，把村里人都请来，当着大家的面，把话挑明就是了。儿子是我的儿子，亲的不得远，远的不得亲。"她说："嫂子，我看不行。咱娃从小怕你们，那样又吓着咱娃了。"大嫂说："那你说咋办？"她想来想去说："还是我慢慢给娃说，叫娃慢慢转心。"

大哥和大嫂还是执意给儿子办了酒席，请来了所有的亲戚和乡亲，他们还给儿子买了新西装，让儿子给来人敬酒。儿子说："我不去，根本就没有这个必要么。"大哥说："看这娃，咋没必要？咱门户里几十辈人也没出过大学生。你是第一个，当然要庆祝。"他们接过大哥的话说："娃，快去，这是大爸和大妈的一片心意么。"大哥说："还大爸大妈的，这可从此叫不得了，得叫我们两个爸和妈了。"儿子瞅着他们，脸色变了。她怕儿子伤心，忙过去劝说。儿子叹着气说："妈，我去。"儿子知道，当时她拿不出他上大学的费用，而亲生父母已经给他张罗下了。

儿子大学几年的学费，多数是大哥家筹措的。为此，他们对老大两口子怀着深深的感激，也对儿子怀着深深的歉疚。

她挖了一袋苦苦菜回到家，正在收拾豆种的女儿说："妈，半天不见你，我还以为你走谁家去了，原来挖了这么多苦苦菜，咱们可得美美吃一顿了。"她说："这是专意给你弟挖的。"女儿笑着说："我就知道，妈心偏着呢。"丈夫站在门上说："你快把衣裳换了，小心感冒，娃上班走了。"又对女儿说："你妈惦记着给你弟挖苦苦菜，一夜没睡着，把我也打扰得没睡好。"女儿说："怪老弟没口福，早早跑了。"她说："我给他送去。"女婿停下手中的活儿说："老弟当镇长，山珍海味都吃过了，咋会稀罕你的苦苦菜。"她说："苦苦菜能凉血，吃了我娃头就不晕了。"女婿就故意逗她："还说你拿女婿当儿呢。看，这么嫩的苦苦菜咋不给女婿吃，偏给儿子呢。"她笑着说："不偏心，你要爱吃，我回头给挖一大笼子去。"女婿说："我多不吃、少不吃，非吃这些嫩芽儿。"她笑着说："馋嘴子，要吃嫩的自己挖去。"说完进屋去换衣服。

她洗脸换了一身干净衣服，端起丈夫刚泡的茶，吃喝了一个花卷，就提着苦苦菜要走。女儿说："妈，还是我骑车子送去。"她说："我去，得看看你弟头晕好些没有。"丈夫说："等地干一干了要种豆子呢，要不然，我和你一起去。"她说："你们几个抢墒，我送去就回来了。"

她出发的时候，一大圈儿豁亮的太阳照着村子。可就怪了，她刚一出村，又看见天空一阵儿这边的云黑了，一会儿那边的云黑了。刚刚阳光普照的村子，这时又罩在了雨中。正是常言所讲：一黑一亮，石头泡胀。

村里到镇上并不远。她加快脚步，可白雨却向她追来。

她恰好走在没处避雨的平路上，调皮的白雨像一群喷着水枪玩耍的孩子，呼隆隆跑过去，把她浇了个透顶。

　　白雨身后是一大片阴云。不见阳光，前面的坡路还渗着水。她怕滑，提着苦苦菜在坡上小心地走着盘盘路，就想起儿子娶媳妇的事来。

　　儿子大学毕业到县城工作的第二年，找了一个当老师的媳妇。冬天结婚时下了雪，怕路滑，乡亲们全部出动扫路。大家扫了坡道，又在坡上撒了沙土，新娘子的车就缓缓开过来了。她拿着扫帚，咬着牙紧紧地盯着车，车轮略微滑一下，她都吓得咬手指头。

　　新娘子的车终于平安下来了，乡亲们疾步撤回准备迎亲。落在最后面的她正跑着，新娘子的车就停在身边。新娘子打开车门喊："二妈，你坐上，到村口你再下来。"她望着这个仅见过两回面的俊儿媳，急忙摆着手说："我娃乖，我娃赶紧走，这是新车，二妈坐不得。"儿媳说："二妈，你坐后面，不要紧的。"她强关上车门说："我的娃，这是你的大马新轿，谁都坐不得，这是乡俗。"儿媳见她这样推让，只好关了门。

　　她望着儿媳的婚车，心头涌出阵阵幸福与酸楚的热潮。

　　这些年，大嫂和大哥养羊把光景过好了，两个大儿子也分了家，他们就在老院里给小儿子盖了新房，三番五次说服儿子在家结婚，叫家里好好热闹一番。起初，儿子也不同意。后来，大哥和大嫂就天天上她家来，非叫他们想办法"赶"儿子出门。他们只得给儿子说好话，劝儿子回自家去。

　　儿子毕竟长大了，再也不会像小时候那样胡闹了。他听了他们的话，最后答应了。

　　儿子每次回村就直奔她家，也改不了口，还是把她叫妈，惹得大哥和大嫂很不高兴。他们不能当着儿子的面说，儿子一走，他们就跑到她家说不中听的话。气得她直抹眼泪，怕儿子为难，又不能把这事挑明给儿子直说。

　　还是女儿想了个巧办法，一次，当儿子回村又直奔她家来的时候，女儿就以坐月子不让外人进门为由，叫新招来的女婿把他挡在门口。儿子说："姐夫，你当掌柜子了，连家也不让我回了。就算有讲究，可我当舅舅的人，咋不能进门?"她和丈夫听见了，急忙跑出来，把儿子送到老大家去了。这之后，儿子就对姐夫有了成见。一回见到姐姐，就在她跟前抱怨姐夫不让他进门的事。姐姐拍着他的肩膀说："这不怪他，是我想的法子。唉，老弟，有些事，我不明说，你也能想到，其实，你这个人命大，四个老人争着抢着心疼呢。谁要是抢了先，谁就不高兴了，所以，是我叫他特意提醒你的。"儿子明白了，也不怎么回家了。

她清楚地记得，在儿子结婚那天，婚礼的总管派她和乡亲们一起拿着扫帚出门扫雪时，大嫂还喊住她，低声对她说："从今往后，你可再不要当着儿媳妇的面，还给我娃当妈了。"她笑着对大嫂说："记着呢，我是二妈、二妈。"在儿子大喜的日子，不管谁说啥，她的心里都是高兴的。晚上，婚礼结束了，儿子和儿媳又来家里给他们敬酒。她和丈夫喝了一对新人的酒，就劝他们："早点回去。"儿子放下酒杯，过来抱住她，把脸埋在她的肩膀上，像小时候受了委屈那样，把她的心揉碎了。她体会到当初劝儿子回去，"赶"儿子离开自家，儿子的心里是多么不情愿，多么难过啊。她拍拍儿子的背，心疼地说："我娃乖，快回去。"儿子含着泪，拉着儿媳走了。

这样乱想着，上了一道长坡，再走一段路，就到镇上了。

儿子是去年才来当镇长的。从前很少上街的她，自从儿子当镇长后，只要有针尖大的事，她也爱去镇上了。自然，她从不上门去看儿子，只是远远地望一望儿子工作的地方，就悄然地回家了。就算偶尔看见儿子，也会躲在一边。今天，惦记着儿子头晕，她再也收不住自个的脚了。

不逢集，加上天气时晴时雨，镇上几乎没人。

她到镇上时，一大坨热乎乎的阳光又照过来，紧贴在她身上的潮衣服慢慢松了劲。

门卫拦住说，正是上班时间，领导开会，不许进。她就蹲在大门口，边晒太阳，边挑拣着早上挖的苦苦菜。

过了一阵，又去问门卫，门卫说会还没有开罢。她就低声说："你让我进去，我就隔着窗子看一眼我儿子就行了，我不打扰他。"门卫问："谁是你儿子？"她说："镇长。"门卫瞅了瞅她说："你个妇道人家，可不要由着个嘴胡说，镇长的妈难道我还认不得么。等会开罢了，我就放你进门去。有事的话，有理说理，有冤说冤，用不着在我跟前耍心眼，给人家镇长充当妈。"她说："我是他二妈，特意来看他的。"门卫说："就是亲妈、亲奶奶来，也得等到会散了。"

她只好乖乖地蹲在不远处，等。

天空的云，积了，散了，薄了，厚了，近了，远了。

她的身上，时而阳光时而阴云。她蹲一时，站一时，一双手不停地捏着酸疼发麻的变形手指。

过了好大一阵，一堆黑沉沉的阴云向镇上压下来。这时，她听见人们的说话声。看来会散了，她赶紧来到大门口，左瞅右瞅却没有看见儿子。

她着急地向里张望，卫生院的那个老医生手中拿着一个本子向门口走来，她就问他："你看见我娃没有？"医生说："他早起就去省里了，没在。""去省里了？他昨晚还说头晕的。"医生说："那他正好顺路看看病。"她惊得啊了一声，后退着说："看来，我娃病得不轻，唉，我娃的病重了呀。"医生走过了，又回头对她说："不是，他好着呢，就是出差，顺带着去大医院全面检查一下。人家又不像你，得个病硬扛着。噢，上次我给你开的治风湿病的药方，你给儿子捎了没有？"她没吱声，只是无力地摆摆手，医生就走了。

这时，又一阵白雨像跑累了停下来歇缓似的，稳当当地罩在镇子当空。

（发表于《黄河文学》2015 年第 6 期）

月　陨

　　在大城市工作的村长亲戚，委托村长在乡下给他的另一家亲戚物色一个保姆。这个保姆最好是家里非常穷，最好不识字，人不能太精明，当然也不能傻。这事亲戚对村长说过好多回，最近他又开着小车，专门从千里之外跑来催促。村长本来不想管这事，一推再推。可眼下，他想给儿子找个工作，还得求人家帮忙，就硬着头皮答应下了。

　　十五岁的月亮，长着黑宝石般闪烁的大眼睛，红扑扑的圆盘脸，两条长长的辫子在肩头跳来跳去。出身于一个不同寻常家庭的月亮，已经出落成个大姑娘了。她渐渐学会了爱惜自己的模样儿，每天必须把辫子梳得整整齐齐，脸洗得干干净净，衣裳缝补得平平展展。每当她赶着牲口去月亮泉边饮水，或者独自一人去担水时，她总要驻足泉边，让清澈的泉水照着自己的影子，看头发是否溜出发卡了，看衣领是否系好了。照来照去，她就对着影子笑了。直到泉边的牲口渴得叫唤了，月亮才有些不舍地把水桶伸进泉里，把自己的影子打碎。

　　有一天晚上月亮从地里干活回来，见家里没有做晚饭的水，忙去担。月光明亮如昼，满月镶嵌在泉水中，月亮静静地看着，不忍心把它打碎。直到爸爸实在等不及在家门口喊她，她才把水桶投入泉中。转眼，水桶里也盛起两轮圆圆的明月，她就小心翼翼地担着"月亮"往回走。爸爸见她回来，笑着问她是不是上街买水去了，要不然，去泉上担水咋会这么长时间，惹得月亮咯咯笑起来。妈妈听到女儿的笑声，也笑着说："那眼泉是咱月亮的亲妈，是她生了月亮，我们有福气拾来了。你看月亮每回去担水，都坐在她妈怀里不想回来了。"月亮听着妈妈的话，笑弯了腰。以前妈妈哄月亮，说她是在泉边拾来的，月亮还真相信过妈妈的话。长大了，她当然就不信了。不过，月亮听乡亲们说以前村里没有水，大家要到十里外的地方去担水。后来是月亮给村里带来了泉水，她一定是个有福气的人。果真如乡亲们所说吗？月亮想起他们的话就偷着笑了。

在泉边照镜子成了月亮最大的嗜好，哪天不去泉边，她就像丢了魂似的。

十五年前那个干旱的夏天，一个个头低矮的瘸腿男人，手中牵着自己双目失明的即将分娩的妻子去地里种菜。男人一拐一瘸撒下种子，然后用铁锹在前面翻土，妻子跪在地上，用双手摸着抚平土堆。地种过半，妻子突然腹疼难忍，男人以为她要解手，就把她扶到地边的沟里。妻子跪在沟里，疼得大汗淋漓。男人本打算叫乡亲来帮忙，可是妻子死死扯住他的手，说什么也不让他走。妻子疼得咬破了嘴唇，一股股鲜血顺着嘴角流下来。男人看着心疼，每当阵痛来临，他就把自己的手放在妻子嘴边。等妻子生下孩子，男人的手也被她咬得肿成了馒头。

妻子终于生了一个女婴。男人从前是放羊的把式，亲手接生过很多小羊羔，他脱下外衣裹住婴儿，从妻子头上取下橡皮筋，给婴儿结扎了脐带，憨憨地笑着说："这个女娃，脸圆圆的，像八月十五的月亮呢。"话音未落，婴儿哭了。男人一拍大腿说："你听，我一说月亮，她答应了，就叫她月亮了。"妻子虽然累得有气无力，脸上却洋溢着幸福的微笑。她在地上歇了一阵，男人就一手抱着女儿，一手搀扶着妻子，一拐一瘸回家了。

男人安顿下妻子和女儿，去熬小米粥。拿勺子舀水，才发现水缸底朝天。他只好跑到邻居家借了一盆水，熬好粥，扶妻子喝了，才跑去收拾之前生过孩子的地场。

男人打算挖个坑，把血迹深埋了。

这是咋回事？天如此干旱，男人挖出来的土却很潮湿。他心生好奇，再往深挖，地下的土越来越湿润。男人接着往下挖，只见细细的水从砂砾中渗出来。男人简直高兴得要疯了，甩起袖子拭去额头的汗珠，等了一阵，眼前的坑里就聚积了水。男人一口气跑回村子，把这个好消息告诉了乡亲们。

"真有这么巧的事？女人生娃的地方有泉水，怕挖不得，不吉利呃。"一个老者说。

"祖祖辈辈在沟里没挖出水，你个瘸子就能挖出来？"一个小伙子笑着说。

"如果真有，这还是好事，说明那娃是个有福之人。麻眼的鸟儿天照顾呢，你们两口子一瞎一瘸，是老天给你们赐福来了。"另一个老人说。

"走，亲眼看了，就知道真假了。"一个青年人扛着铁锹起身了。

"就是，看看去。"

就这样，在乡亲们的挖掘中，汩汩的泉水涌出来了。他们欣喜若狂，给泉取名"月亮泉"。经过乡亲们精心修缮，月亮泉能满足全村的人畜饮水。

十五年过去了，人们早已习惯来往于月亮泉担水，把当初的议论渐渐淡忘了。

亲戚托的事，其实是个为难事，村长想来想去，还是想到了月亮身上。若论穷，月亮家是村里第一，年年不靠救济就无法生活。若论识字，月亮自小没有进过学校的门。当然，月亮不算精明，是个实在娃娃。村长知道，月亮是家里的重要劳力，少了她，家里就转不开。不过，眼下月亮的弟弟多阳小学毕业了。顺便提一下，本来瘸子给儿子取名太阳，但村上有个人听后大动肝火，站在月亮家的门口，气势汹汹地说："太阳和月亮是众人的，是国家的，是世界的，你们两口子也不看看自己是个啥样子，瞎的瞎，跛的跛，咋敢给娃娃起这么响亮的名字，也不怕损了娃娃的命，这样的名字是由着你们的心叫的吗？要由着你们，干脆起个'皇上'让万人叫啊！"两口子听了他的话，吓得急忙把儿子的名字改成了多阳，就是希望多一点阳光的意思。女儿月亮人都叫顺口了，也就没有改。

言归正传，那天村长去问多阳还上不上学，如果多阳不上学的话，月亮家的事就有指望了。一路想着，村长就到月亮家门口了。

家里只有月亮双目失明的妈妈，坐在炕头上摸着撕羊毛。村长边推门边咳嗽，月亮妈听见有人进来，大声问："谁？""是我。""是啥风把村长吹来了，快进来。"月亮妈听出是村长的声音，急忙摸着下地，不小心将羊毛筛子打翻了，那些撕过的和没撕的混在了一起。村长进屋来，看到月亮妈跪在地上到处摸鞋子。她浑身粘着羊毛，衣服上还爬着几只肥大的蜱虫，它们正向她的领口边爬行。屋里刺鼻的羊膻味与锅台上的腌韭菜味道混杂在一起，村长不由得伸手捂紧了鼻子。月亮妈半天没摸到鞋，嘴里不停地唠叨："这些娃娃，把我的鞋踢得连个影子都没有了。"村长过去，将鞋踢到她面前。她穿好鞋，硬要给村长倒水。村长说："家里刚喝过，不要麻烦了。"但她坚持要倒，双手抖着，水洒到了杯子外面。她那双粘着羊毛的手，倒的水村长哪里肯喝，只是摆摆样子，表明主人的热情罢了。

村长说："我今儿来，要给你们说个好事。"月亮妈听说是好事，还以为国家又给他们发了救济的钱或粮，心中一喜，又摸着要给村长递杯子，结果把杯子碰倒了，开水顺着月亮妈那边流过去，她不知躲避，把胳膊烫红了一片。她用嘴吹了吹，还要再倒一杯。村长有些着急地说："我说你这个人，不叫你倒，你还非倒，眼睛不好，人情却好得没处放哩。你快坐下，我刚喝过茶，饱得很哪。"说完村长转身出门，蹲在门台上。如果说他进门之前还有些犹豫的话，现在看到月亮妈这个样子，反而觉得自己在做积德的好事情，心里一下子轻松起来。

月亮妈心里琢磨，村长要说啥好事呢？如果国家给了救济粮，村长传话就是了，哪里会亲自登门。是不是他也来给月亮说媒呢？这些日子给月亮说媒的人多了，只是没有合她心意的。

村长说："前几天，城里工作的那个哥来了，他非叫我给他的一个富亲戚，在咱们这里寻个能指得住事的保姆。我想来想去，就想到你家月亮，她是个最能指事的娃娃，就看你们两口子的意思。""就是开小车来的那个亲戚？""那还能说谁呢，就人家的那些亲戚才能雇起保姆，你我死肚子老百姓难道是能雇得起保姆的人吗？我给你说，人家那些亲戚，那个富呀，个个家里如皇宫一样，到处明光闪亮，地上能照出影子，洗锅水里的油花花，比咱们做饭的油还多。人家要寻一个勤快又懂事的保姆，工资当然高着呢。如果月亮去，她挣下钱了，你们的日子也就好过了。""人家城里人那么干净，咱们的娃娃去了怕使不顺手，叫人家笑话。"月亮妈听了这话，不由得担心。"你以为人家就雇月亮一个人呀？嘿嘿，我哥那个亲戚家有三个保姆，专门做饭的，专门打扫卫生的，还有专门管家里杂七杂八事情的。听说打扫卫生的那个回老家了，人家才叫我在村里寻一个老实厚道的人。月亮要去了就给人家干这活儿。月亮那么爱干净的娃娃，有啥使不顺手的，不出两天比别人干得都好。这事你和你家掌柜子商量一下，商量好了给我句话，成不成都给个话，不成我还要另寻，不能把人家的事耽搁下。你们要想好，全全面面都想，能让娃娃走就走，家里实在走不开就算了，我知道月亮是你们家的顶梁柱子。"村长说完，背着手走了。月亮妈想着这事，愣愣地坐着，等她想起要送村长的时候，村长已经走远了。

月亮听妈妈说让她去城里当保姆，高兴地跳了几个蹦子。月亮的激动引得弟弟多阳有些不满："哟，姐，看把你高兴的，好像叫你去当官呢。傻瓜儿，人家叫你去当保姆，就是去伺候人，给人家端屎端尿呢。"弟弟对姐姐去城里当保姆这事，并不看好，但这丝毫没有影响月亮。月亮想起村里同她一般大的女孩儿，要么上学，要么出门打工。她们出去有的在餐馆干活，也有的当保姆。她们每次回家，脚下蹬着高跟皮鞋，穿得漂漂亮亮，头发染成各种颜色，别着美丽的发卡。有的学会说城里话了，有的还在城里找了对象，这一切都叫月亮很羡慕。月亮多么想和她们一样出门去啊，只是她是家里的老大，弟弟上学，妈妈眼盲，爸爸腿脚不便，连耕地这样的重活儿，都是月亮干的。眼下，弟弟不上学，有他在家，月亮就可以放心出门了。对于弟弟多阳的话，月亮不屑地说："那又咋样？打工就是要吃苦，再苦，还能苦到像背庄稼一样，要把人的骨架都压扁吗？"月亮是个吃惯了苦的人，对吃苦的事，她心里早有准备。月亮想着，心已经飞了。

月亮把去城里"工作"的事告诉了一起放牧的几个伙伴。他们先是惊讶、兴奋，之后就七嘴八舌地议论开了。兰花对平安说："人家月亮去城里工作，在城里瞅下女婿就不回来了，看你咋办？"伙伴们这些日子正拿他俩点鸳鸯谱。往常，平安一定会追着打兰花，今天他没有动，沉着脸不说话。月亮羞得脸红，追着兰花向山坡跑去。平安低着头，到另一个山头挖草药去了，一下午他都没有回到伙伴中来。兰花被月亮追得跑不动了，就蹲在地上笑着说："看，平安听说你要走，有心事了，要不然还能放过我?"月亮说:"你再胡说,我就缝了你的嘴。"说完脸更红了。月亮和兰花两人说笑了一阵,并肩坐在山坡上,月亮憧憬着进城工作的前景。兰花很羡慕月亮,又想着一起玩大的伙伴要走了,心中不免惆怅。月亮却一直很兴奋,真是恨不得立即进城。她还想不出如何工作,只想着城市里的高楼大厦,想着那里的繁华,等去了一定要美美逛逛。

月亮把家里的一些重要事安顿给了弟弟多阳。

太阳毒辣,晒在当院的一桶水很快就热了。月亮在村口的小卖部买来几袋子洗发膏,把自己从头到脚仔仔细细地洗了一遍。妈妈从箱底摸出早年外婆做的一双新鞋,又摸出一件新衬衣,给了月亮。这是妈妈一直存着舍不得穿的,现在女儿要出门,就把它们全给了女儿。鞋略大些,衬衣也有点宽。月亮试过,叠平整,放在炕头,她不能提前穿,穿了会沾上尘土。月亮把自己收拾干净,把父母的脏衣服全洗了,又把家中的床单洗了一遍。院里的铁丝上,飘荡着刚洗过的什物,月亮哼着歌儿,心情难得这样舒畅。爸爸去田里干活儿了,妈妈仍坐在屋里撕羊毛。月亮洗完了,开始打扫屋子。破旧的屋子被月亮打扫过,显得鲜活而亮堂。

晚上,月亮特意给家人包了一顿饺子。月亮边包边唱着,东一句,西一句,也没个准词儿,似乎只为抒发心中的快意。妈妈听着,心中更加惆怅。虽说女儿是进城打工,给人当保姆也不是坏事,但女儿从来没有出过远门,没有见过世面,出去就由不得她了,谁知会是个啥样子?好在是村长认识的亲戚托说的,总比那些不认得人,出门胡撞着找工作的娃娃强些,如果不好了再回来嘛,就算是叫女儿出去见个世面,也没有啥坏处。

明天月亮就要出门,就要去城里工作了。

窗外,月色如水。月亮舒展着四肢,久久不能入睡。皎洁的月光透过窗子，把一方方木窗的影子映在她身上。月亮一会儿抬起这条腿，一会儿抬起那条腿，窗棂的格子在她的腿上荡漾着波浪，她笑了。夜是多么静谧啊，静得月亮能听出自己的心跳。月亮睡不着，翻来覆去，她干脆起身坐在窗前，借着月光绣那一双还没有绣完的花鞋垫。这原是学着玩的，她想赶明天绣好了，放进妈妈给她的新鞋里，在城里穿着不粘一丝土，多好。

月亮凌晨就起来收拾家务，给妈妈做饭了。就要出门了，虽然妈妈的衣服穿在她身上有些宽松，但月亮还是很满意。她长这么大，就没有穿过几回新衣服。她把油黑的大辫子梳得很光亮，用红头绳扎着，很是好看。妈妈拉着月亮，从头摸到脚，细细地摸着。从小到大，她就是这样摸着女儿长大的。她摸着，比看的还要仔细。月亮真佩服妈妈摸的神功，记得有一次她的脸没有洗净，妈妈都摸出来了。

"我月亮的辫子又长了一点。"妈妈说。"到了别人家做活要是不方便，你自个儿往短剪一剪。你去了可一定要听人家的话，人家叫你做啥你就做啥。万一不想做了，就回来。""我知道了，你都说了几十遍了。""记着就好，记着就好。"妈妈唠叨着。

爸爸把月亮送到村长家门口，村长还没有收拾好。爸爸就蹲在门口等村长。事先说好的，村长把月亮送上车，给城里的亲戚打通电话，派人去车站接月亮。村长本来要让月亮的爸爸亲自去送女儿的，但他说家里实在脱不开身。村长说："我说你这个无福的王宝钏，有人给你出车费，管吃管住，还有好吃好喝，叫你借着月亮的光，去逛一回大城市，你还不去。错过这个好机会，你这辈子怕是不会见个大世面了，白白活一辈子。我问你，你是怕谁把你那个穷家抢去，还是怕到城里有人把你抢去?"月亮爸爸听着村长的奚落，没有说啥，只是憨笑。

月亮先走一步，她说在路口等村长，就径直向月亮泉边走去。

　　晨光从山尖闪过来。无风。村庄正从酣睡中慢慢苏醒。月亮依在泉
边，泉水清冽透底，她把脸镶嵌在泉水中，忘情地左照照，右照照，把
红头绳打成花结，两个辫子就像两朵盛开的花儿。

　　"咳，咳。"有人咳嗽。

　　月亮猛然站起来，看见一个人影转过泉后面的地坎，身后的红骡子
还在地坎边悠然地摆着尾巴。月亮一眼就认出它是平安家的。她想，平
安刚才一定看到她的样子了，说不定他看了很长时间呢。月亮捧着热乎
乎的脸回到路边，看见村长向路上走来，爸爸一拐一瘸地跑在后面，他
的腿越来越不灵便了，吃力地小跑着，还是和村长拉开了很大的距离。

　　月亮和爸爸就在泉边分别了。爸爸站在泉边，望着村长和女儿上山
去了，他才慢慢往回走。月亮走到山腰，看见妈妈还站在自家的大门
外，向着她走的方向"目送"着她。月亮泉后的山坡上，平安一个人牵
着骡子，望着渐渐远去的月亮。

　　在山顶，月亮回头，看见乡亲们到泉边担水了。

　　月亮被城市五彩缤纷的景象吓慌了。她压根没想到城里会有这么多
的车，这么多的人，这么多的高楼，这么拥挤，这么喧闹，这么叫人眼
花缭乱，这么叫她不知所措。

　　月亮紧紧地跟着来接她的人，生怕少一步她就会挤丢在城市里。她
顾不上看别的，双眼盯住前面的那个人，紧张得满脸都是汗珠子。走出
车站，接站的人把她带到一辆小车边，月亮惴惴不安地坐上去。车驶过
城市，驶过郊区，驶向一片别墅区。城里人说话月亮有些听不懂，月亮
说的人家也有些听不懂。月亮难为情地低着头，不停地搓着双手。有一
刹那，月亮感到极度不自在，突然产生了返回家的念头。司机无话找
话，他问一句，等半天，月亮只是抬头红着脸笑笑。问了几句见她只知
道笑，司机也就不问了。心想，这个女孩看来正合心意，她能一个人坐

长途车来城里，说明不傻。别人问话她不作答，说明也精明不到哪里去。月亮真没想到雇佣她当保姆的这家人如此阔气，家里比她在电影里看过的还好。一身土气的月亮双脚立在门外，她那踩踏过乡土的布鞋不敢移动一寸。她生怕尘土落在人家干净明亮的地板上。尽管她穿的衣服是有生以来最好的，但在这里却显得粗陋灰暗。她搞不清楚，这样尘埃不落的家，哪里才是下脚的地方。

就在她手足无措之时，女主人出门来，拉过月亮的手说："月亮，来了啊，坐车累了吗？快来，坐下，坐下歇一歇。"月亮含含糊糊地答应着，她的脸因为窘迫而发红。女主人拉月亮坐在沙发上，紧紧握着月亮的手说："听说你很懂事，我非常高兴。来了我家，就像在自己家里一样，不要见外，想要什么，尽管跟我说，我会把你当亲女儿一样……"女主人还说着什么，月亮并没有听懂，她只觉得手心里的汗，把拉着她的主人也粘住了。她觉得很难为情，想抽回，可是女主人一直拉着她不放，她只好忍受着。

很快，桌子上就摆了各种饮品和水果。给月亮拿东西的时候，女主人才把手松开。月亮转过脸，用袖子擦去额头的汗水，人家递来的新毛巾月亮没敢用。喝过一些饮料，月亮才渐渐平静下来。

女主人向她问长问短，还带着她看了家里的厨房、卫生间等。月亮觉得新鲜好奇，又觉得心里很不踏实。她好像被大风刮到了半空中，飘来荡去，如梦一般，一不小心就会落向地面摔成碎片。

月亮暂时的工作，是每天整理这家大小九间卧室。月亮把被子叠得方方正正，把屋子收拾好就无事可做了。她去帮做饭的，人家不让，还强调说："分工是明确的，谁的就是谁的。"月亮就不敢去帮忙了。月亮又去帮打扫卫生的，人家还是不让。劳动习惯了的月亮哪里能坐得住，每天就那么一点活儿，做完就闲得无聊。她就这儿看看，那儿瞅瞅，这个家里的陈设摆放等，她很快就熟了。

　　过了两天，月亮才知道那两个保姆都是钟点工，她们从不在主家吃饭，等主人吃完，她们收拾好就走了。只有月亮是常住保姆，只有她和主人一起吃饭。这家有五口人，男主人很少在家吃饭。小两口经常很晚才开小车回来，很忙碌的样子。一个小孙子也是一星期才接回来一次。五口人中，每次吃饭有三个人就算多了。多数时间是女主人和月亮两人，主家的儿媳偶尔也在家吃饭。就两三个人，饭也是很精细的，五六样菜，加上两个汤。当然，菜样数虽多，但每种也不过一两筷子的样子。她们吃饭就如品尝，吃得很少，有的菜没动筷子就端下去了。她们吃饭时话极少，显得心事重重。女主人总爱把菜推在月亮面前，让她好好吃。月亮就红着脸把菜全吃了，因为她亲眼看到，吃剩的菜全倒入了垃圾箱。多好的菜，倒了可惜呀。月亮在这家吃饭远不如在自家畅快，在自家每人端一只大碗蹲在房台上，边吃边说话，院里的公鸡偶尔嘴中含着食物打鸣，惹得全家人哈哈大笑。虽然自家是粗茶淡饭，但吃得舒心。这家人，连吃饭都让人感到憋闷。

　　"顺利快回来了，他一回来，你就要多操心了。"女主人拉着月亮的手说。月亮后来才知道这家还有个儿子，女主人说他出门玩去了，过几天就会回来。月亮听说玩去了，还以为他是个娃娃。他是个咋样的人呢？他爱听她讲家乡的故事吗？月亮现在很寂寞，非常非常想家，想爸爸妈妈，想弟弟多阳，想兰花和平安他们，想自家的牲口、羊儿，还想大山、泉水。可是月亮不敢吱声，掰着指头算，她来也不过十多天光景，不能这样没出息。她是来打工挣钱的，是工作来的。如果说出来不叫人笑话吗？月亮想来想去只好强忍着心慌。她希望主人能多分给她一些活儿，那样就不会心慌了，做惯活儿的双手闲着就发痒。如果认得字，还能看看书，只可惜她两眼墨黑。女主人叫她心慌了看看电视，但她总不能一直看。家中有人时，月亮就缩在自己的屋子里。她实在无聊了，就寻来纸学着画画。她想多画些花样子，以后发了工资买来布料就可以绣花了。月亮想起伙伴们在一起时开的玩笑，那天月亮正掏出兰花的绣花鞋垫看，平安喊她去拦牲口，兰花说："月亮给你绣鞋垫呢，你快去。"平安果真信了，他吹着口哨一蹦一跳去了。兰花瞅着月亮咯咯笑着，手指在自己脸上划着羞月亮，月亮真拿调皮捣蛋的兰花没办法。乡间有个习俗，如果女孩给男孩送绣花鞋垫，就是送了定情物。有巧手的姑娘绣下的花鞋垫多得箱子都放不下了，但不称心的小伙是讨不到的。当时月亮看着别人绣得好，非常羡慕，只是她很少有空闲。眼下暂时无事可做，她想画花样绣鞋垫，以后回去给伙伴们每人送一双，如果这家人能看得上她的手艺，也给他们做几双。

又过了几天，那个叫顺利的回来了。顺利是被医生和护士送回来的。他们把顺利送来就走了。女主人拉着他的手问话，他并没有回答，只是笑。女主人给月亮说这就是顺利，又对顺利说这叫月亮。顺利见着月亮也笑，笑得月亮脸红，月亮实在受不了他的笑了，急忙躲进自己的屋子，窘得眼泪流出来了。月亮从来没有这样窘过，尽管刚来时她就够窘的了。月亮正在擦眼泪，女主人喊月亮给顺利倒水。月亮赶紧跑出去把水递给顺利，他并不接，仍在嘿嘿笑，月亮的手不由得颤抖起来。女主人接过水，在嘴边试了试，就亲手给他递在嘴边，他也不喝，仍然对着月亮笑。月亮觉得自己的脸上如火烤一般，恨不得地上有个缝钻进去。她想逃跑，可又不敢动。这时女主人叫她给顺利换鞋，月亮才借故走开了。身后的顺利还在嘿嘿笑个不停。

原来顺利是个大人。月亮想一个大男人怎能对着人笑个不停呢？不会是脑子不清醒吧？月亮的心怯了。

晚上家中所有的人都回来了。饭菜非常丰盛，顺利却怎么也叫不到桌前，女主人只好把饭端过去给他喂。月亮才知道这人是个"呆脑子"。她也就不太害羞了，对顺利的怜悯之情油然而生。可转念一想，这么有钱的人家，咋还生呆子呢？真是乡亲们常说的"天生人不齐"哩。

女主人安顿顺利睡了，又走进月亮的屋里，拉着月亮的手说："月亮，你来这些日子，阿姨待你咋样？你说个真话。我想听你一句实话。""姨，你待我好得很。"月亮回答。"这就好，这就好。你看顺利，是我最大的愁处，我们上班没有人照料他，他一个人在家里我不放心，也不能常把他放在医院里，我们才叫你来照顾他的。他的脑子欠缺，你也看出来了，要定时吃药，一次都不敢少。如果少下一次，他的病就加重了。阿姨以后就把这个最主要的任务交给你，你一定要操心。你操心好了，阿姨不会亏待你，有我吃的就有你吃的，有我穿的，就有你穿的。以后把你爸爸妈妈也接来，这里就同你的家一样。你能做好吗？"月亮听了她的话倒抽一口气，这才明白自己真正的工作开始了，当然，她还没有领会女主人话里的话。

晚上，月亮得督促顺利吃药，得安顿他睡觉。起初女主人和月亮一起照顾，后来就全归月亮了。如果晚上顺利起来，月亮就得起来帮他。月亮虽然不情愿，但这是她的工作。顺利有时候在厕所睡着了，月亮还得拉他起来。对于月亮来说，伺候这个弱智的男人很难为情，可又有何法子呢？有时他晚上起来几回，月亮就得跟着起来几回。几天下来，月亮累得眼圈发青，头晕目眩，心中有说不出的苦，她能向谁说呢？只好忍受着。

月亮掰着指头算日子，十五天，十六天，十七天……日子越算越过得慢。每天晚上，如果顺利没有睡着，月亮就不敢睡。每当这时，月亮就更加想家，想着想着，泪水不知不觉流了下来。

时间长了，月亮对顺利就不那么害怕了。月亮想，反正他是个不清醒的人，也没必要那么小心和难为情。顺利不去大餐桌吃饭，月亮就得陪他在小桌上吃。有时他不吃东西，女主人哄也不行，月亮哄一哄他就吃了。女主人对月亮的工作很满意。有几次，月亮听顺利的嫂子喊他们"小两口"时，脸就烧成了火盆。女主人还给月亮买了很值钱的东西，月亮不要，女主人说："你嫂子有的，你也要有，你对顺利操了多少心呀，我看在眼里呢。"对于这种"平等"的相待，月亮感到很恐惧，她隐隐约约觉到了什么，她不敢想，也不多想。那是不可能的，如果可能，她会立刻逃跑。但人家又没有说什么，月亮只盼着日子快点过，越快越好。

月亮夜夜失眠。她长这么大，还从没有体验过睡不着的痛苦。她望着窗外浑浊的月色，常常想起她走的那晚，故乡的月亮是那么亮，那么圆。为何城里的月亮这样黯淡无光，好像落满灰尘的镜子。也许城里人都太匆忙，没有人顾得上擦拭它吧，看着真叫人着急，而故乡的月亮爱在清澈的泉水中洗澡，所以天天如新。故乡天空中悠悠的白云，快乐的鸟儿，自由自在的羊群都令她怀念。曾经向往的城市，原来比鸟笼还窄小，到处是坚硬的水泥墙，陌生的脸孔，冷漠的表情。远不如村里人相见亲热问候，谁家有好吃的相送，谁家有事相互帮忙。月亮真想悄悄地逃跑，又摇头，苦笑。这叫别人如何看待自己呢？她是来工作的，是为给家里挣钱才来的，如果不明不白跑了，算咋回事？再说真的跑出去，连东南西北都摸不清。

同样，在家的月亮妈也很想月亮。女儿第一次出远门，况且一去没有音讯，她想得心都飞起来了。她常坐在门外，听见有人走动的声音，就喊着问："是我的月亮回来了吗？"很快她就听出不是月亮的脚步声。路上的人笑着说："月亮在城里吃香喝辣的，你白白操心呢。说不定人家在城里，给你们瞅了个好女婿呢。"月亮妈说："谁身上掉下的肉谁心疼，谁扯心呀。我想月亮想得头发一把一把掉呢。你们如果见到从外头回来的人了，一定问问，看他们见没见到我的月亮。"

　　月亮妈实在忍不住了，就慢慢摸着向村长家走去，她想从村长那里打听女儿的消息。村长说："你咋又来了，我不是给你说过嘛，月亮好着呢，比我儿子在城里当工人还吃得好，穿得好哩。你快把心放宽，如果你实在不想叫她工作了，我打电话把她叫回来。你看，她才出门几天，你就想成这样，那以后月亮嫁人了，你还想死不成？你这么想着她，说不定她连城里的景致也没看够呢。"月亮妈无话可说，又慢慢摸索着回家了。过了几天，她又想女儿想得受不了，就催月亮爸去村长家打听，月亮爸一拐一瘸去了，村长也是同样的话。女儿在城里只要好着，那就好啊。

　　顺利犯病是月亮始料不及的。有一天晚上出现了月食，顺利站在门外怎么也不进屋，月亮只得等着他。因为经常失眠，月亮感到特别疲惫。直到半夜，月亮才好不容易把顺利哄进了屋，把药送到他嘴边。第二天清早，顺利突然精神病发作，见什么砸什么，见谁打谁。月亮的卧室距他最近，打闹声惊醒了月亮，她起身向顺利的屋里跑去。她一边喊人，一边拉顺利。月亮哪里能拉得住他，就在月亮奋力拉他的时候，不知什么东西猛然砸在她的头上，她只觉得眼前火光一闪，就什么也不知道了。

　　月亮被送到医院时昏迷不醒，急诊抢救室里各种各样的设备，如耕地的绳索一样套在月亮的身上。它们好像也使出全部的力量，要把死亡线上的月亮往回拉。

　　一个月内，月亮的头部接受了两次大手术，她美丽的黑发没有了，取而代之的是一道道伤痕。月亮手上输着液体，口鼻上接着呼吸机，监测屏幕上显示着她的心跳、血压……她睡得很沉，连自己的指头也不知道动一下。

经过很多天的抢救，她出现了躁动不安，医生只能给她注射镇静药，护士一刻也不敢离开她。

渐渐地，她醒来了。可是醒来的月亮只知道到处乱跑，只要护士不在跟前，她就跑出病房，跑出医院，跑到大街上，双手拦着过往的车辆，大声喊："我要回家，我要回家。""找死啊？""不想活了？"司机紧急刹车，咒骂着她。

在一个大雪纷飞的清晨，当人们从长长的冬夜睡醒，发现病床上的衣服沉睡着，床下的鞋子沉睡着，只有月亮不见了。值班的护士看见厚厚的雪地上有一道光脚印，就跟着往出寻找，出了大门，那脚印就被来来往往的车轮碾压没了。

人们再也寻找不到月亮了，主家请求警方寻找了几个月也一无所获。

又过了三年，从外面打工回来的平安想去泉边洗脸，刚走到半路，突然看见一个满脸污垢、披头散发的疯子蹲在泉边照影子。听见动静，她惊恐地起身就跑，平安也被她吓跑了。当他们跑开很远，才都回过头彼此相望。平安觉得那个疯子似乎有点眼熟，但怎么也想不起在哪里见过。疯子见他走远了，又返回来，在泉边牲口踩出的小泥坑里喝水。

平安一进村，就找多阳打听月亮的消息。多阳摇摇头，捂着脸走了。平安又向兰花打听，她也不知道。

村里人听说平安在泉边碰见了疯子，都想看个究竟。他们去时，泉边空无一人。人们怀疑平安碰到鬼了，他们说这些日子泉边闹鬼，吓得人们不敢早起一个人去担水了。

月亮妈的双眼深深地陷进去了，如干枯的井。

再后来，这里发生了百年不遇的特大旱灾。三年绝产，籽粒无收。月亮泉的水越来越少。

夏天突然来了一场大暴雨，没有植被的秃山收留不住一丝雨水，山洪如怒吼的淫狮咆哮而来，大地被它撕裂了，月亮泉瞬间被冲毁。雨后那里压着如山的泥沙和杂物，如战后掩埋乱人的坟堆，再也寻不出泉的影子。

当村长把救济粮和特困救济款送到月亮家门上，月亮的弟弟多阳再也抑制不住，捧着脸哭道："爸，你就让我出门打工去，我已经成个大男人了！"

（发表于《雨花》2012 年第 3 期）

冰溜子

一点十八分。办公室墙上的表，是个叫人讨厌的小兔子，一不留神，它就把我们远远地甩在后面。

住在我们科的病人，可不像腮帮子上扎了鱼刺、眼睛里吹进个沙粒子这等来得火急却转身就能回去的病人。你看，病床上的很多人，有的咋叫也不睁眼，有的咋治总不见效。不管你操多少心给他们吸氧输液，费多少事为他们翻身拍背，他们要么一个劲儿装睡着，凭你摆布；要么有意耍态度似的装个看不着，凭你红绿。有的时而狂躁挣扎，时而呼吸暂停。当然，他们冷漠也好，可怕也好，我们都得尽最大努力帮助他们，时刻陪在他们身旁，熬过一个又一个漫长的白天和黑夜，期待他们睡醒的那一天，或遗憾地送他们永远离去。

饿虎，饿狼。大家在水池边稀里哗啦地洗手，还不忘打趣和自嘲，随之，涌入更衣室去抢各自的饭盒。

我风风火火地跑进食堂，饭不是凉了，而是早就没了。往常，我也会和同事挤在一起，抢过自己的饭盒狼吞虎咽，但今天下午轮休，我转身走出食堂，准备到外面的餐馆吃碗新出锅的热面。

医院侧面，有家口碑不错的餐馆。此时饭口虽过，客却还多。正好靠窗的一张餐桌有人离开，我过去，点了一碗面，坐下喝茶，随手翻看菜单。菜单上眼花缭乱的美食令人垂涎欲滴，我实在有点等不及了。我放下菜单，盯着出饭口，盼着那里早点喊我端饭。

有人叫我的名字，我以为是服务员喊，转念一想，服务员只叫号，怎么可能知道我的名字呢？纳闷之际，才看见有人走近我身旁。

"没认错吧，你是我的老同学吧？"

"哦，是你呀。"原来是我的初中同学王耿，六七年没见，他像生长在河边的杨树，挺拔得直而高，从前的娃娃脸上，仿佛贴了一层再也撕不掉的成熟面膜。

"走，咱们坐一桌去。"

我不假思索，端起杯子，转身随王耿到了另一个餐桌前。

餐桌上已经摆着两盘菜，旁边敞开着一个化妆盒，有个披着烫发、戴假睫毛、化了熊猫眼圈的女子，正对着盒内的镜子补口红。

"这是小韩，我的朋友。这是我初中同学。"王耿介绍道。

"你好。"我向小韩点点头。小韩只顾补妆，并没抬头，也没理会。

"坐，快坐。"王耿给我摆好椅子。

小韩补了口红，又从包里取出一个小瓶，向戴着好几个戒指的手上喷洒。顿时，一股刺鼻的奇香四散开来。

又上来了几道菜，小韩收起家当，服务员将菜一一摆好说："您的菜齐了，请慢用。"

小韩起身提了提过膝的长靴，坐下。王耿把筷子双手呈到小韩手里，又给我递来一双说："咱们动筷子。"

我的面好了。王耿帮我端过来说："你少吃点面，咱们多吃菜。"

我问小韩吃不吃面？小韩冷冷地摇摇头。又问王耿，他笑笑说："照我说，你别吃面了，这么多菜呢。"我说："吃面养胃。"

小韩皱着眉头问："午饭就一碗面？"

我说："是啊，吃碗面是很幸福的事。"

小韩从鼻腔中哼了一声说:"吃碗面也能叫你幸福? 那你的幸福指数也太低了。哼,我还是第一次听人这么说。你干啥的?"

我说:"在 ICU。"

"啊? 晒有? 专业炫富的?"

我笑笑,吃饭。

王耿琢磨道:"是不是 I see you,我英语差,'我看见你',是个啥意思? 难道,你是私人侦探?"

我笑着说:"哪有那么神秘,是重症病房的护士。"

小韩似乎有点失望地撇撇嘴说:"绕了一个大圈子,原来是个小护士。就说么,一碗面都能哄幸福的人,说啥也和炫富不靠边嘛。"

王耿可能觉得朋友的话有点那个,就说:"来,咱们以茶代酒,干一杯。"

我与王耿将杯子举到小韩面前,小韩仔细咀嚼着嘴里的菜,直到我的手酸得快要支不住了,她才慢腾腾地端起杯子。糟了,三只杯子轻轻一碰,就把小韩手上的香气撞成了纷纷的碎片,落入碗碟,饭菜一下子变了味。

我忍着难受吃了半碗饭,放下筷子,准备回去。王耿挽留:"咱们好不容易遇见,你还没问我干啥,咋就要走呢?说不定,你有用得着我的地方,我还能给你帮个小忙呢。"我又坐下问他:"对呀,你现在干啥呢?"王耿冲我笑笑,扭头对小韩说:"我开装潢部。"小韩说:"生意不错吧?"王耿说:"可以。"说着拿出手机,给小韩和我看装潢部的照片。看了几张,小韩就拿过手机,一个人看去了。我笑着说:"原来,你才是晒有呢。"王耿取出名片给我说:"要是你装房子,全部按进价算。要是你的同事和朋友,给最低价。"小韩剜了一眼王耿说:"这个进价,那个低价,还赚谁的钱去。"王耿说:"客户多了,就有得赚。"小韩说:"赚得少了,哪能养家。"王耿笑着问她:"你经常在哪儿买衣服?""大商场的品牌才有保证。""你平常自己做饭,还是在外面吃饭?""外面吃呀,西餐牛排、韩日料理这些,还凑合吧。"王耿笑着说:"那你的消费档次比较高。"小韩一甩头发说:"不呀,一点也不啊。"王耿说:"我看你的靴子很不错的。""五千多,不算贵吧。"王耿肯定地说:"不算。"我忍不住插嘴:"你们都是能挣钱的主。"小韩说:"我挣不挣钱,不重要,重要的是,找个挣大钱的老公才是硬道理。"王耿说:"大钱挣不了,家还是养得起。"

这时,小韩要走。王耿一意相送。出了餐馆,小韩径直上了等在门外的小车。王耿望着小车走远了,扭头问我:"你看她咋样?"我说:"很摩登的女郎。""朋友才给介绍的,你帮我参谋一下。""你觉得呢?"王耿笑着说:"我觉得行,就看人家的意思。"他满脸中意,我就算有看法,自然就不能说出口了。"你单,还是双?"王耿问我。我说:"他进修去了,等回来我们就结婚。""房子买好了吗?""刚交工。""哈,今天可真是碰巧了。你看,搁着咱老同学不用,还上哪儿找可靠的人给你操心装修去。我一定给你选最好的材料。"

正和王耿说话,电话响了,一看是表妹的,我心里咯噔一下,急忙接通,表妹含着哭腔叫了一声姐,我问她:"是不是早早不乖了?""早早乖着呢,是我,唉。""你哪儿不舒服,慢慢说。""姐,我也好着呢,就是,就是——""是不是你婆婆又说你了?"提起那个女人,我心里就堵。"不是,我婆婆她——"不等表妹说完,我就抢过说:"是不是你婆婆病了,她那么精明强悍,难道也会得病?她病就病吧,我才懒得过问,你叫她自个找着看医生去。"表妹说:"姐,不是,她没病,是我们村长。"我还以为,不是那个强悍的婆婆给表妹上家法了,就是她得啥病了,谁知表妹又说到了村长。"村长?村长咋了?"我心里一阵惊慌。"姐,你有没有空,能不能来看看我。等见了慢慢说,你有没有空,来看看我呀。""行,行,我去。"听她可怜兮兮的，真不知道她又碰到了啥难事。

挂上电话，王耿问我："去哪儿？我送你。"

我说："表妹叫我去她家，不麻烦你了，我坐公交车就能到。"王耿说："今天不忙，我送你。""当老板的人，还有不忙的。""都安排妥了，我也闲着。"见王耿还同以前上学时一样实心待人，我就坐了他的车。王耿问："你表妹是姨家的、姑家的，还是舅家的？"我笑着说："不沾亲带故，是认下的。""认下的？""一个很柔弱的女子，在医院病房认的。""你有福，还能在工作中认到表妹。""要不是她，说不定我就吃亏了。""怪悬乎的，能说吗？"王耿好奇地问。我点点头。

去年初冬，我还在儿科工作。那天，下雨，落地又好像是冰。地面说滑吧，也不算滑，说不滑呢，冷不防就把人放翻了。下夜班后，我像只懒猫一样睡得正酣，护士长打来电话，叫我快点去加班。真不晓得心里情不情愿，脚落地，迷迷糊糊出了公寓，眨眼间，胳膊肘重重着地，疼得我趴了好一阵才站起来。再看，棉衣摔了个大口子，肘上的皮卷在一边。我咬咬牙，一手托着受伤的胳膊向科室而去。

原来，科室接收了一对早产的双胞胎，小的1.4千克，大的也只有1.7千克。我换工作服的空儿，听同事说小的那个反应很差，已经放弃抢救了。大的那个在监护室的温箱里。

监护室门口放着洒了消毒剂的脚垫，门旁边是两只恒温桶，桶内盛着清水和消毒液。无论谁，必须洗手更鞋，方可进入。

室内有一个罩着白雾的温箱。温箱不远的墙根，也放着消毒桶和毛巾。向温箱内伸手，非得再次洗手不可。当然，不是谁故意要这样繁琐，而是怕肉眼看不见的细菌在温箱里闹腾。

箱内有一个白花花的棉包，裹着一个粉红的，好像不留意打破蛋壳的鸡娃似的小婴儿。箱子两面有两道能活动的门。门上有四个碗口大的圆窗，窗上镶着软硅胶片。伸手时，它会张开，取手后，它随之闭合。箱内小窗的中间，并排挂着一组细细的小小的温度计和湿度计。箱外对面的位置，也挂着温度计和湿度计。相比，箱内的那组显得极为娇小，箱外的却很健壮，好似早产儿和足月成熟儿的差别。可不是嘛，对早产儿来说，温箱就是母体的子宫。

这个早产婴儿的头像个熟了的香蕉梨，看着圆圆乎乎，捧在手中却有点软。头顶的囟门，像糊着一层薄薄的纸，能看见大脑忽闪忽闪地波动。小脸皱皱巴巴，眼睛好像画出的两道印儿。细细的脖颈，肋条分明的胸廓前，心尖急匆匆蹦跳。腹部裹着脐带卷，腿间结着黄豆大的一点小鸡牛儿，指头粗的胳膊和腿，小核桃似的手心里攥着面条一样的指头。一只拇指大的脚背上，扎着蝶形套管针，那片盖针的贴膜包过了婴儿的脚心和小腿。另一只小脚丫，偶尔动一下，或从棉包中探出来。我们把奶瓶送到他的小嘴边，他还不会吃。我和同事配合，把一根细细的胃管从他的鼻腔送入胃内，他弱弱地嗫了一声，苦皱着脸，很痛苦的样子。我们用注射器从胃管给他喂了一点温开水。

过了一些时间，我去病房，推开门见一个剪着平头，貌似男人的中年女人，双手交叉抱在胸前，气呼呼地问病床上一个脸色苍白的年轻媳妇："你想，往清楚给我想，到底是谁把你撞倒了，我找他去！是不是谁把水倒在路上，把你滑倒了？我找他算账去！总归要有怨头，不能平白无故就滑倒了，一对好好的娃娃就这样糟蹋了！"病床上的女人低声说："妈，我没防住冰溜子。"女人一摆手，硬生生地说："你给我往清楚想！"那个媳妇无力地垂下了头。我叫她的名字，她又抬起头望着我。我问她能不能挤一点初乳给婴儿喂。她很惊讶地问："他会吃奶？"我说："从胃管打进去。"不料，平头女人过来一把撕住我受伤的胳膊，把我拽向门外。在走道，她阴着脸问我："到底能不能活？不能活就别折腾钱！"我说："现时反应还行，具体情况，请您去问主管医生。"她松开我，向办公室走去。

我返回病房，看见那个媳妇闭着眼，眼角挂了一串泪。我拍拍她的肩膀说："月子里不敢哭，要不然会落下病根。"她攥紧我的手哽咽着说："姐，娃娃太小了，怕是难……"我安慰了她几句，劝她一定要好好吃饭，这样才能早下奶喂婴儿。

之后，我抽婴儿胃管内的东西，心中不由沉重，我走出监护室，侧身从几把椅子背后走过去，弯腰靠近主管医生的耳旁，悄声说："胃内有血丝。"办公室的人都抬头望着我，一个实习医生低声说："简直是个定时炸弹。"主管医生起身随我去看婴儿，后又到病房向家属交代情况。

早产的婴儿一旦出血，就很凶险。眼下，婴儿的反应有点差。主管医生从病房回来说，婆婆要放弃，儿媳不忍心。婆婆不掏钱，也不让在外面打工的儿子回来，儿媳急得哭鼻子。不过，我们还是抱着最大的希望，全力救治婴儿。

我进病房送药。儿媳蜷缩着身子侧靠在被子上，婆婆背身立在窗前，双手别在裤兜里说："我的女子，找一个大款，找一个富翁，人家好上挑好，富里挑富。就你这猪不啃的蔫萝卜，我儿子找你是可怜你，要有本事，你也找大款去！叫大款给你掏这没底子的冤枉钱。我可没钱，就是有，也不可能往黑窟窿里塞。我儿子也没挣下钱，就是挣下，我也不叫他把血汗钱往空中撒。""妈，咱们再救他几天，万一活了。""你脑子生虫呀！医院不过是哄骗着从咱们身上抠钱！那么小，咋活！"

下班，我路过病房，看见那个儿媳摇晃着身子穿衣服，就进去问她。她有气无力地说："姐，娃他爸背着我婆婆给卡上打了些钱，我交费去。""你婆婆呢？""回去了。"我说："过道风大，还是我帮你交去吧。"她就把卡和密码给我。办理完，我问她吃没吃饭，她指了指床头柜上一碗粘成团的饭。我把那碗冷饭端进更衣室，加了一点开水，放进微波炉热透，又送到她面前，给她宽心，劝她吃饭。

她拉住我的手说："姐，我们老家有认干亲的风俗，我敢不敢认你做个表姐，这样，娃娃也就多个娘亲，我命贱，怕保不住他，你命好，保佑他。"她的话叫人心酸，我说："表妹，不光是咱们，科室所有的人都盼着他平安。""姐，你给他起个名字吧，有个名字叫着也能保平安。""行，我回头想想。"

第二天，在买早点的路上，我的脑海中突然冒出两个字：早早。表妹吃饭时，我说出了这个名字，她的脸上掠过一丝微笑说："早早，这名字好是可爱。"

可是，早早出现了呕血和便血，情况越加危险了。意外滑倒早产的表妹，虚弱的身子，无力挣脱紧箍的悲伤。只要见面，她眼里总是闪着泪花问："姐，你说该咋办呀?"我安慰她，只能尽力救治，平静地等待，除此之外，谁都毫无办法。

也许婆婆觉得把儿媳丢在医院，于心不忍，她又来了，还带来了一个小女孩。表妹指着我对小女孩说："这是大姨。"小女孩怯怯地叫了一声姨。表妹说："这是老大，两岁多了。"原来，表妹已经有个小女孩了，尽管相认了姐妹，但我们的话题从没离开过早早。也好，如果早早真的挺不过去，至少有这个孩子慰藉表妹的悲伤。

几天后，又轮上我值夜班了，表妹把我拉到拐角，附在我耳边说："姐，今晚你一定一定不要离开温箱。""好，你放心，我会好好照顾早早的。"她急得双手抖着说："不是，不光是照顾早早的事。姐，你只记住我一句话，千万千万不能离开早早一步。"她说完溜进了卫生间。

我成夜守护着早早。早早夜间再没出血，这是不是一个好的征兆呢。我心中默默祈祷。

天亮了，早早的情况果然比之前有所好转，这给了我们很大的鼓励，看来，早早渐渐扛过了最危险的时期。表妹听说，泪眼婆娑，不停地说着感激的话，我说是咱们的早早勇敢，并不是我们有多大力量。表妹这才偷偷告诉我，她婆婆说早早肯定养不活，非要趁护士不在温箱跟前时，悄悄跑去把早早吸的氧气取掉，这样就可以找医生和护士的麻烦，拒不交费。婆婆说，没法讹老天下的冰溜子，还不信讹不上医院！这话听得我头发根都竖起来。

早早出现了黄疸，从额头开始，慢慢黄遍了全身。我们打开蓝光灯，每天给他护上墨镜，翻来覆去照几小时。又过了些时间，早早会咽奶水了，会含奶嘴了，会吮指头了。我们为他的每一个进步激动得抿嘴而笑。早早在温箱中孕育了四个星期，他的脸圆了，头发密了，出箱观察了几天，回家了。

表妹和婆婆另过。早早闹肚子啦，早早打喷嚏啦，表妹常给我打电话。有一天，早早发热了，表妹急得哭起来。我只好买了药去看他。眼下，不知何事又难为得表妹哭鼻子呢。

王耿说："你这个表妹认得也够曲折的。"我说："真不容易，多个亲戚就得多操心呀。"王耿刚把我送到表妹家门口，小韩打电话叫他。他一吐舌头，冲我做了个鬼脸说："哎呀，有戏，有戏。我走了，装房子的事，记着给我打电话。"

表妹见我，眼泪花儿又打转转了。我亲了亲熟睡的早早，坐在炕头准备细问，表妹的婆婆就进来了。她看见儿媳泪汪汪的，顿时沉着脸冲儿媳说："没钱买盐了你说一声，眼泪能晒几量盐呢！"表妹抹着泪说："村长来……""他干啥来了？""叫计划去呢，我害怕的。""他咋不给我说，哼！我也要计划去呢。这么好的事，你捂得严严的，生怕我知道。""妈，得做手术，挨刀的事，能是啥好事。""有啥不好的，受个小疼，钱就来了。谁不去是傻子呀。我去呢，为啥不去呢，受一阵儿罪，钱就挣回来了。

就算拿一千块吃肉补伤，两千全当误工费，咋算着，还干吃净落好几千。去，咱两个都去，就当打了一年工。"婆婆坚定地说。"妈，你年龄大了，划不来受那罪，再说，咱们两个都做了手术，没人伺候。""哎呀，挑个刺儿的事，有多悬呀。你不想挣钱去，我去。""妈，你不要去，你四十好几的人了，划不来挨那一刀子呀。""挣钱的事，有啥划不来的。我去，你也去，咱们都去！人家的女人，把娃娃怀得满满的，就你，跌了一跤，给医院送了一大堆。咋的，你还不想受点疼挣几个回来，日子咋过！""妈，计划要做手术的。""手术！多大的事，那也算个手术！"

正说着，村长又来了。婆婆冲他说："你咋不给我说？"村长："你们不是分开过嘛。这种事，我想着，还得叫你儿子做主。"说着扭头问表妹："你们商量得咋样了？"婆婆说："我是说，我也够条件，你咋不给我说计划的事？""给你说？你不是孙子满地跑的人了嘛，还想挨一刀？""我就是想挨一刀！咋的话了？""你自个非要挨刀？那还不好，我高兴得很，挨嘛。""咱们可说定了，你不要把我卯下。""你还真要去呀？""咋，你以为我和你说着耍吗？""唉，我看，你划不来。""我就知道，只要有好事，你就想方设法绕开我。论起亲戚来，你还是我兄弟。别人家的兄弟姐妹都想着为对方排忧解难呢，你干啥事，只想着把我推进沟里，再倒上石头，压着我永远都不要起来，你才安心，要不然，我在路上走一步，你都怕我抢在你前头。你要是这回能把我绕开，我才算你真真是我兄弟！""唉，你这个人，咋瞎话好话不分，我是见你——""你见我咋了？""你说你，孙子这么大了，依我说，实实在在划不来了。""挣钱的事，别人能划得来，我咋划不来。你说，我咋就划不来？"婆婆骂骂咧咧地往出走，村长随着跟出去了。

他们走后，表妹叹着气说："我要是像我婆婆那样，天不怕、地不怕的就好了。"我说："等早早长大些了，你的身体硬朗了再去吧。"听了我的话，表妹僵硬的脸慢慢舒展了，她给我捧上茶说："姐，你想吃啥，我给咱做。""你还没吃饭吗？"表妹不好意思地对我笑笑说："吓得忘了。""我吃了，你想吃啥就做啥吧。"表妹挽起袖子说："我给咱们做莜面糁糁，是我们老家常吃的杂粮饭，你尝尝。"

没过几天，王耿给我打电话报喜，说小韩对他印象很好，又转了话题鼓动我快点装修房子，他一定请最好的师傅，用最好最环保的材料。我给未婚夫一说，他就请假回来了。两家老人想办法帮我们凑够了钱，王耿就开车拉上我俩去他装修好的几家参观。然后，我们到他的店里选材料，设计装修的方案。见王耿这样热心、懂行，我们就在他的指点下选材料。我看准了一款防滑瓷砖，未婚夫来来回回用手摸了又摸，与我商量道："咱爸妈腿脚不好，我想，还是选最防滑的吧，你说行吗？"我点点头。挑来比去，我们终于选了一款最好的防滑瓷砖。选好各种材料后，王耿说全部按进价给我们。我们高兴地与他签了装修合同，预付了全部费用。我的未婚夫临走时，拉着王耿的手说："我还在外地进修，忙得顾不上操心，就请你多费心了。"王耿大包大揽满口答应："交给我，你们一万个放心，保准叫你们满意。"我们把王耿信了个实，就把装修新房的大事，放放心心地交给了王耿。

那天中午，我们洗手更衣准备下班，护士长瞅着科室的表说："这个死兔子，从来就不知道等咱们，尽赶着往前跑。"同事说："人家准点下班的，饭都上桌了。"偏在这时，从手术室转来了一个做绝育手术出现意外的病人。我接过平车，不由大吃一惊，她竟然是表妹的婆婆。

把她安置妥当，护士长让我去通知家属交费。

表妹抱着早早焦急地站在门外，女儿拽着她的衣襟。

"姐，咋样了？我一直给你打电话，你没接。"表妹含着泪问。我说："手机在包里，忙得没顾得看。咋？就你来了？"

"我姐和我姐夫也来了。"表妹说罢扭头喊:"姐——"

那边椅子上的两个人同时抬起头,向我走来,想不到是小韩和王耿。

我简要地向他们说了病情,请他们快点交费。

小韩拉上王耿,向交费处走去。

一个多月过去了,表妹的婆婆迟迟不见苏醒。

我抽空去看装修的新房。进门的刹那,我的脚下突然像长了滑轮,眨眼间,我的肩膀就歪歪地碰在了侧墙上。我稳住身子,蹲下,用手摸来摸去,光亮的瓷砖上并没有水,咋会滑人呢?我点着脚像防冰溜子似的,从客厅到卧室到卫生间再到厨房,才发现所用的装修材料,并不是我们当初所选择的。

犹豫良久,我还是拨通了王耿的电话,王耿说正在外地出差,他急切地问:"我岳母是不是醒了?"我说:"还没有。"他叹着气说:"这个老人家要是不早点醒来,我可就真穷得娶不起她的女儿了。哎呀,住在你们那里,花费实在是太大了。"停了一下,他又问:"那你打电话啥事?"我咬了咬嘴唇,难为情地说:"我家的装修材料有可能错了。"王耿果断地说:"一点没错!你家的材料是我亲手装的车,又特意叫小韩送上门去的,绝对不会错!"

"唉!"这回可咋办哪!

我的头开始嗡嗡作响。无奈的叹息仿佛惊动了藏在屋子各处的簇簇野蜂,它们乱嚷嚷地向我扑来。

(发表于《朔方》2015 年增刊)

荨麻沟

　　去年夏天，来平和一群伙伴在大路上玩得灰头土脑，有辆摩托车突突叫着停在他们面前。一个戴墨镜的男人手扶车把，脚尖点地，一个头上包裹紫红色围巾的女人，从摩托车后面下来，瞅着来平他们。他们也好奇地瞅着女人。女人瞅了一阵，蹲下，伸出双手叫："来平，过来。"来平见一个不认识的女人叫他，吓得急忙退缩。女人挪动小步说："来平，过来，过来我看看。"来平缩到伙伴们身后，不停地抠着指头。女人慢慢凑近来平，扑过去一把抱起他，她的脸紧贴着来平的脸，浑身微微抖动。来平躲闪，推搡，女人把来平抱得更紧了，吓得来平啊啊大喊起来。女人这才放下来平，拉着他的手说："我有好吃的给你。"来平挣扎着说："我不要，我不要。"女人松开他的小手，转身去摩托车上拿包。来平扭头，拼命往回跑，女人手中提着包，喊着，追着，来平跑得更欢了。女人只好把包放在路边，喊着说："来平，这是给你的。来平，听话，来，跟我走。"来平见女人不追了，才收住慌张的脚步。

　　女人的手不停地抹着眼角，轻轻地叫："来平，来平，你来……"女人只要一挪步，来平就吓得跑起来，离来平家越来越近了。女人时蹲时走，张开双臂，叫着，等着。来平吓得跑着，躲着。

　　女人慢慢地后退，来平悄悄地向前凑。女人站住，来平又往回跑。女人和来平拉着锯子。女人一心想抓住来平，来平说啥也不让。

后来，女人摇摇晃晃走近摩托车，扶住戴墨镜的男人说着什么。过了一阵，戴墨镜的男人把女人拦上摩托车，摩托车又突突响着，很快没了影子。

来平轻快地跳了几个蹦子。

"来平，你个愣娃，那是你妈呀。你为啥不跟她去呢？"路上走过来一个村民说。来平惊讶地张大嘴问："啊？她是我妈？"村民指着路旁的包说："她可不就是你妈嘛，不是你妈是谁。快看，你妈给你拿啥来了？"

来平过去解开包，包里全是面包、糖果、牛奶等好吃的。来平高兴地跳着蹦子，扬起双手喊伙伴儿："快，吃好吃的来哟，原来我也有妈呢。"小伙伴们蜂拥而来，很快就抢光了包里的东西。

来平大口吃一块面包，脸上粘着片片碎屑，似乎早已忘了妈妈先前抱他、追他、叫他的害怕。

来平吃饱了，接着和伙伴们堆土玩耍。

中午，奶奶喊来平吃饭。来平没有像往常一样跑，他嘴上答应着，仍然不挪脚地玩。奶奶等急了，又喊来平。来平说："奶奶，我不吃饭。""咋不吃饭了？""我吃了。""在谁家吃了？""在，我妈的包里。"奶奶听得含糊，还以为孙子在哪个邻居家蹭饭了，也就不再叫他。

晚上奶奶问起，来平才对奶奶说了妈妈给他送来好吃的的事，还问："奶奶，我妈妈还给我送吃的来吗？"奶奶说："她怕是不来了。""为啥不来了？"奶奶说："我不知道，也说不定。"来平说："奶奶，我妈妈在哪儿？咱们去寻她。"奶奶想了想说："你妈出门打工去了，一年半载怕是不回来。"

自从知道自己也有妈妈后，来平每天只要在路上玩耍，就有意无意抬头看看，好像妈妈还会来找他，还会给他拿来好吃的。

来平和小松鼠在石山下的荨麻沟边张望。

　　这里，山裹城。山高，楼不服，对峙，你争我比。只是，山实，楼虚，山不让，楼非要挤。于是，山劈平，楼耸起。城膨大，人涌入。俯瞰，城如不断发酵的面盆，腾升起卷卷白雾。

　　野心勃勃的城，扫平了一山又一山，唯独对城西那座突着悬乎乎脑门儿的大石山不敢冲撞。当然，拦护石山的，还有山下一道深深的大裂沟，沟里长着密密麻麻的荨麻，谓之荨麻沟。爆米花般膨胀的城市遇到荨麻沟，也是无可奈何，只得悬崖勒马。

　　疯长的高楼钻天，深陷的荨麻沟入地。

　　来平在荨麻沟边走出了一条小路。早上，灌进石山嶙岈的阳光像个魔术师，把来平课桌高的身影呼啦一下拉过荨麻沟。来平高兴地舞弄着自个和小松鼠的影子，摇摆着背篼大的头影，抵着沟对岸的墙。他举起小松鼠，把它的影子放在沟坡树梢的鸟窝上。来平欢跳着，门板大的脚影儿，差点就够着对岸幼儿园的围墙了。

　　来平和小松鼠耍得正欢，他俩的影子却像狗追着，慌张往回跑。来平没耍够，急得喊着慢些慢些，影子如放气的彩球，哗啦啦地瘪在了他们跟前。你跑啥嘛，你跑回来干啥嘛，来平气得乱踩着，管教自己不听话的影子。

　　离沟边不远的幼儿园内响起了儿歌，衣着漂亮的小朋友像鸟儿一样，纷纷飞出教室做操，接着，他们嬉闹着跑去滑滑梯，跳蹦蹦床，玩得很开心。来平痴痴地望着幼儿园。小松鼠溜出来平的小手，顺着他的胳膊爬到头顶，一会儿抱起前爪，挠痒痒，一会儿摆动毛茸茸的尾巴，在来平的头上转旋儿。

　　"看，滑梯多滑呀。哪一天咱们也滑去。"来平抬头对小松鼠说。小松鼠的鼻子里不知钻了毛，还是吸了灰尘，忍不住嚏了一声。来平伸起胳膊，小松鼠就顺着他的胳膊滑进了袖子。来平的手抱在胸前，小松鼠就在他的胳膊上睡觉了。

来平抱着小松鼠，眼巴巴地看着幼儿园，不知道是收不住心急，还是管不住眼睛，来平的两片小脚，无意而忙乱地在高低不平的沟边走来走去。幼儿园里的小朋友，一波接着一波，他们欢得简直就没个边儿。

太阳当空。一阵铃声，小朋友们仿佛蜜蜂归巢，幼儿园顿时静下来。空气中飘散着阵阵饭香。来平舔了舔干巴巴的嘴唇，走进石簸下，摇醒袖子里的小松鼠，他们坐下一起吃馒头和黄瓜。之后，他们到离石簸不远的一颗树阴下，躺在爷爷拾来的破被上睡觉。

星期天，幼儿园中鸦雀无声。幼儿园对面是几排崭新的居民大楼。临山的那栋楼与半边山之间好像只隔一条缝儿，山顶上有几棵树，半边树冠靠山，半边悬在山和楼中。有人从窗户伸出手，翻着搭晒在树上的衣物。楼对侧的山坡上，有人闲坐，有人散步。来平不知道他们是从自家的阳台跳到山上的，还是从山下的哪条路爬上去的。来平心想，如果他住在楼上，只要轻轻一跃，就能跳到山上了。

"麻辣鸡蛋——""热粽糕——"，卖小吃的商贩车，帮上挂着小喇叭，怪怪的叫声由远而近，由近而远，窜鼻的辣味、甜味，浓了又淡了。来平搓手、跺脚，在他自个儿踩出的路上跑来跑去。眼前的荨麻沟，好像比天河还宽，来平多么想跳过沟去，追商贩的车子啊，就算吃不上，只要能跟着闻闻香味也是很好的啊。可是他太小了，沟太宽了，他咋都过不去。噢，荨麻沟啊，你变窄一些嘛，变窄我就能跳过去了，我就能跟着商贩的车子闻香味了。

来平对荨麻沟说，又问胳膊上的小松鼠："小乖乖，你说沟啥时候才能变窄呀，要是沟变窄了，咱们就能跳过去和那些娃娃耍呀，闻香味啊。"小松鼠的小嘴儿嗅嗅来平的脸，没说话。

小松鼠一会儿缠着来平的脖子，一会儿立在他的头顶。来平成天和它为伴，同它说话，同它吃饭，好像来平是它的家，它也是来平的家。不过，来平经常对小松鼠说："等咱们回家了，我上树给你摘大大的杏儿吃。"来平说的家，是指他出生的老家。只是，他不知道爷爷啥时候才能领他回去。

过去，爷爷奶奶能吃苦，来平家的光景并不坏。来平半岁大时，爸爸妈妈出门去打工，不知咋就陷进了传销组织。爷爷卖尽了家里的粮食和牲口，总算把他们赎出来。这事过后，来平的妈妈走了，爸爸又去打工，长年不回来，听人说他在外面安了家。来平从小和爷爷奶奶一搭过活。去年腊月，奶奶得了一场急症，病故了。

埋过奶奶，乡亲们都张罗着过年。爷爷和来平在家里挑拣了几面盆麦子、豆子、莜麦和胡麻。然后，来平坐着小板凳在灶膛前烧火，爷爷半个身子贴着锅台，不停地翻搅着锅里的粮食，把几盆粮食分次炒熟，晾开。第二天，爷爷把熟粮食拌匀，端进磨房，磕掉操磨棒上的灰尘，套在磨眼中推磨。爷爷的胸膛扛着磨棒，缓缓移动着石磨。随着磨子的转动，磨盖上囫囵的熟粮食钻进石磨，变成细细的炒面，一层层溢出来。来平的小手握不住推磨棒，他只能展开胳膊，使出一股股猛劲推操爷爷的后腿。推了几圈，来平就气喘吁吁走不动了。爷爷放下磨棒，转身对来平说："去，拿两个碗，咱们吃炒面。"来平脚上穿着奶奶做的厚棉鞋，跑到灶房里拿碗。

新磨的炒面，弥漫着麦甜豆香。爷孙俩正蹲在门口吃炒面，忽听见周围的邻居放响炮。"噢，腊月二十三，送灶神了。"爷爷说。来平问："爷爷，咱们送吗？"爷爷说："送。"来平说："咱家没炮。"爷爷说："你奶奶的魂影还在旋门，咱们不敢放炮。"来平说："我奶奶的魂影为啥在旋门？"爷爷说："她舍不下咱们。"来平又问："奶奶啥时候回来？"爷爷皱巴巴的手捏紧来平皲粗的小手，抬头望着屋檐。来平顺着爷爷的目光看见几只麻雀在瓦檐上扭动着脖颈说话。"爷爷，它们是不是想吃咱们的炒面了？"爷爷低头问："谁？""麻雀子。"爷爷放下碗，站起来接着推磨。来平把碗收进灶房，又跑来搡爷爷。石磨吃力地转了几天，终于磨出半口袋炒面。

年后，爷爷打起铺盖，背上炒面，带着来平进城打工。

爷爷拉着来平走街串巷，三天光景也没租到便宜的住处。傍晚，爷爷和来平一路到荨麻沟边，愁眉不展的爷爷指着沟对面的石山说："看，那边山根下有个石簸子，你乖乖在这儿等着，爷爷去看看那里面能不能避风。"

沟的两侧陡立，沟底长着枯荨麻。爷爷在沟边探来探去，终于寻到一段可踩脚的沟坡。爷爷小心翼翼下坡去，用外衣包住头脸，踏倒几束枯荨麻，搬起石头压在上面，然后像个笨拙的壁虎，挪着小步，揪着草疤往上爬。

来平看着爷爷上沟坡了，就坐在地上打盹儿。来平毕竟只是个六岁的孩子，这几天，他白天跟爷爷四处打听住处，晚上爷孙俩就缩在公园的长椅上。

爷爷返回，拍打衣服的响声惊醒了来平，他睁开眼睛问："爷爷，那儿能避风吗？""能行，来，爷爷背你过去。"爷爷蹲下说。来平伸出胳膊，紧紧地挽住爷爷的脖子，爷爷比刚才更加小心地过了荨麻沟。

这座陡悬悬的石山上，零星长着几棵树，山根有一处深深的石簸。爷爷把来平背到石簸前，放下说："咱们暂就住这里。你等着，我去车站拿东西。"来平一把拽住爷爷的后衣襟说："爷爷，我也要去。"来平不想一个人待着。爷爷弯腰，揪掉来平衣服上粘的枯荨麻说："听话，我跑快些，一阵儿就来了。"爷爷说完走了，来平一直望着爷爷过了荨麻沟，拐入街道，他才收回目光，打量着这个陌生的地方。

石簸里好像谁绘的图画，有的像云彩，有的像绵羊，有的像萝卜，来平觉得很有趣。

爷爷搬来了所有的家当：一卷铺盖，半布袋炒面，一个能当锅，又能当碗，还能盛水的大铁勺，两双筷子，还有爷孙俩的几件旧衣服。

爷爷在沟边拔来枯蒿，把石簸里扫净，打开被褥，铺在靠里的石台上，从布袋里取了半铁勺炒面，抱着孙子一起吃。爷孙俩吃饱了，和衣缩进被窝。

爷爷搂着来平说："我天亮就出去找活干，你听爷爷的话，乖乖在这儿蹴着，千万不敢乱跑，说不定这山上有狼呢。""啊？"来平吓得抱紧爷爷的脖子。"没狼，没狼，我娃不害怕，爷爷哄你呢。"来平说："狼要来了咋办？""没狼，听爷爷的话，荨麻沟深得很，陡得很，你要是不小心滑下去，说不定沟里有野……"来平听得害怕，又抓紧了爷爷。爷爷拍着来平的头说："你只要乖乖的，不乱跑，爷爷回来就给你买好吃的。"来平说："我要吃果子。"爷爷说："只要你不乱跑，爷爷天天给你买果子。"

初春，仍有雪。爷爷拔了几捆枯蒿，拦在石簸两边，石簸里就暖和了许多。

天晴后，爷爷在工地上找到了活计。爷爷借来铁锹，在沟坡上挖了一串踩脚窝，这样上下就稳当了。爷爷天天早晨出门，傍晚从工地上打两个蒸馍，背一壶开水、一壶凉水，顺路在市场的水果摊下拾些丢弃的苹果、梨儿回来给来平吃。

刚开始，来平听爷爷的话不敢出门。渐渐地，他就溜出石簸，在荨麻沟边东张西望，爬石山，折了蒿枝，挨着捣山根的石洞石缝。当然，最叫他眼馋的，还是对面的幼儿园。那儿不光有许多好玩的，单说每晚守在幼儿园门口等着接孩子的那些妈妈们，就叫来平又羡慕又后悔。噢，要是以前来看他的那个女人真是他的妈妈，那多好，她还会来看他吗？要是她再来，他说啥也不跑了，他一定要跟妈妈去。眼下，妈妈在哪儿呢？她会来这个城市吗？如果她来，她会看见我吗？对了，要是站在高处，妈妈是不是就能看见我了。来平垒起一堆石头，终于爬上石簸旁边的树，盼着妈妈能看见他。可是，树叶一天天悄悄地长大，把来平藏住了，来平就不想再上树了。

几场春雨过后，沟里的新荨麻飙高了，把干枯的老荨麻挤倒了。外人谁也不敢招惹这种蝎子草。爷爷怕来平过沟，只在沟下分出一条窄窄的路，他早晚出入荨麻沟的那些脚窝子，也隐藏在草中了。

一次，来平壮着胆子，摸着爷爷常走的脚窝子过沟。不料半路滑脱，咚一下跌进荨麻林，妖声怪气的荨麻们见这个小毛孩自投罗网，顿时张牙舞爪阵阵狂笑，你争我抢着舔螫来平。瞬时，来平的小脸就叫荨麻亲吻成了圆面包，手和脚则像一口气吹鼓的气球。来平翻身抱头挣扎，好不容易爬上沟，一头扑在草地上驴打滚儿。荨麻把来平螫得浑身瘙痒、疼痛、红肿，七八天才缓过来。这以后，他再也不敢下沟去了。

沟边的水蒿和野草越来越高，遮挡了来平的视线，来平折了一把长长的水蒿，挨个儿去掏山根的石洞。一天，来平看见有只松鼠从高处的一眼石洞中跑出来，来平一喊，它闪身上树了。

来平不知道洞里还有没有松鼠。他垒了几块垫脚石，手拿吃饭的铁勺罩住洞口，在洞外拍打，想把洞里的松鼠吓出来。他侧耳倾听，洞里似乎有动静。来平举着铁勺，左手酸了换右手，右手累了换左手，盼着爷爷早点回来。

路上，终于出现了爷爷的身影，来平着急地喊："爷爷，快些，这个洞里有松鼠。"

"进洞了吗？"

"跑出来了。"

"跑了就没了。"

"爷爷，你快来看，说不定还有呢。"

爷爷一手压住铁勺，一手把来平抱下来。来平摆动着酸麻的胳膊说："爷爷，小心松鼠跑了。"爷爷犹豫着说："万一洞里盘着黑长虫。"吓得来平跳了老远。爷爷欲伸手，又扭头问："这个洞里真跑出来过松鼠？"来平说："真的，真的，我看得准准儿的，就是从这个洞里出来的。"爷爷将手轻轻地探进石洞，果然捧出了一个才会爬的小松鼠。

"唉，太小了，喂不活，你要一要，爷爷把它放回去。"爷爷把小松鼠放在来平的手中说。来平瞅着小松鼠说："给它喂苹果。""它还不会吃。""爷爷，那你给它买奶粉嘛。""奶粉怕也喂不活它。"来平眼巴巴地说："肯定能喂活，我奶奶说过，我自小就是吃奶粉长大的。"爷爷愣了愣神，心想，来平一个人成天待在这里实在太孤单，也就默许了。

爷爷买回奶粉，教来平喂小松鼠。刚开始，小松鼠并不爱吃奶粉，时间长了，它也就吃了。自从养了小松鼠，来平就有了贴心的玩伴。

一个黄昏，不知从哪里来了几个大娃娃在荨麻沟边嬉耍，来平和小松鼠就在对岸看热闹，只见两个娃娃追着另一个娃娃，眼看快追上了，那个娃娃忽一扭身躲开了。

"快跑，快跑！"来平着急地喊。

那几个大娃娃猛然急刹车，惊讶地看着沟对岸头顶小松鼠、穿着灰土土衣服的来平。

一个娃娃问："哎，你是个野人吗？"

来平说："不是。""那你在那边干啥？""我，我住在那个石簸里。""哈，住在石洞里的野人，把你的松鼠给我们要一要。""沟里的荨麻咬呢，我不敢过去。""我们过去。""不敢、不敢。"几个大娃娃不理来平，跑来跑去在沟边试探了半天，就是没办法过沟。

一个娃娃扬着手中的东西喊："哎，我拿好吃的换你的小松鼠。"来平说："我不换。"另一个说："我拿急速飞车和你换。"来平说："不换。"又一个说："我们几个合起来，给你买一大包好吃的，总可以换了吧？"来平说："不换。""换嘛，换嘛，换三天咋样？"来平说："我不换。""小野人，给你一大包好吃的，换三天，够意思了。"来平想了片刻，抬头问小松鼠："你说咱们换不换？"小松鼠扭头窜进来平的领口，躲在他的臂弯里不出来了。

"哎，小兄弟，给你鱼吃，接住！"有个娃娃使劲向沟这边扔过来一袋麻辣小鱼。来平拾起草丛中的袋子，凑在鼻子前闻香味。那个娃娃说："小兄弟，鱼肉香不香，送给你吃了。"来平抬起胳膊，叫袖筒里的小松鼠："来，出来，吃鱼肉了。"小松鼠不情愿地背过身去。来平说："你咋不出来呀，咱们有好吃的了。"

几个大娃娃一直哄着向来平要小松鼠。来平就是舍不得。

第二天傍晚，那几个大娃娃又来了。他们向荨麻沟对岸扔来几样好吃的，喊着对来平说："小兄弟，我们给你这么多好吃的，就换你的小松鼠耍两天嘛。"来平瞅着好吃的说："那行，就两天。""小兄弟，我们几个人呢，换三天行不行？"来平犹豫着说："三天我等不住。""就三天吧，我们天天来这儿耍，不叫你心急。"来平就问小松鼠："换三天，你心急不急？"小松鼠突地扭过头，没吱声。

有个娃娃喊："哎，换一天总行吧？""啊？一天？一天咱们几个咋玩呀？"有人问。那个娃娃凑在伙伴跟前嘀咕了一阵，然后，他们齐声喊："我们就换一天。""行。"来平见他们改了口，就爽快地答应了。

几个大娃娃兴奋地拍手喊："快把松鼠给我们丢过来。"来平说："松鼠咋丢呀？"有人说："把它装在袋子里丢过来。"有人说："要不然，你把衣裳脱了，把它包在衣裳里丢。"来平摸着头说："沟宽，我丢不过去。"几个大娃娃在沟边找不到路，干脆跑回家拿来了钓鱼竿。

他们撑开一把长长的钓鱼竿，还差半截。他们想法在鱼钩上挂了一个有盖的圆塑料桶，在桶里放了一块石头，甩过沟来。

"你把石头倒出来，把松鼠装在桶子里，我们钓。"

来平对小松鼠说："乖，去。"小松鼠紧紧地抓着来平的袖子，挣扎着，说啥也不进桶去。"去嘛，你去嘛。"来平劝小松鼠。小松鼠惊恐地后退着。

"快塞进去，把盖子压紧，小心跑了。"

来平把小松鼠推进桶口，在它扑腾乱撞的空儿，他用双手压紧了盖子。桶子里的小松鼠吱吱喊着。

"盖子压紧了没有？"

"紧了。"

"放手，我们钓了。"

来平说："咱们说好了，只换一天。"

几个大娃娃同声答应："只一天，就只一天。"

来平松开手，装着小松鼠的桶子在他的额头前一晃，嗖一下飞过沟去。小松鼠就到了几个大娃娃手中。来平不放心地喊："就换一天。"大娃娃们只管抢小松鼠玩，根本顾不得理来平。

不知为何，来平觉得眉梢起了火，他拍头，掏胳膊，捋裤腿，到处空荡荡的。来平急慌慌地在荨麻沟边乱找，仿佛大雪天弄丢了棉袄。

多少天过去了，来平总是等不见那几个大娃娃。他又在石簸旁的石洞里探寻，再没探到小松鼠。

荨麻沟对岸幼儿园的笑声，天天那么欢。挤着山的大楼，还是那么高。

荨麻沟边的野草太茂盛了。来平长不过草，就盼着石山上的树叶能快些落。要是树叶落了，他就能爬在树的高处，那样，小松鼠也许就能看见他，跑回来。那样，妈妈也许就会看见他，来找他。

（发表于《黄河文学》2016年第1期）

玛瑙的眼泪

　　大约凌晨四点钟，郭泰安被公鸡长长的打鸣惊醒了。透过窗户，他看到月亮还明晃晃地挂在天空，星星很稠密。但他不能在温热的被窝里多睡一会儿了，他起身边穿衣服边推推正在酣睡中的老婆秀秀，说："天快亮了，你给我装些吃喝，我套牲口耕地去。"见老婆不吱声，他又叫了她一次，这回老婆没好气地说："玛瑙早给你准备好了，她正在门口等着送你呢。"听到老婆的话，郭泰安无奈地说："你嘴里没个嚼的就算了，不见她的可怜，还用得着你背地里戳她的脊梁骨吗?"老婆从鼻孔里挤出一声"哼"后，转身睡得更舒坦了。郭泰安知道她的犟脾气，她可能还为昨晚上的事心里有气呢。他不再说话，只是快速穿好衣服出门去了。

　　秋天的早晨真凉啊，郭泰安不由浑身打了一个激灵。他只好自个到厨房去装干粮，这才发现筐里只剩下几块干粮渣儿。灶台上面盆里的发面满得溢出来了，看来老婆昨晚上没有烙干粮。她昨天中午不是说晚上要蒸包子吗? 他又在锅里盆里寻了半天，什么也没找到。这可咋办呢? 要到离家最远的山上耕地去呢。好几里的山路，走一趟真不容易，只好等天亮老婆把干粮烙好给他送去了。他随手把干粮袋子扔在锅台上，出门把耕地用的一大堆绳索用具和铁犁一起提到大门外的顺路处，就转身去强子家的牲口圈里拉红骡子，之后又到自家的圈里拉青骡子。两个骡子正年轻力壮，一见面你咬我的脖子，我啃你的耳朵，像两个贪玩的孩子，好不闲散。没有人帮忙，他费了好大劲才把它们套在一起。

他刚准备起身，玛瑙扶着墙从大门出来，声音嘶哑地问："哥，啥都带好了？""嗯，好了。"他本想向她提干粮的事，话到嘴边，转念一想，还是算了。表妹不是计较一块干粮的人，但又会惹得老婆不高兴。他猜着就因为昨晚上，表妹硬拉他在家里吃了饭，老婆才生气不给他做干粮了。那是他给她家圈骡子时，表妹说亲戚送来羊肉了，非拉住他吃一碗臊子面不可。吃过饭回到家，他站在院中，向厨房里忙活的老婆说："我在强子家吃了，你不要给我做饭。"话音未落，老婆不知把啥东西随手扔了，打得锅盖咔嚓一声脆响，她猛然熄了灯，放大嗓门说："你天天上她家吃饭去才好！""看你，看你的样子。哼！不就是吃了一碗饭嘛。""你最好把铺盖卷也背到她家去。"老婆把厨房门摔得咣一声。他心里很难受，也不再说什么。晚上两个人背对背，各睡各，他不想再给老婆说什么了，已经给她说得够多了。表妹一个女人家，够苦了，他不帮，谁帮她呢？表妹是个重情义的人，要是他推着连一碗饭都不吃，她心里也过意不去啊。他想老婆秀秀会想通的，他知道老婆并不是那种心眼特小的女人。

他扛起铁犁，拉着骡子走了两步，回头看到表妹扶着墙进屋去了。唉，可怜的人，真不幸，娃娃才五岁，男人几个月前出事走了。家里没了主心骨，孤儿寡母的日子难哪，家里的重活哪一样少得下男人，好在有他这个表哥在门口上。人常说亲戚住得近了是非多，以前他们两家人却相处得一家人似的，从来都没有红过脸。秀秀和玛瑙阴雨天凑在一起做针线活儿，说说笑笑的。两家的娃娃在一起玩耍，谁家有好吃的往谁家跑。他们两个大男人比亲兄弟都好，谁知道好人命不长，表妹夫说走就走了。这下两家的重体力活儿都靠在他一个人身上了。

起初老婆很通情达理，常催促他先给强子家干，最近不知她的哪根神经出了毛病，不但反对他给强子家帮忙，还无缘无故不和玛瑙搭言了。两个人见了面好像不认识似的，女人的心病真叫人猜不透。他问老婆，她们之间有啥问题，老婆用怪怪的眼神看着他说都好着呢呀，有啥问题？是你心里有鬼吧？他觉得好笑，反问说他心里有啥鬼呢？真是的。老婆说有没有鬼你清楚。他说他的心当然清楚。老婆说你自己清楚还装糊涂问我。他说装啥糊涂了？老婆说我咋知道你装啥糊涂呢？两人说来说去也没说出门道。后来他想问表妹，又想，说不定她们之间确实没有事，他要是一问，反而问出事来，也就不问了。现在看来她们之间真的有事。从老婆说话的语气中，他就听出来了，还不是人的私心太重，给表妹家多帮一把，就给自家少干一把，老婆心里有疙瘩了。但不管咋说，忙还是非帮不可的，放下亲戚这一层不说，就是平常的邻居，人在困境中嘛，该拉一把时，还得拉一把，总不能眼睁睁地看着她家的庄稼子粒撒在地里，也不能硬瞅着她家的地荒了。那样她们母子以后怎么活啊？况且她是他亲亲儿的亲表妹，是同母亲一样疼爱他的亲姨妈的女儿啊。他把她当自己的亲妹妹一样看待，怎能不帮她，不为她操心呢？前天，坚强的表妹硬要自己耕地，不料他家的青骡子向她腿上踢了一蹄子，好在没有伤着骨头。六十多岁的姨妈听说后，挂着拐棍从几十里山路上跑来探望，见姨妈和表妹相扶着落泪，他也忍不住哭了。姨妈的长相酷似他已去世的母亲，她拉着他的手，颤抖着说："我的娃，苦了你了，你这个苦命的妹子连累你了。""姨，你放心，有我吃的一口，就少不了她的。"想起这些，他的眼角又湿润了。生活啊，真是变幻无常，好好的人说走就走了，好好的家说散就散了。平常说说笑笑、欢欢乐乐的两个家，猛然间冷冷清清的，好像院墙倒了，四处的冷风往家里吹灌。

郭泰安走过村子时，村里还没有一家灯亮的。看来时间还早，今天他想把山上最远处自家的和强子家的两块地，赶中午全耕完，明天还要到别处耕，一天都不能耽搁。种庄稼，秋耕很重要，如果第一年秋天把地耕不好，第二年再好的雨水也没好收成。唉，往年两家的地，两个男人慢慢悠悠的就耕完了，今年他一个人得跑着耕。家家大人娃娃都得吃饭穿衣花销，没有好收成不行啊。

其实秀秀一直都没有睡着，她知道两个骡子一个比一个淘气，男人一个人得花些时间。要是平常，她早就起身帮他去了，但今天她没有理他。本来说好昨天晚上她要蒸包子的，男人在强子家吃了饭，她的心劲就全没了，随手把面盆推到一边不做了，没有干粮，管你呢。玛瑙对你那么好，叫她给你装好的去。她心里边想着边竖起耳朵细听，半天都没有玛瑙的声音，她想算她是个明白人，知道她的心事了。最后，她还是听到了他们的说话声，她一把拉起被子蒙在头上，不服气地说："好得很，郭泰安，你天天背她的干粮就是了。"在被子里，她还是翻来覆去睡不着，想起前几天的一件事，觉得窝心得很哪。

事情是这样的，早起她送男人上地时，玛瑙从她手里拿过干粮袋子，掏出干粮，换了油饼递给郭泰安。过了一阵，儿子起来嫌干粮焦煳，哭闹着不吃，她就说强子家有油饼让儿子要去，结果儿子回来却拿着一块黑面饼。她有些气，出门碰着玛瑙，故意笑着说："妹子，我也想吃油饼了。"玛瑙的脸一红说："嫂子，是强子大婶叫娃娃送来了三个，强子吃了一个，那两个早上给我哥当干粮了。过两天地里闲了，我给咱们炸些。"她说："你把你哥比我还上心。"玛瑙没有听出她话中有话，老实地说："唉，我把我哥连累劲大了，也没个啥感谢他。"这事令秀秀心里有些不自在，觉得玛瑙对她的男人好得有些过火了，似乎把以前对强子爸的那些好，都转到她的男人身上了。秀秀觉得玛瑙要是对表哥这样好下去，非出个啥事不可。她可不愿意失去郭泰安，失去这个家。当然她也是多想了，想得过于严重了，可她不得不防。这个世界啥事不发生呢？况且这表兄妹之间，本来就好得一娘生似的。为此，她才多了一个心眼，不让男人常去强子家，还用鸡毛蒜皮的小事，故意在她们之间制造了一点隔阂。有一点隔阂，少接触，自然就没事了。她想。

玛瑙早上听到表哥拉骡子的声音就醒了，听了半天没有表嫂的声音，她才挣扎着起来去帮表哥，出门后，表哥已经起身了。她本来随手提着一块羊肉，想给表哥当干粮，又怕表嫂突然出来碰见，就转身回去了。这块羊肉本来是要送给表嫂的，可表哥昨晚说啥也不拿，叫她自个留下好好补身子。可她怎能吃下去呢？以前，他们两家人有好吃的就会分成两份，哪怕是一人一口尝尝都高兴。现在表嫂的心病她有点摸不透了，想来想去，也没有得罪她呀，为啥表嫂对她不理不睬的，有时她讨好似的给表嫂送一碗好吃的，她头也不抬。每每这时，玛瑙的泪就淹没了心，唉，说啥呢，还不是她太连累表哥了。表嫂心疼表哥不说，表哥给她家多做一把活儿，自然就落了自家的光景，表嫂怎能情愿呢？秋后，她放下自家地里的秋粮，先给表嫂家收。她的能力虽小，但心意尽到了，也怪自己太不争气，前天耕地没有几个来回，就叫骡子踢伤了。真是没办法，强子才五岁，啥时能长成个大小伙呢？也就凑合这一秋，明年说啥也不能再连累表哥了。她想等冬上，把骡子卖了，开春买两头驴回来，驴耕地虽不深，但不欺人，她就可以自己耕种了。

郭泰安赶到八里外的山地里，天刚麻麻亮。地头草丛里的呱啦鸡被惊吓了，到处乱跑，要是追赶，也能逮住几个，回家美餐一顿，可他要赶着耕地，就让它们白白跑了。这家伙同家鸡一样，黑天是瞎眼子，跑也跑不远。在他耕地时，它们一会儿从这儿飞起一只，一会儿从那儿飞起一只，闹得骡子忽惊忽惊的。寂静的山野里，不时传出他和骡子粗大的喘气声、地里的石头和铁犁的摩擦声，还有他吆喝骡子的声音。他尽量吆喝得大声一点儿，因为山里太静了，静得叫人瘆骨。从来没有这么早一个人来这里耕过地，他隐隐有些害怕。离自家地下坡不远的地方，就是强子家的地，地头平缓处黑阴阴的，就是强子爸的坟。郭泰安心里说，兄弟，你要是活着，我就不会这么早上山了。现在你给哥做伴，要不然哥真还有些害怕呢。别笑哥胆小，虽然说人害怕鬼，但哥不怕你，哥知道你是哥的好兄弟。他心里嘀咕着，眼睛酸酸的。他想起以前在这片地里，耕地累了，就喊在地里收庄稼的强子爸来说话。强子爸镰刀一搁，来了，两个人坐在一起吃喝歇缓，说一会儿话，也就不累了。

郭泰安把牲口赶得快，自家的三亩地耕完才早上九点多。阳光从山坡上照下来，新耕的地懒洋洋地晒着，极薄的白雾从地面升起来，潮潮的，要是开春有这样的墒情就好了。

郭泰安把骡子赶到强子家地里，耕了几个来回，就不时向山坳里张望了。按说老婆该给他送干粮来了，肚子一叫，浑身就没劲了。人是铁，饭是钢哪，还有四亩多地呢。他想，要是老婆能给他送来油汪汪的油馍，再送一壶放了白糖的酽茶，让他美美吃喝一顿，这四亩多地赶中午也就耕完了。今年除了年前要给强子爸上坟外，就不跑到这山里来了。

老婆秀秀迟迟不来送干粮，郭泰安真的饿了。但他还是坚持耕地，就是今天不吃不喝也要把地耕完才回家。他想，要是老婆不给他送吃的，回家非收拾她一顿不可。一个好好的女人，怎么变得叫人想不通了。

就在郭泰安又张望时，一个人影闪过来了，那人走得很快。他心里一乐，心想老婆终归是老婆，她还是不想叫他挨饿，赶着给他送干粮来了。这一乐，来了劲，又耕了两个来回。这时那人到地头上了，原来不是他老婆秀秀，而是强子的三叔。他手里提着一把长长的铁锹，大声问："姓郭的，你在耕谁家的地？"他停下脚步说："强子家的，咋了？""咋了，你还耕了个怪，谁叫你耕了？""强子妈叫耕呢。"郭泰安知道这是个有名的二货，不想和他吵嘴。"她是老几？是个啥东西，她叫你耕白家的地，你是老几？敢耕白家的地，给我往出滚！""这是白家的地不假，只要有你白家人的这句话，我就放心了，只要有白家人秋天把地给强子娘儿俩耕了，春天给种上，不用说从地里往出滚，我天天跪在庙里，给白家人烧高香去呢。""看把你想得美？她姓白了？快叫她往远处滚，还有她的地呢？不要说地，就那院子地方，也是白家人的，叫她快快往远滚。""世事可不是你说的这么个理，她滚不滚，还不是你说了算。""不是我说了算，是你说了算？""那也不是我说了算，你也别见她寡妇拉娃娃好欺负。""我看就是你说了算，你姓郭的想得倒美，霸占白家人的老婆，还想霸占白家的家产，你快往出滚。"郭泰安没有想到会出这码事。他想了想，平静地说："要不这样，既是白家的地，你大哥不能耕了，你就替他耕了，他睡在地头心里也高兴。不然这好好的地，放到开春硬得种不成庄稼，他心里也不安生呢。""你快往出滚，不然老子劈了你。"郭泰安想，他也就一时逞威风，干脆不理他，吆喝了一声牲口向前走去。谁料他真提着铁锹向他劈过来，郭泰安有些疲乏，不是他的对手。两个人推来推去，郭泰安觉得眼前猛然一黑，就什么也不知道了。

铁锹落在郭泰安的额头上，划出一道深深的大月牙儿，缝了五针，他因为失血过多，神志不清地躺在乡医院的急诊室里。

他是被哭声惊醒的。

"都怪我早上没有给他送干粮，要不白三狗子哪里是他的对手。"是老婆秀秀的哭声。"说来说去，还是我害了他，要不为我的事，他咋能吃这不明不白的亏呢。"是表妹玛瑙的哭声。"谁会想到白三狗子跑来，在咱们头上撒尿，世上哪有这理？你好好过你的日子，谁要再敢骚情，你上法院告去！""好嫂子，要不是为强子，我也没个活头了，我舍不下他。别人劝我改嫁，可走到谁家，哪个男人会像亲爸一样，好心对我强子呢？我想，哪怕把我苦死，也要好好把他拉扯大。谁知道白家人不安好心，非赶我走呢。"是表妹玛瑙的哭声。"你不要往坏处想，我和你哥两个知道你的难处，咱们三个人总会把强子拉扯成人。"秀秀抹着泪说。"前几天听东山里姨说，他们村有个人，老婆得病死了，家里有两个娃娃，三十亩地，当时我挡住不叫她说。现在要是有能凑合过日子的，我就带上强子走了。""这个家是你双手苦下的，地也是你和强子的，你一走就随了白三狗子的心了。""嫂子，我舍得下这些，树挪死，人挪活呢，靠我的手，就是出去讨饭也能过，我就是舍不得你们。""我也是舍不得你这个妹子，这些年在一起习惯了，有时你不在家，我心里总空荡荡的。"郭泰安知道这都是知心话，她们已经有好些日子没有这样坐在一起说话了。

听到两个女人轻轻的话语，两颗豆大的泪珠从郭泰安脸上滚落下来。他记起小时候去姨妈家玩耍，玛瑙拉着他上树摘杏儿，一个男孩抢在她前面，把好杏摘走了，玛瑙哭着非要，他硬是从那个男孩手里给她抢过来，她才不哭了。她在家里也是最受疼爱的，奶奶说她刚生下时，比玛瑙豆豆儿还好看，所以给她取名玛瑙。人长大就不同了，他虽然心疼她，也尽全力帮助她，但生活内容变复杂了，对于她长远的生活，他同她一样，一无所知……想到这些，郭泰安眼前突然一片黑暗，好像有人猛一下把他推向万丈悬崖，他不由大叫："玛瑙，玛瑙。""哥，我在呢。""他爸，我们都在呢。"他的手被两个女人的手紧紧握住了。噢，好可怕，他没有掉落，安全了。长叹了一口气，他挣扎着睁开眼睛，玛瑙惊恐地看着他，眼泪簌簌落下来，落在他发烧的脸上，很冰凉。

他想，要是几个月前，强子爸能同他一样睁开眼睛，看到玛瑙的眼泪，如今说不定他们正在那块地里，说说笑笑地收庄稼呢，可强子爸的眼睛永远闭上了，再也看不到玛瑙的眼泪了。

（发表于《朔方》2011年第2期）

一号呼叫

　　医院同时招聘了五名护士，妇产科的护士长一眼看上了长得最结实的李叶，把她抢来了。常言道：金眼科，银外科，忙死忙活妇产科。的确，那些"豆芽菜"在妇产科是吃不消的。

　　李叶一米六五的个头，大方脸，戴着燕尾帽，穿着洁白的工作服，靓丽的青春如花般绽放，诱惑得我们在空闲之余总想多看她几眼。也使得我们不由得感叹时光飞逝，岁月无情。想想我们刚从学校毕业，走上工作岗位时，不也同她一样富有朝气吗？可是经过常年的操心、劳累、倒班，如今个个变成黄脸婆了。李叶很勤快，工作踏实，对病人又特别耐心。大家都非常喜爱她，亲切地喊她"叶儿"。

　　李叶初到科室那两天，见人总是毕恭毕敬地说"老师，您好"。在医生办公室见到一个实习生，她也问了声"老师，您好"。那个实习生低头笑而不答。李叶红着脸退出来，在镜子前照了一下，然后悄悄地对我说："老师，你看我身上有什么不对的地方没有？"我打量了她一圈说："叶儿最可爱了，没有什么不对的。""我刚才问医生办公室的老师好，她却笑我，我还以为自己有什么不对呢。"叶儿说。"走，我看谁这么无礼。"我拉着她到医生办公室，看到那个实习生笑得眼泪都出来了。见是她，我也笑着说："小王，你是不是给叶儿当了一回老师，占了叶儿的便宜，才笑得这么欢。"她瞅着李叶笑得半天说不出话来。我对李叶说："看她不敢

117

给你当老师，笑傻了。"说完我们都笑了。

过了些日子叶儿与大家熟悉了，有人问她："叶儿有对象了吗？"她红着脸摆摆手。于是，小张说她给叶儿介绍一个，小海抢着说她有个弟弟，还是给她当弟媳妇吧，老李说谁都不要打叶儿的主意，她儿子正愁没对象呢。大家七嘴八舌夸叶儿，她听不下去，羞跑了。

科室安排我给叶儿带教，为了让她尽快独立工作，我手把手教，一遍遍讲。她勤学好问，一点就通，而且彬彬有礼，口口声声喊我老师。我拍着她的肩膀说："叶儿，以后只管叫我大姐就是了，大家一起共事不必太客气，再说你称我们老师，也会给你的工作带来不便。别人一听你是学生，就知道你是新手，就算你的技术好，他们心里也不放心。"她点点头说："老师，知道了。""叫大姐。""噢，大姐。"她笑了。

冬天的妇产科实在太拥挤了。三十张床位，病人却有五六十个，加上三十多个新生儿，每个孕产妇至少一个陪护家属，病房的人口密度就可想而知了。每次一推门，屋里的饭腥尿腥血腥简直令人倒退。外人经过妇产科，总要捂着鼻子疾步如飞，他们实在不能忍受这种刺鼻的气味。毫不夸张地说，连我们这些久闻不知其臭的人，每天走进科室都想转身，何况那些浑身喷着香水，室内摆满鲜花的人，就怪不得他们太矫情了。

病人和家属太多，加上北方女人怕产后受风寒，总不开窗户，空气污浊得叫人难以忍受。我们时时进病房，给他们苦口婆心讲开窗通风换新鲜空气的重要性，可是只要我们一离开病房，家属生怕产妇落下风寒病，立即就把窗户关上了，所以妇产科病房的气味成了无法根治的老大难。

加床，加床，二十多张备用床加完了。病人还是络绎不绝，蜂拥而来。实在没床了，请他们到别的医院去，但他们不走，有的还投诉我们推诿病人。在这种情况下，我们只能来者不拒，继续从其他科室借来窄窄的小加床。病房里加不下，就加在走道里。于是走道也变成了病房，你挤我碰，孕妇阵痛的呻吟、新生婴儿的哭闹，热闹非凡。

有些人就爱赶一窝蜂，比如吃饭，总爱看哪家餐馆吃饭的人多就往哪家挤。看病也一样，有的医院冷冷清清，他们偏偏不去。我们医院拥挤不堪，人满为患，他们非来不可。其实呢，科室里就那几个医生，就那几个护士，病人却猛增，工作量大得叫人难以承受。但我们还得拼命奔跑，丝毫不敢怠慢，更不敢有半点闪失。

叶儿上班一个月了，我带她上完第二个夜班，她就要独立上班了。那晚下雪了，路很滑，我赶到班上时，叶儿已经早早接班了。"大姐，今晚你别操心，我自个干活，明早你检查就是了。""你说说该做什么？"我笑着问。她把我教的全背出来，又拿出小本看了一下说："你说的就这些，还有吗？""没有了。"就这样，她忙工作，我在旁观。过了一阵，叶儿笑着说："你就放心休息去吧。"看到她胸有成竹、得心应手的样子，我就在更衣室看书。哪里能看进去呢，听着办公室墙壁上此起彼伏的呼叫铃声，我就跑出去帮叶儿。

过了一小时，看见叶儿特别忙，我又去巡视病房。这是个不平静的夜晚，五个手术后的产妇，六个临产妇，走道里人来人往，急诊入院的，产后回病房的，家属送饭送东西的，端着碗要热水的……真的，没有哪个科室会像妇产科这样琐碎，也没有哪个科室如妇产科这样通宵达旦。听，有些生了儿子的人，在走道里大声打电话向亲朋好友通报喜讯；有些生了女孩的产妇在低声哭泣；正在分娩的女人在产床上歇斯底里大叫；病房里婴儿饿了尿了的哭声此起彼伏。

叶儿像个旋转的陀螺，从病房到治疗室，从办公室到产房。凌晨四点，我问生了几个？叶儿向我竖起四个指头，做了个调皮的鬼脸。到底是小姑娘，忙了大半夜她仍然一脸兴奋，劲头十足。而此时，我的"夜班综合征"犯了,胃里特别难受,浑身困倦无力,眼皮不停地打架。我吃了两块饼干,又去巡视病房,叶儿站在走道的一张窄窄的加床前,正在给一个产妇喂红糖水。我走过去,她低声说:"新来的,早产了。孩子太小,还在辐射台上暖着呢。""几个月?家属呢?""八个月,男的出去买纸了。产妇头晕,我给她冲了红糖。"这是个很瘦弱的外地女人,在修车铺打工,衣服上沾满了油腻,脸色苍白,浑身颤抖。叶儿将科室仅有的一床旧被子裹在她身上,又鼓励她多喝一些热红糖水。糖水喝完了,她仍然说冷。叶儿就跑到值班室把自己的羽绒服拿来盖在她身上。那一刻,我被她的善良感动了。

叶儿能独当一面工作了,我们的队伍中多了一个轮夜班的人。

就在我们天天忙得焦头烂额的时候,又接到一位大人物的女儿要来生产的通知。听到这个坏消息,谁不皱眉头呢?我们首先将一号病房的六个病人全部挪到走道,然后彻底打扫卫生,消毒通风,喷洒香水,又将所有物品换成新的。为了隔出单间,只能暂时让其他人员走侧门,并在二号病房与一号病房门口的走道里挂了新门帘。经过整整一天的收拾,一间整洁、温暖的接待病房布置好了。

大人物女儿的预产期是二十六日,他们要赶在"圣诞节"剖宫产。为迎接这不同寻常的"圣诞",科室所有的人都全力以赴,谨慎小心。人家的宝宝刚剖腹出生,早已等在门口的各方来客就簇拥过来,送上最美好的祝福和最锦绣的鲜花。做手术后的三天,大人物要求科主任和护士长亲自守护这对母子。

第四天巧逢叶儿的夜班,护士长特意换了个业务精湛、人情练达的老同志值班。

几天时间慢慢熬过去了,就在他们即将出院的第七天晚上,叶儿一不小心闯下了大祸。事情非常简单,半夜人家呼叫了两次叶儿才跑去。

原来婴儿尿了哭闹，婴儿的母亲心疼了，婴儿的父亲双手叉在腰间，质问叶儿为什么呼叫不来？叶儿一边给婴儿换尿布，一边道歉说9病室的产妇晕倒了，她给输氧，实在抽不出身。也许叶儿当时不吱声，任由婴儿的父亲骂一阵也就算了，她这一解释，可把事闹大了。

"就你有理？我们住了这些天别人都是随叫随到。我看你能，你有理，我要你有理！"婴儿的父亲动怒了，拿起电话就打。

不多时，大人物坐着轿车来了。

各级领导神色慌张地跑来了。

科主任和护士长气喘吁吁地跑来了。

叶儿成了"罪人"，被轮番责问、训话。她难过得哭了。人家要她道歉，她并不认为自己有错，可在各种压力下，她不但向人家鞠躬道歉，还做了深刻检讨。人家还要求严肃处理此事。

叶儿受到停职一月的处分。

终于送走了大人物的女儿，我们把走道的门帘取了，把住在走道里的病人挪进来了，一切又恢复了常态。因为工作实在太忙，护士长通知叶儿提前上班了。年轻的叶儿经过这次意外打击，变得很低沉，很自卑，每天早早上班，等科室的人走了她才下班。

有一天我值夜班，她半夜来了。我说："你不好好睡觉，怎么跑来了？"她说："我实在想不通，每天睡觉总是做噩梦，梦见人家又叫我下岗了，梦见人家呼叫我跑去迟了。我妈说十几年前她去医院看病时，有个护士态度非常恶劣，她叫我上班后一定要好好对病人，如果这事传到我妈耳朵里……唉，我都不敢回家了。"她说着又哭了。

我非常理解叶儿的心情，拍着她的肩膀问："你上班这几个月来，像这样的人见过几个？""就这一个。""那就是了，我上班二十年了，这样的人也只见过几个。所以，你根本就不必在意。因为我们面对的更多的，是同我们一样的老百姓，只要我们尽职尽责，他们都能理解。你说对吗?"叶儿想了想说:"就是的，可我咋就偏偏碰上人家呢?""那是因为你值班，假如是我，人家同样会发威的。大人物生怕别人不知道他'大'，所以处处要显摆，那恰恰反映出他们的渺小。"听了我的话，叶儿的脸上渐渐浮出了笑容。我又笑着说:"咱们小人物，可得用阿Q的精神胜利法哟。"

(发表于《当代护士》2015 年第 5 期)

阴　凉

天边的半牙儿红太阳，缓慢地缩小着，缩小着，嗖地一闪身，没了。从早到晚，处处是缠人的热浪，躲也躲不过。

建筑工地，钻天的塔吊，肚皮圆滚滚的搅拌机，呲牙咧嘴的挖掘机，怪叫的切割机，喧嚣、纷乱。

晚饭时分，那些年轻的工友，拾起工地上一条胳膊粗的黑色橡胶水管，追逐着，打闹着，向彼此身上哗啦啦地浇凉。一会儿，个个像刚上岸的鸭子，满身滴答着水，嘻嘻哈哈去吃饭。

别的工人，热了一天，累了一天，或在旁边歇脚，看着那些年轻人嬉闹；或蹲在地上，慢悠悠地抽烟；或靠在工棚边，闭目养神；或拿着碗，已经等在了厨房门口。

一辆黑亮照人的小轿车在路口拐了个弯，驶进了工地。仿佛眨眼的工夫，大家就看见二老板鞭子已经来到面前了。

鞭子姓边，名字叫边厚。因他做事果断，说一不二，在待人处事上比他姨父大老板还强硬，所以大家私下里叫他鞭子。

鞭子戴着墨镜，头顶上留着一圈蒜苗那样竖直的头发。他皮肤略黑，穿着红色的 T 恤、灰色的短裤和棕色的凉鞋。鞭子的形象使碾子不由联想起港台电影中那些扮演黑帮头的保镖。

鞭子下车，瞅了瞅一天比一天筑得高的大楼，走过来对工人们说：

"都抓紧时间吃饭，要赶工期，晚上再多加一小时班。"

　　早晨六点上工，晚上十点才停工，随着天气越来越热，每天整整十三个小时的劳动叫工人们有些力不从心。听鞭子还让大家加班，有的工人张着嘴半天没说出话，有的只是叹气，有的问鞭子："啊？还加？"鞭子肯定地说："还得加。"

　　碾子苦笑着说："你这个周扒皮，饶了人吧。"鞭子歪了碾子一眼说："咋？你还不想多挣几个钱？""钱当然想多挣，但命也要紧。""看你金贵的，好像只有你有个贱命。"

　　鞭子这话，说得碾子心里冷飕飕的。人家老板叫咋干就咋干，他何必多嘴惹人家的不高兴呢。想到这儿，碾子转身，低下头，从工棚里取出自己的大碗，随工友打饭去了。

　　碾子端着饭，随意坐在工棚角落吃饭，不由得又想起那个清晨。

　　碾子清楚地记得，妈妈叫他起来的时候，他正梦见自己和伙伴们都长着色彩斑斓的翅膀，像鸟儿那样漫在天空飞翔。

　　"大懒虫，快起了，快起了。"妈妈拉起他，碾子感到自己猛然从天空坠落，望着在天空飞舞的伙伴，碾子急得又喊又挣扎。

　　"快吃饭。"迷糊中，妈妈已经把衣服套在了他的胳膊上。碾子这才醒来，想起今天要去乡上的中学参加升初中的考试。

　　窗外，麻麻亮。姐姐从灶台上端过一个烫手的白瓷碗，放在当地的小餐桌上，碗里卧着两颗又圆又白的荷包蛋。姐姐将一双筷子齐齐摆在碗边，笑着对弟弟说："看，一百分。"说完，又转身端来灶台上那盘新出锅的油汪汪的韭菜饼。

　　浓浓的饭香叫醒了灰猫、白狗和架上的鸡。灰猫蹲在炕头，用爪子左一下、右一下拨拉着"洗脸"。白狗蹲在门边，眼睛直愣愣地望着桌上的韭菜饼。公鸡也咕咕叫着带头跳下架，几只母鸡就随着它跳到院里，它们以惯常的优雅步态，有意无意地靠近灶房，仿佛只为闻闻灶房里溢出的香味。

碾子在妈妈的催促下，匆匆洗罢脸，坐在桌前吃饭。可能是吃得太猛了，他吃了一颗鸡蛋，咬了几口韭菜饼，就放下筷子，提起妈妈早就备好的书包向门外跑去。身后，妈妈和姐姐向他叮嘱着什么，他没听清。碾子跑出门，隐约看到爸爸的身影在门前的果园里。爸爸听到脚步声，停下手里的活儿，站在园边喊着对他说："考试的时候，想好了再写，莫慌。"碾子嗯了一声，跑了。

天微微亮，儿子的背影仿佛罩着一团游荡的暗晕。望着儿子跑远了，爸爸才拍着胳膊回家去。爸爸、妈妈和姐姐匆匆吃过早饭，就去山后的地里干活儿了。

几家大人早就商量好的，边厚父亲要去乡上拉化肥，顺路开自家的农用三轮车，把村里的五个孩子一起送到乡上考试。

碾子家离村中心还有一截儿路。路的一边是庄稼，一边住着零散的几家人。碾子向村子跑的时候，邻居们还在梦中。那几块高高的玉米和齐刷刷的麦子，黑压压、雄赳赳的。碾子记得不久前，它们还嫩嫩地长在地上，好像没几天，它们就呼啦一下蹿高了。

跑到村中心，碾子看见一个同学背着书包向这里走来。同平常上学时一样，两个捣蛋鬼还没凑到一块，就扬手扬脚嬉耍打闹起来。这时，村里那个姓周的女同学也背着书包来了。她在他俩身边停了片刻，就说："我先走，在路上等你们。"碾子笑着说："你又偷着背书去呢。"女同学向他咧咧嘴，独自向路上走去。

边厚坐着自家突突响的农用三轮车来了，别的同学也都到来了。边厚父亲将车开到路上，就招呼几个孩子赶紧上车，自己则返回家取落下的东西。

那几个同学扳着车沿很快就上车了。只有碾子一个在车下急得转圈儿，不是他爬不上车，而是边厚站在车沿上，碾子的手伸到哪儿，他就踩到哪儿。不为别的，只因前一天傍晚他们放学玩耍时，碾子不小心把边厚的手指头扭疼了。

"不要闹了，迟了。"碾子说。

"你给我赔伤。"边厚说。

"等今天考试回来，我把我的手指头给你。"

"我现在就要你赔。"

"指头咋赔啊？"一个同学笑着说。

"把碾子的手指卸了，安在边厚的手上。"另一个说。

"哈哈，手指头又不是螺丝。"碾子和边厚车下车上闹腾，那几个同学就看着他们说笑。

碾子拼了命紧紧地抓住车沿要上车，边厚则双脚踩住碾子的双手，狠劲地揉着。也许两个人都太用力，转眼，边厚打着趔趄歪进了车厢，碾子一屁股倒在地上，手背被踩红了。

"这下把伤赔了，谁也不欠谁的了，碾子，快上来。"一个同学在车边伸手叫他。

碾子涨红了脸，啥也没说，起身往回走。

另一个同学知道碾子生气了，急忙跳下车，追着拉住他说："快坐上考试走。"碾子果断地说："我不坐边家那个破三轮车了，回家叫我爸骑摩托车送我。"同学见拉不回他，只好又跑回来上了车。

边厚父亲拿着东西跑来，向车上瞅了一眼说："咋还差两个娃娃，快喊。""一个在路上背书等咱们，一个回家了。"有人说。

"回家了？咋，不考试去了？"

"碾子要让他爸用摩托车送他。"

"说好的，我送你们一群呢。"

边厚不耐烦地说："人家不想坐你这破车。"

边厚父亲启动了车说："快喊来一起走，还没考上秀才呢，就牛了，等你们以后有出息，个个手里攥着小车进村来，那才风光。现在没办法，还得坐我这破车。"

"碾子，碾子……"几个人一起喊。

碾子头也不回，向家走去。那时候，碾子还不会想到什么前程、命运之类的事，他心里直憋着一股气，哼，我还就偏不坐你边家的破车了。

边家的三轮车出村了。碾子一个劲儿往家走。

然而，碾子家的门扣着，家里的人已经上山干活儿去了。

碾子喊了几声爸爸，没人答应。啊，迟了。碾子念叨着又向村里跑。

天亮，乡亲们相继起床了。

出村的路上，三道新压的车轮向外而去。

碾子愣愣地站在地上。好像有几个乡亲问他，但他什么也没说。当时，不管他对哪一个乡亲说明情况，他们肯定会立即想办法送他去考试的。可碾子压根就没有想到，他就像平常上学迟了，生怕老师骂而索性不去学校那样，身心反倒轻快起来。

他信步往回走。到了那几块庄稼地边，就顺着地埂绕了进去。他走过齐头的结着长长麦穗的麦地，到了玉米地，一束束粗壮的玉米枝叶肥厚，苞谷膨大。

碾子慢慢地走出玉米地，抬头望着湛蓝而悠远的天空。一道无比明媚的阳光从东山的嵘岘中照过来，照在他家的果园里，照得树上的果子闪闪发光。

碾子徜徉在果园里。他抱抱这棵树，摸摸那个果。其中有几棵很大的果树，爸爸说那是早年间爷爷奶奶年轻时种下的。爸爸和姑姑们小时候最盼的就是秋天果子红了。几棵大树前面的树林，听爸爸说是单干以后爸爸和妈妈栽的。

碾子从小是在果子堆里长大的。秋天果子下树后，除去卖的，爸爸和妈妈在地窖里存的果子，足足可以让孩子们吃一年。碾子漫不经心地走在果园里。家里的鸡，不知什么时候也进了园子四散觅食。猫和狗好像也知道他在果园，它们不约而同地来了。碾子抱起猫，坐在爷爷种的一棵大果树的树杈上，一会儿抚摸着卧在他怀中呼呼"念经"的猫，一会儿抚摸着蹲在旁边吐着红舌头的狗，一会儿抬头望着发光的果子。不知为什么，他觉得自己缓缓上升着，身边的果树和狗也随之上升。噢，好像是晨间的那个梦，那个惬意的飞翔的梦。渐渐地，他发现自己真的飞起来了，鸡也如凤凰一样飞着，狗和猫欢快地飞着，果树和果子到处飞着，撒满了天空。啊，飞翔，快乐的飞翔。

碾子在以后的人生中，常常想起那个清晨，想起那个黄粱美梦。

后来，碾子就同许多辍学的孩子一样，在家帮着父母务农了。与他一起小学毕业的四个同学，两个初中毕业当工人了。那个姓周的女生高中毕业又考上了大学。边厚高中没读完，跟着他当老板的姨父去外面包工程了。

放下饭碗，碾子靠着热乎乎的工棚，打了个盹儿，便起身随着工友们走向工地，接着干活儿。

城外施工是两班倒。工人们在工地上睡起来就吃饭干活，干罢了又吃饭睡觉，反正也没有个啥娱乐，他们过着非常紧凑的日子，只是想多拿一些加班费。在城边施工可就不能通宵达旦了。那些大得可怕的机械轰轰隆隆，敲打钢筋的叮叮当当声，吵得周边的居民怨气很大，所以老板不得不遵守规定，施工到晚上十点，就得停工。

眼下这栋楼的主体部分建成了，晚上十点后大型机械休息下来，工

128

人们就在楼内偷着加班。

十点整，碾子媳妇好像等不及似的，打电话说女儿发烧了，让碾子赶快回来。碾子停下干活儿的手，答应着："我就来，我就来。"旁边的一个工友笑着说："碾子，你媳妇是不是想你了。"碾子焦虑地说："娃娃发烧，也不知是咋了。"工友说："这天气，成天把人困在火盆里，怕是中暑了。"碾子没和他搭话，扔下工具向楼下跑去。他匆匆向队长请了假，跑出工地，骑了旧自行车向家跑去。

身后，有个工友眼馋地说："有老婆娃娃就是好啊，想了，就见着了。"有人接上话茬说："你好好挣钱，买一套楼房，把老婆娃娃接到城里。到时候，你想亲老婆有老婆，想抱娃娃有娃娃，啥也不差。"那人叹着气说："唉，我挣一辈子，也买不起。"

碾子骑着自行车向街边飞奔，身旁的路灯、树木、行人纷纷向他的身后跑去。碾子汗水淋漓，嗓子干得喘不过气来。要是有个果子吃该多好啊。噢，果子，我家的果子，碾子喃喃地说着，禁不住一阵哽咽。

辍学的第二年，因为修高速公路，碾子家的果园和大半土地被征用了。

一天，天刚刚亮，当大包工头的鞭子姨父开着车，带着施工队，拉着电锯来伐碾子家的果树了。

爸爸妈妈抱着果树哭一阵，相互搀扶着哭一阵。爸爸妈妈栽的果树一个一个倒下了，爷爷奶奶栽的果树也一个一个倒下了。碾子家门前长了几十年的果树林，被震耳的电锯锯了整整一天，碾子的父母哭了整整一天。

天快黑的时候，果园里的果树锯得仅剩下离碾子家门口最近的一棵老果树了。眼望施工队往果树前推电锯，碾子的爸爸妈妈哭喊着紧紧地抱着果树，碾子和姐姐也哭着抱住果树，他们求鞭子的姨父给他们留下这唯一的一棵老树。鞭子姨父摆摆手，坚决地说："不行！树挡路呢，非得锯。你们别拦挡，再拦挡就犯法了。"

在碾子一家人的哭泣中，碾子爷爷奶奶亲手种下的老果树慢慢倾斜，倾斜，生长了几十年的果树头终于支撑不住，轰隆着地。碾子转身，发现爸爸不知怎么也软在地上。

施工队暂且离去，轻而易举就扫倒碾子家果园的电锯被拉走了。刺耳的轰隆声却好像仍然响彻在碾子家门前，响彻在碾子爸爸的脑际。当家人把软在地上的他扶回家，扶上炕，爸爸嘴里还一个劲儿念叨："不要锯了，不要锯了，就剩这一个念想了！"

这以后，碾子爸爸就变得有点疯癫，吃饭的时候他猛然放下碗筷说："不要锯了！不要锯了！"睡到半夜，他突然惊醒，坐起来大喊："不要锯了！"

如果此事之后家门前能平静下来，也许碾子爸爸的病会慢慢好起来，可是，入侵爸爸脑际的电锯声不肯停止，修路的大型挖掘机、起重机等等机械就开进了村。然后，它们成天半夜地咆哮着。碾子家的大门前被征得仅有两步的路。挖掘机在门前挖土的轰隆、轰隆声，震得碾子家的房顶上不停地向下落土。

拴在屋后的狗，成天呜呜叫着。猫逃出了家，游荡在家后的山坡上。施工队在碾子家大门前栽的高杆子上，挂了比太阳还刺眼的大灯泡，碾子家没有了黑白昼夜。公鸡带着一窝母鸡晚上藏在房后山坡的几簇长草丛里，不知时辰乱打鸣。过了几天，那些母鸡竟然有失本分地打起鸣了。

碾子曾听爷爷说过，母鸡打鸣是凶兆，但谁也管不住它们的嘴。

为防刺耳的噪音，妈妈在爸爸的耳朵里塞了棉球，在门窗上挂起羊毛毡，这下，原本亮堂的屋子变成了白天也要开灯的黑窑洞。可是，噪音减轻了，震动却越来越大。爸爸躺在炕上，听见门窗、房顶震得沙沙作响，震得炕也不停地颤抖，震得爸爸的身子不停地发抖。震得房顶上的瓦片松散了，一个往另一个的身上挤，挤来挤去，靠房檐的撑不住了，就向地面跳，别的瓦也排队似的，跟着向下跳，吓得一家人也不敢轻易走动。

碾子一家祈祷着路快点修成，但筑路这样大的工程，哪是一天两天就能成的。

噪音连天连夜，碾子爸爸病弱弱的，浑身没有一点力量。妈妈要送爸爸去医院。爸爸说，不过是急的，吵的，缓一缓，外面安静了，也就好了。

有一天早上，外面没有响动，碾子出门一看，原来下雨了，工程暂停了。碾子妈把门上窗上的毛毡取下来，高兴地对碾子爸爸说："老天终于给了咱们一个清静天。"碾子爸爸扶着炕边下地，他已经好几天没有出门了，想去大门外看看。

细密的雨笼罩着村子。村子仿佛从未有过如此安静。妈妈扶着爸爸慢慢出了门，站在窄得转不过身的大门口，望着脚下近两米深的工地。碾子和姐姐为了出入方便，在工地与大门前垒了一些石头台阶。

"唉，别人家都绕得远，偏偏咱家绕不开。唉，咱们的果园子，咱们的路，咱们的……"爸爸念叨着。

"谁也扛不过的事，咱们都要想开。"妈妈含着泪劝慰爸爸。

雨点变大了，碾子家门前的工地变成了泥潭。妈妈扶着爸爸站了好久，听见女儿喊着吃早饭，他们才进屋。

就在他们围坐在一起准备吃饭时，一滴湿湿的水珠打在碾子的脸上，惊得碾子站起来。几乎在同时，另一滴水珠落进了餐桌上的稀饭碗里，打得稀饭溅了出来。

"漏雨了，房漏雨了。瓦震散了呀。"

碾子扛着梯架，在姐姐的帮助下上房顶去补瓦。爸爸草草喝了稀饭，扶着墙和妈妈一起把羊毛毡平挂在房顶上隔雨。

第二天，天晴了，门外又吵起来。

碾子爸爸病得更严重了。碾子妈妈送他到医院，有的医生说可能是感冒，输了几天药，不见效。有的医生说可能是心脏供血不足，输了几天药，还是不见效。妈妈着急，搀扶着爸爸从乡医院到县医院，从县医院到省医院，又从省医院到外面的大医院。各种各样的检查都做遍了，所有的医生都说没有什么大病，但爸爸的身体一天天瘦弱，一天天无力。

给爸爸看病花光了征地的钱。好不容易熬到路快筑成了，碾子爸爸却病故了。许多乡亲私下说，碾子家的母鸡乱打鸣就是"凶兆"，果然应验了。谁知高速公路通车后，成天洪水般的车流涌过村子，村里许多人家的母鸡也乱打起鸣来。乡亲们杀了母鸡，又杀了不知时辰乱打鸣的公鸡，慢慢的，村里就再也没有鸡鸣了。

大约过了一年时间，边厚和朋友开着小车回村，他们视察了一圈，想征碾子家的院子盖加油站。

边厚喊碾子来商量，碾子简直认不出这个童年的伙伴了。面对能说会道的边厚，碾子语无伦次，竟不知该说什么。

过早苍老的妈妈听说他们要征自家的院子，自然不同意。来人说，碾子家离公路太近，不要说房子被噪音震得越来越松动，将来碾子娶了媳妇怀上娃娃，也会叫噪音吵成聋子或瘫子。妈妈想起爸爸无故的病因，不由得打哆嗦。于是，边厚和朋友就征下碾子家，在这里盖了加油站。

碾子家买下村里出门打工人家的旧房。失去了果园，失去了大半土地，碾子家早年间殷实的生活不复来了。姐姐出嫁后，妈妈想办法给碾子娶了媳妇。

碾子媳妇生了两个孩子，家里的生活更加拮据。一次碾子恰好碰到边厚回村，就问他招不招工人，边厚说："我以为你一根筋死等，咋也想起打工了？"碾子不由得红着脸说："我没出过门，想着怪怕的。""有啥怕的，走到哪儿吃到哪儿，睡到哪儿，钱挣到哪儿。天南海北的人都打工着呢，谁单单就把你烤羊肉串儿了。"碾子觉得边厚说得不无道理，就和家人商量，将耳朵有些聋的妈妈安顿到姐姐家，自己带着媳妇和娃娃去城里找边厚打工。

由于边厚的工地不招女工，碾子就在距工地最近的街口租了一间极小的房子，让媳妇和孩子住着。媳妇哪里肯闲，她租了一辆人力三轮车，每天凌晨将两个睡梦中的孩子从被窝抱到三轮车的车厢里，拉着他们去市场上批发菜，再到一个小区门口卖菜。两个睡在三轮车厢里的孩子只顾做他们的梦，浑然不觉被妈妈拉着逛了一大圈。天大亮时，他们才从车厢堆放菜的木板缝隙中挤出来。妈妈给他们穿好衣服，哄他们去不远处的公共卫生间方便、洗脸。然后将车厢里的旧大衣拿出来，铺在车厢下面的地上，把年幼的儿子放在大衣上。为防儿子乱爬，妈妈又在他的腰间拴上绳子，将绳子的另一头拴在门口的灯柱上，这样，听话的女儿就陪着弟弟玩。

母子三人的午饭经常是干粮和凉开水。有时候，两个孩子吵嚷着要吃饭。妈妈就破费在旁边的酿皮店里给他们买一小碗酿皮解馋。正午，两个孩子玩累了，就躲在车厢下的阴凉处午休。直到晚上菜全部卖完，妈妈才将他们收进车厢拉回家。

天实在太热了，两个孩子只能成天在车厢下避阴凉。这天下午，儿子睡醒了，女儿还睡着。妈妈叫醒女儿让她陪弟弟玩，女儿无精打采，转眼又睡着了。妈妈以为女儿天热贪睡，也没在意，直到晚上回家，才发现女儿发烧了。

碾子媳妇给女儿喂了药，用温水毛巾不停地擦着女儿的全身。儿子见姐姐病了，只好一个人坐在床上玩。

一个多小时过去了，女儿烧得更严重了。碾子媳妇不时看表，她知道，工地上考核很严，如果提前叫碾子回来，必是要扣他半天的工资。好不容易分分秒秒地盼着碾子十点下班，她就给他打电话。

碾子在夜晚的热气中一路狂飙，赶到家，看到一脸焦虑的媳妇，怀里抱着呼吸急促的女儿。

"女儿啥时候病的？""天黑的时候。""你怎不早些给我打电话？""我给她喂了药，没见效。"

碾子脱掉又脏又湿的上衣，穿了一件干衬衣，从媳妇怀里抱过女儿说："你在家，我去医院。"媳妇说："我把儿子抱上一起走，万一打针、输液，你一个人顾不过来。"媳妇说完抱起已经睡着的儿子，随着碾子向医院跑去。

医生说女儿中暑了，很危险，又是打针，又是输液。女儿烧得迷迷糊糊的，不时说胡话。

媳妇抱着儿子坐在板凳上，牵着女儿输液的手。碾子按照护士的叮嘱，把冰袋用毛巾包了，放在女儿的脖颈和腋窝等处，然后将耳朵贴在女儿的嘴边，听女儿说什么。

"爸爸，小花豹，咱家的小花豹。"碾子缓缓抬起头，眼里噙着泪水。

媳妇瞅着碾子轻声问："女儿说的啥？"

"念叨小花豹。"

还是在女儿过百天时，碾子从亲戚家拉回来一只刚满月的小花狗，抱在女儿眼前说："看，毛茸茸的，咱们叫它小花豹吧。"女儿啊啊叫着，高兴得眼睛闪闪发光。碾子见女儿这样高兴，就把小花豹放在女儿身边，小花豹伸出粉红的舌头去舔女儿的脸，碾子急忙抱开了它，女儿顿时大哭起来。碾子只好把它放在炕上，女儿又高兴了。这样一来二去，女儿离不开小花豹，小花豹也赖在女儿身边，一天天长大了。

女儿三岁时，奶奶牵着她的手正在路边走，小花豹一会儿窜到前面，一会儿溜到后面。突然，小花豹惨叫一声，等她们回头，一辆小车紧挨着她们的身边过去了，小花豹被轧在小车下，死了。这之后，女儿常在夜里惊醒，哭喊着要小花豹。眼下她发烧乱语，还想着那只可爱的小花豹。

后半夜，女儿的呼吸渐渐平稳了。两口子紧绷的神经才松弛下来。媳妇抱着睡熟的儿子轻声对碾子说："把女儿向床边挪一挪，你也睡吧。"碾子说："医院夜间的小卖部开着，我给你买点吃的去。""那里的东西太贵，女儿不发烧了，天亮我回家再吃。"碾子说："给你买一块面包垫垫肚子也好。"

媳妇掰了多半块面包递给碾子说："你也吃。"碾子把媳妇的手推回去说："我晚上吃饭了，你快吃。这面包，虚晃晃的，还不抵鸡蛋大的馒头。"媳妇吃着面包说："你苦了一天，又熬到半夜，明早干脆请假缓一天。""工期紧得很，根本请不上假。""那你赶紧睡一阵儿。"碾子说："那我睡一阵，你明天就在家看娃娃。"

凌晨四点，女儿的烧退了。女儿醒来一说话，儿子就醒了，碾子也醒了。碾子问医生能不能回家，医生同意了。碾子拿着医生写的条子去交费，一共三百六十块。碾子问是不是算错了，收费员打着哈欠又算了一遍说："没错。"

碾子交了钱，同媳妇抱着一双儿女往回走，媳妇问医院收了多少钱，碾子怕媳妇心疼，就说三十多块钱。媳妇笑着对女儿说："你发了个烧，妈妈一天的菜就白卖了。"她又拍拍儿子说："你们两个以后要乖乖的，可不敢再得病了。"

碾子把女儿抱回家，对媳妇叮嘱了几句好好照顾孩子的话，就骑上那个破自行车向工地赶去。

到底是晚上没有睡好，碾子上午干活比平日总慢半拍。

中午，碾子顺着高处的脚梯架下来，灰头土脸的工友们有的已经抢先打了饭，找个阴凉的角落吃起来，有的拍打着身上的土从工棚里拿了碗筷，向旁边那间窄小的工棚走去。碾子跺了跺脚上的泥浆，看来他又慢了半拍，落在别人后面了。

今天恰好逢上每周才能改善一次的伙食。当碾子拿着碗到锅台跟前时，炒肉菜的锅里仅剩下了些许汤汁。

厨师热得用袖子拭着脸上的汗珠，对碾子说："你就不能来早些！"碾子说："四十个人，四十份饭，迟早也有我的一份呢。"厨师说："想得美，你不知道那些馋嘴子，碰上好菜，你争我抢的。来，我给你分一点算了。"厨师说着端起自己的碗，给碾子的碗里拨拉了一些菜。碾子盛了米饭，将锅里的汤汁浇在米饭上，端碗出了厨房，左瞅右瞅，周围的阴凉早就让工友们占光了。

碾子望着四十米外的工地，真不愿多走一步路了。他拉起工棚边的一件衬衣顶在头上，蹲在地上吃起来。

比起平常寡淡的炒菱瓜炒卷心菜来，荤菜的味道就是香。碾子吃着饭，望见有些工友吃光了饭，把碗搁在一边，睡在阴凉下了。看来，晚上多加一小时班，大家都太累了。碾子强撑着沉重的眼皮吃罢饭，粗略洗了碗放进工棚，就摇摆着向工地走去。

工地里又阴又凉，碾子拾起一块踩脚架，磕了磕上面的泥土，就倒在踩脚架上面，撒开胳膊腿子睡了。

短暂而宝贵的一会儿午休，碾子睡得比吃肉还香。可他好像刚合眼，眨眼就被工友叫醒了。

"干活了，干活了。"

碾子猛然坐起来，脑际中竟然忽闪着多年前那个早晨的那个美好的梦。他打着哈欠，揉着干涩的眼睛，咀嚼着干渴的牙齿，眼前浮现出自家的果园和结满枝头的果子。

噢，他馋得伸手去摘果子，原来是挂在钢筋上的安全帽。他把安全帽戴好，走到不远处，拾起地上的水管，喝足水，踩着脚架爬上顶层。越向上就越热，还没有干活儿，碾子和工友们的全身，已经被汗水淋透了。

这栋大楼完工的前一个傍晚，碾子和工友们坐在地上吃饭，鞭子照例开车来了工地，他先与负责的几个队长说罢工程的事，又过来对碾子说："周厅长明天来看我，还问起你了，你想不想见她？""啊，自打她上班，我就再没见过，想见，想见哪。"碾子不假思索地说。"那你明天赶中午收拾亮堂，到仙来酒店，可不要一副叫花子样，让门卫挡住。"鞭子说罢走了，碾子愣在那里，心里琢磨着"亮堂"之意。

一个工友过来拍着碾子的肩膀问："二老板又吩咐啥了？"碾子这才有些难为情地说："唉，我们一搭儿上过小学的一个女同学，书念成了，现在当厅长了，她明天要来看鞭子，听说我在这里打工，也叫我呢。你说，我见不见她？""你俩相好过？""嘿，就一个村的同学，啥相好哩。""照我说，你还是好好打你的工，咱们这些下苦人和人家厅长坐一搭，有啥说么，说升官发财咱不会，论国家大事咱不懂，还不白误半天工。"碾子本来就有点后悔，听工友这样说，碾子就更加后悔刚才不该顺口答应这件事。

因为赶着完工，碾子和工友们晚饭后就开始忙碌，一直忙到凌晨两点总算停了。不知是疲劳过度，还是心中忐忑，躺在工棚的床上，听着工友们倒头就发出洪水般的鼾声，碾子怎么也睡不着。

亮堂，亮堂。碾子心里默念着。他想着自己所有的衣服，想着尽可能地洗刷打扮。干脆，给媳妇发短信，让她早晨别去卖菜，好把他打扮亮堂。

媳妇好像也没睡着，碾子的信息刚发出去，她就回了信息说，好。

早晨，几个队长喊大家起床，清扫他们新盖的大楼里外。碾子要请假回家，队长说先忙完活儿再说。这时媳妇催问碾子啥时回来，碾子说还不定，媳妇无奈地说："要知道你没个准，我就卖菜去了，这又耽搁了一天。"

直忙到上午，碾子实在为赴约的事着急，就硬着头皮向队长请了假。

媳妇早就备好了香皂和水，摆好了更换的新衣服。碾子兴奋地和媳妇谈笑着，洗漱，更衣。媳妇拿着梳子，把他的头发梳好。碾子在媳妇面前转来转去，一遍又一遍地问："到底亮堂了没有？""亮堂了，亮堂了，像咱们结婚时一样亮堂了。""真的吗？""真的。"两个孩子见爸爸回来，高兴得在他的腿上缠来缠去。媳妇不时伸手拦着他们说："你爸爸要见大官去，可不敢把他的新裤子弄脏了。"两个娃娃没头没脑地笑着说："爸爸见大官，见大官。"

媳妇把碾子收拾亮堂后，牵着两个孩子站在门口，目送着碾子坐上公交车走了。

仙来酒店是鞭子开的一家超豪华酒店。碾子下车，看到酒店门口张灯结彩，好像在办啥大喜事。

碾子刚凑近酒店，就有穿着鲜红色制服的保安过来问："你干啥的？""我来找你们老板。""老板今天有事。""是他叫我来的。""把请柬拿出来。""啥请柬？""不是说我们老板叫你来的？把请柬拿出来。""我们是一个村的，他昨晚在工地给我说了一声，没给请柬。""没请柬不行，老板的同乡可真多，来的不是一个村的，就是表弟姑舅。"这个保安对另一个保安说。碾子听出了他的话意，也没有争辩，只是转身走到路对面。这里有一家服装店，门口立着一面很大的镜子。碾子对着镜子，看到自己被媳妇打扮得实在太亮堂了，亮堂得他很不自在，也有点不好意思见人了。

碾子照了照镜子，回头看见几辆高档的轿车向仙来酒店驶去。等候在酒店门口的服务员立即彬彬有礼迎上去，弯腰拉开车门，车内的人缓缓出来了。碾子一眼就认出了自己的两个同乡同学。

"哎——"碾子想喊他们，但嘴张了半天怎么也没喊出声。

在众人的礼让下，他们款款地向酒店走去。碾子急得要追过去，可腿却像被什么东西绑着，根本挪不动。

碾子的心里很矛盾，是去呢？还是不去呢？还是去吧，已经答应下的事情，不去咋行。唉，还是，还是不去了吧。去吧，去吧，算了，算了，不去了。

"你有啥事？"一个衣着华丽的女人从服装店出来问碾子。

碾子猛然抬头，愣了愣，有点结巴着说："我，噢，我照照镜子。"

"你过来过去，念念叨叨的，把我们的镜子都照坏了。"

"噢，对不起。"碾子红着脸，又走向对面。

那个女人警惕地盯着他，他走到仙来酒店门前，保安又拦住他，他拿出手机对保安说着什么，说了半天，保安仍然摆摆手，他停留了片刻，转身走了。女人这才放心地进了服装店。

已经赶不上工地的饭了。碾子大步来到街口，在顾客少的餐馆吃了一大碗面，就匆忙向工地而去。

回到工地，工友们横七竖八地躺在新完工的那栋大楼遮出的一片阴凉下，有的头枕砖块，有的侧身枕着自己的胳膊，有的光着脊背枕着泥浆斑斑的衣服，他们睡姿专注，一起合奏起呼噜呼噜的交响乐。

碾子在工棚里换上旧衣服，来到工友身边，左看右看，也没有他能挤进去睡一会儿的阴凉地儿。碾子走到水管边，用水将自己浇了个透，然后蹲在地上，望着他们刚盖成的大楼门，那儿，已经锁上了。

远处，那一片片不知长过多少季庄稼的平地上，正在徐徐地生长起一栋栋高楼。

近处，那一块铁丝网圈住的，还长着枯玉米秆儿的平地，再过一会儿，巨兽般的大型机械将撕裂平地，碾子和工友们就要在那儿建筑另一栋大楼了。

（发表于《黄河文学》2016 年第 1 期）

救　济

　　你个狗日的，咋不来慰问慰问我！一根手杖猛然挑起厚厚的棉门帘，六叔瞪着眼睛，冲屋内大吼。冷风一下子灌进来，我们惊讶地瞅着六叔，放下刚刚拿在手中的筷子，一起站起来。

　　我说，六叔，进来吃饭。六叔却质问我：你咋不来慰问老子？你念了十几年书，是不是把头念歪了？胳膊肘子外往拐。父亲拉下六叔的手杖，放低门帘说，老六，不要急，有话慢慢说嘛。母亲连忙牵了六叔的胳膊进屋：来来来，快坐下吃饭。娃娃忙了一天，刚回来。母亲说着去给六叔盛饭。吃饭，吃饭！你们有饭吃，我没饭吃！六叔用结满疙瘩的榆木手杖敲着地面，光滑的地上顿时被他敲了一片乱糟糟的麻点。父亲搬过椅子，拉六叔坐下。母亲把饭端到六叔面前，拉过他的手，硬将碗和筷子塞在他手中：快吃，吃了咱们慢慢说。

　　六叔把碗筷扔在桌子上，站起来：都是你们养的好儿子，养了个大学生，养了个清官，还以为自己是包公，六亲不认，祖宗不认。大书记，我把你尊着，可我也把话给你撂下，你要是敢不给老子救济，看你这个大书记还当得当不得！六叔说完，一手杖挑开门帘，走了。

　　母亲拿抹布擦干净桌子上的饭汤，问我：你们没去看六叔吗？我说：没去。父亲愣了愣说，咋没去？他自小残疾，脾气大，家里人都让着他。你估量着能照顾就照顾一下，别惹他。我说，六叔不符合救济的政策。

父亲说，六叔不是年年有救济吗？咋又不符合了？我说，前些日子不是重新做体检拍片子嘛，我六叔左脚上多长的那个小脚趾做手术已经矫正好了，专家鉴定不算残疾。母亲担忧地说，就因为那个小脚趾，自小不管是家里还是队里，啥事都照顾他，这猛然一下不照顾了，怕是闹不成。我说，乡上按照鉴定的结果统计人数，报到上面批了，我也没办法。母亲说，可六叔不理解，还以为你当书记有意为难他。我说，等有空了我给他细细说。父亲担心地说，那个暴脾气，怕等不到天亮又撵来了。我说，我找机会给他说去。吃过饭，脱鞋上炕，我把冻得冰冷的脚暖在被窝里，和父母闲谈。

这些天，乡上的干部全部分散在各村调查民情，慰问特困户和残疾村民。灶房做饭的厨师也回去了。大家晚上怕冻，没有急事也就不回乡上，在亲戚朋友家各讨方便。

我和赵乡长一组，先从较远的村子开始走访，由远而近，打算赶年前全部走完。今天走了我自小生活的村子。傍晚，赵乡长去表亲家借宿，我就回家了。

第二天早上，天色大变，乌云低垂，狂风一阵接一阵。

为赶着走访，我早晨起来没顾得上去六叔家，就和赵乡长骑自行车去了邻村。接邻我们村的这个村山大沟深，人住得非常分散，这个岔里几户，那个梁上几户。

顺着这道山路行走，倒可以欣赏奇形怪状的山脉、山里密密麻麻的原始森林，还有两边陡坡上各种各样的野花。冬天的大山灰蒙蒙的，树枝在风中时而呼啸，时而低吟。大风刮起的树叶和枯草飘在空中，跑在路上，旋在头顶，落在身上。

今天的风太大了。我们上坡时自行车推不动，下坡又跑得扎不住。

每进一家，我们就把自行车停靠在墙角，免得叫风吹跑。中午，我们走访了一户住在岔里的人家，在老乡家吃了饭，出门时，下雪了。

天空的雪片飘来飘去，地上的雪越来越厚，推着自行车真是费劲。

前面又是一道很长的陡坡，赵乡长对我说，小李书记，咱们缓缓再走。赵乡长把车子放在平处，走到避风处，扒拉掉石头上的雪坐下，拍着双腿说，我这几天跑得腿都酸疼，何况你这个大学生村官。我说，不要紧，我还年轻。赵乡长说，好好干，前程大着呢。我拍掉赵乡长身边一块石头上的雪，从背包里掏出一张报纸垫好，坐下。赵乡长笑着说，看你这样子，怕是在咱乡上干不了几天，就拍屁股走人了。我冲两鬓斑白的赵乡长笑了笑。赵乡长说，你能来咱这穷山沟一趟，已经很不容易，有些娃娃飞出去就再不回来了。还是有文化的人翅膀硬。我没多少文化，只能一辈子在咱这山沟沟里转悠。我说，咱这里风景好，空气新鲜，要是能想办法开发旅游就好了。赵乡长说，咱这儿没路，外面的人想来转转，也进不来啊。我说，路，可以修嘛。赵乡长说，大山深沟，修路难。我也想在咱这里搞旅游，办农家乐，可是给上面打了几回报告也没响动。关键是要花大钱呢。我说，咱们再想想办法，争取把旅游的事办成。

雪很大。我们歇了一会儿，抖掉帽子和棉衣上的雪，继续推着自行车上坡。坡又陡又滑，不一会儿，赵乡长就气喘吁吁了。我说，咱这里的人也怪，只知道祖祖辈辈扎根在深沟，就没想着往平坦的地方挪一挪。赵乡长说，搬家可不是容易的事，平坦的地方早有人占了，咱们能挪到哪里去？

歇了几次，我们终于上了陡坡，看到了大山间那几处低矮的房子。我说，如果开发旅游，这几家人就好过了。赵乡长说，就是，看这陡坡上的地，铁锹挖刨着种点庄稼，口粮都不够。要不想别的办法，靠种地脱掉他们的穷帽子，难！

我以前只是远远地望见过这几户人家，现在走近才知道，他们吃水要到长坡下的泉里去担。家家仅有的一点田地，还零零碎碎地撒在山坡上。每年收成很少，村民的生活过得紧紧巴巴。我们办完了事情，走出村子，天色已晚。白茫茫的雪，把大地压得严严实实。自行车只能推着走。在路口，我和赵乡长分手，各自回家。

父亲老远迎过来，从我手中接过自行车问，访完了吗？我说，访完了。我和父亲走进家门，母亲早早掀起门帘说，风大雪大的，又跑了一天，快洗把脸吃饭。母亲说着给我掺了半盆温水，转身去锅台边下面条。

我的脸不知道是冻了还是大风吹的，一沾水立即疼起来，在镜子前一看，满脸通红，好像抹了一层辣椒酱。母亲把饭端上桌。父亲瞅着我说，吃了饭，赶紧去六叔家一趟。今早你刚走，他又来了。我们劝了他半天，他才走。我怕他把你拦在路上嚷闹，叫人笑话。母亲说，六叔也是，几十岁的人了，总是长不大的样子。要是能办到的事，自家的侄子哪能不给他办呢。

下乡之后，我见过许多无理取闹的人，处理过一些不讲理的事。刚开始，我还有些胆怯，现在已经能坦然面对了。可是，对六叔这个自家的长辈，我有些头疼。在他眼里，我是公家人，又是自家人，他要和我胡搅蛮缠，实话说，我也犯愁。

我真有些饿了，暂且丢开六叔的事，吃饭要紧。

然而，我刚端上碗，就听见六叔又吼叫着来了。母亲忙跑过去掀开门帘。六叔跨进门，手杖砸着地面，冲我大骂：当了个啥书记，跑到老子跟前当清官来了。你还认不认我李老六了？能得很，你把李字掰开写写我看！

父亲拦住六叔的胳膊说，听你说的这是啥话嘛，坐下，让娃娃吃了饭好好给你说。六叔说，咋？嫌我说得难听？你给我听清，听好，你要敢不给老子救济，老子就把你家砸个稀巴烂。母亲说，快顺一顺气，自家的娃娃嘛，又不是旁人，看把你气成个啥样子了。六叔说，就是自家娃娃我才忍着，要是旁人，我早就把他的腿给敲断了。

我说，六叔，你不要生气，听我给你慢慢说。六叔说，话能当饭吃吗？要能当饭吃，我天天跟在你身后听话。你把救济给我，我不找你的事。要不然，可别怪我。六叔说完出了门，气哼哼地走了。

我赶紧吃完饭，往六叔家跑。敲门。六叔喊着问：谁？我应了一声，六叔就咣地闭紧房门，不再理我。我又敲门，喊六婶、堂妹、堂弟，他们也不给我开门。我只好隔着门说，六叔，我明天还得忙。等我忙过这阵子，再给你细说。

我碰了一鼻子灰，只好回去。

雪已经有半尺多厚，还纷纷扬扬地下，没有停的迹象。

大雪漫天，乡亲们窝在家里，蒸馒头、炸油饼，准备过年的东西。浓浓的香气飘在空中，连下的雪也香了起来。我和赵乡长用蛇皮袋子套住脚和小腿，把袋口扎在膝盖上，这样就能防止雪钻进鞋里。我和赵乡长东家西家走访，脚印在厚厚的雪地上交织，把村里的各家各户串起来。

傍晚时分，我们走访完离乡最近的那个村子，就赶回去与别的几个组会合，商量处理一些急事。有一个村子的一户人家，两个儿子外出打工，留在家里的老人患了重病，得想办法送老人上医院。另一户人家，留下两个上小学的孩子，他们的父母也在外面打工，九岁的姐姐照顾七岁的弟弟。两个孩子住在冰冷的家里，手脚长满了冻疮，得想办法给他们送炭和棉衣。还有几户人家的情况，比较特殊，得区别对待。我们几个组重新分了工。

商量完事情，天已经黑透了。我们一帮人都回不了家，围着火炉喝开水吃干粮，然后稍事休息。天还没有大亮，大家仍然用蛇皮袋子套住腿脚，前往各自的任务点。

腊月二十九，办妥那些紧迫的事，我们才放假回家。

父亲蹲在地上修蒸笼，母亲揉着很大的一团面，见我回来，他们都停下手中的活儿问我：乡上的事安顿好了没有？我说，安顿好了。

吃完饭，我帮父亲修蒸笼。父亲说，六叔去乡上，没找着你吗？我说，我这两天下村了。父亲说，你没在家，他就跑到乡上去，我哪里能拦住他？母亲说，幸亏你下村了，要不然他在乡上闹起来，多丢人。我说，他爱闹就闹，我不怕。父亲说，他是自家人，又不是旁人，闹出事惹人笑话呢。我说，他想闹事，才不管啥人。母亲说，他从乡上回来，一拐杖就把我架在锅上的几层蒸笼捣翻了，你爸修了半下午，我把圆好的馒头又揉到了一起重新放碱。我说，那我再给他说去，要不然，闹得年也过不成了。母亲盛了满满一瓷盆饺子馅和肉丸子，交给我说，今年六叔心里有气，过年不一定来咱家。把各样的吃食送过去，你六婶的茶饭总是不好。还有，要央请人家来咱家，就说东房的炕已经给他们煨热了。

我端着瓷盆去了六叔家。喊了好半天，六叔还是不开门。我又喊六婶拿东西，六婶也不回话。我只好把瓷盆放在大门外，对着门缝喊，让六婶把东西拿回去。

走了不远，我听见六叔家的大门开了。转眼工夫，六叔飞起一脚，把瓷盆踢翻在地，盆里的东西撒在雪地上。我刚要开口，六叔砰地关上了大门。邻居家的两只狗欢快地跑过去，抢着吃地上的东西。

我返回去拾起盆子，真想一脚踏开大门，狠狠地骂一顿六叔。我克制着胸中的怒火：李老六，一大盆好东西，叫你白白糟蹋了。唉，母亲胆囊炎复发，忍着疼痛操劳这些过年的吃食容易吗？怕母亲知道了难过，我把瓷盆上的雪抹掉。在沟边蹲了好大一会儿，待心情平静了，我才回家。父母大概从我的脸色上看出事情不妙，但他们啥话都没问，我什么也没说。

父亲是家中的老大，六叔是老小。别的几个叔叔分家以后，六叔和我们一起生活的时间最长。当年母亲嫁到我家不久，奶奶就病故了。爷爷是个木讷的人，家里的事全落在我的母亲和父亲身上。十多年里，他们为我的几个叔叔娶了媳妇，安顿好了家。

因六叔天生多长了一个歪叉的脚趾，从小家里人把他当个特殊的人看。哥嫂们不但不惹他，还护着他。记得小时候，他故意耍赖，惹我们一帮娃娃哭，叔叔婶婶们也不怪他，有时还责问我们小辈。在我看来，六叔是叫家人给宠坏了。他多长了脚趾事小，怪异的性格事大，发起脾气来不管不顾，村里人都知道。我们全家人给六叔找媳妇，没少费周折。大家好不容易凑了彩礼娶来六婶，谁知六婶也是不会过光阴的人，加上六叔懒散惯了，六婶也就得过且过。分家后，他们经常来我家蹭饭，衣服破了也要来我家缝补。只要有事，少不了让我的父母操心。每年过年也不收拾吃喝，一家人围在我家过。眼下，要不是他们固执地认为在救济的事上我有意作梗，他们的屁股早就坐到我家的热炕上了。

大年三十晚上，父亲让三叔去叫六叔，没叫来。又让四叔去叫，也没叫来。后来几个叔叔轮番去，都没叫来。父亲只好亲自去叫，仍然没叫来。大家以为六叔不来了，六叔却气冲冲地来了。六叔扑通一声跪在祖宗的遗像前，哭诉子孙中出了我这样一个狗屁清官，不给他活路了。六叔哭诉得伤心，六婶拉着两个孩子也依样效仿。怕惊着祖宗，叔叔婶婶们抱的抱劝的劝，好不容易把六叔他们一家安顿到东房。

多少年的习惯，大年三十晚上接来祖宗，叔叔婶婶和娃娃们都要聚在我家，几十口人红红火火吃一顿拉魂长面。然后，全家人热热闹闹、说说笑笑地准备大年初一的团圆饭。今年，却让六叔闹得大家都没了好心情。

我知道六叔心里结着疙瘩，根本不听我的任何解释。我就和几个大侄子侄女闲谈，又哄几个小娃娃放炮玩耍。六叔家的两个娃娃自小和我们一起生活，原本和我非常亲热，不管是我上学还是工作，只要我回来，他们都猴子一样缠在我身上，要好吃的和好玩的。我每次回家，当然忘不了给他们带东西。现在，他们受了六叔的教唆，眼睛直勾勾地瞅着我，却不和我亲近。他们那样子，叫我看着心疼。我哄他们，他们也不理我；叫他们和大家一起玩耍，他们也不理睬，好像和我们真的有深仇大恨。

叔叔们劝罢六叔，又来问我：能不能想办法给六叔要来救济？他们都说六叔自小就是残疾人，不管是国家还是自家都照顾他，眼下猛然不照顾了，他心里接受不了。五叔还劝我别惹六叔，意思是六叔自小脾气暴躁，谁都惹不起。我家乡的人，把各种补助都说成救济。尽管我多次向几个叔叔解释，并不是我当了乡干部的缘故，不管谁当乡干部，不符合规定的各种补助或者救济，都不能发。四叔问我能不能私下照顾，我说一点办法都没有，以后咱这里要是搞旅游的话，给六叔找个干的，日子也就好过了。

咱们这儿要搞旅游了吗？

我说，是的。

这话题真是好啊，让我终于摆脱眼前的尴尬，引得几个叔叔兴奋地议论起来。他们有的要开饭馆，有的要开旅店，大家议论到很晚才各自回家。第二天赶早又来敬香，吃团圆饭。六叔一家住在东房里，只管吃喝。

过完年，我回乡上筹划开发旅游的事。元宵节回家，六叔一家仍在我家住着。六叔要是同往年一样吃吃喝喝倒好，可他今年在亲戚面前故意胡说，闹得我的父母心里很难受。我的三个出嫁的姐姐带着娃娃来给父母拜年，她们想在我家多住几天也不行。

母亲悄悄告诉我，六叔饭来了端上就吃，吃完了就不停地骂我。母亲一劝，六叔就说，你儿子当了官不给我救济，我就得住在你家。看见我，六叔又用手杖打着门槛骂。

我说，六叔，我抬举你，因为你是长辈。救济的事是公事，又不是我说了能算数的。六叔说，你当了公家人，自然是公事，以往我年年有救济，偏偏你当官了就没有了，还不是想证明自个是个清官，得个好名声罢了。你的心思当我不知道。听他这样说，我都气笑了。

我回乡上。洽谈招商等事，忙得我不可开交。

过了二月二，六叔一家才背了我家的粮食，提了我家的油和肉回去了。临走，六叔还用手杖把我家堂屋的玻璃窗捣碎了三块。母亲叮嘱我去县城办事时，裁几块玻璃回来。可我每次去县城办事，都忙得忘了裁玻璃的事。家里那三格窗棂上，至今还糊着白纸。

初夏，开发旅游的事有了一丝眉目。

我和赵乡长带着考察团来，事先特意叮嘱几家茶饭好的农户，做了我们当地最好的小吃和饭菜，用我们这里清洌的泉水沏了山上自产的老茶。山清水秀的环境，加上绿色纯天然的食物，正好满足现代人寻找精神回归的意愿。

考察团正在村子里转悠，谁料我六叔六婶跑来，挡在人群跟前哭穷喊冤。外面来的考察团当然不知真相，有的人给钱，有的人责问我们乡干部怎么不管老百姓的苦情。如果不是围观的乡亲们道出实情，我就是长一百个嘴，也没法讲清楚。

第一拨考察的事，就这样叫六叔给搅黄了。

另一拨人前来考察，乡亲们吸取上次的教训，村里几个前辈给六叔和六婶说好话，虽然他们答应不再胡闹了，但考察团来的那天，村里人怕出岔子，又派了几个人在六叔家门口守着，别让他们再出来捣乱。

费了颇大的周折，秋天的时候，开发旅游的事项终于有了着落。上村下村，东家西家，各种各样的事要把人忙疯了。

那天，我带了一帮人检查修路的情况。半道上，年幼的堂弟跑过来，伸手向大家要钱。四叔喊他，他不理，四叔只好跑过去把他抱回家去。六叔说，咋回来了？去，你就说是乡上书记的亲弟弟，现在没吃没喝的，在人面前好好臊一下他的脸。四叔说，老六，你不能叫娃娃去了，伸手向人要钱可不是有尊严的事。六叔说，我就是故意要臊他的脸。四叔走后，六叔又打发两个娃娃一起来要。那时我们已经走了，这是四叔告诉父亲的，父亲来乡上办事又告诉了我。父亲让我一定想办法给六叔在旅游景点找个活干。我让父亲捎话给六叔，有开缆车开观光车的活，技术要求相对高一些，但工资也高，看他愿不愿意干？想干，就得参加培训。父亲回去给六叔说了。六叔的答复竟然是：不去！

联系技术培训，组织村民外出学习，参观农家乐取经，乡亲们忙碌又兴奋，唯有六叔六婶嫌麻烦，不愿参与。

那天，我上门对六叔说，你们家的位置好，重新收拾一下，开个小茶馆或小酒馆不仅省事，而且将来的客源也好，不愁挣不到钱。他们不理我。我又问他们心里到底咋想的，愿意干啥？六叔用手杖敲着地吼：把我的救济拿来！我笑着说，以后，旅游的人就给你送来了。没想到，六叔的手杖猛然朝我扫来，我跳出老远。六叔在后面追，我在前面跑。一直追到人多处，众人总算拦住了六叔。

半夜，突然听见父亲叫门。父亲是来找堂妹的，以为堂妹在我这里。六叔没打着我，回家就拿手杖赶两个娃娃去外面搞建设的那些人跟前要钱。结果到晚上堂弟回家了，堂妹却没有回来。我父母、几个叔叔婶婶和全村的乡亲把村周围的山沟找遍了，也没见堂妹的影子。怕出事，大家只好分头连夜去各处的亲戚家打听。

第二天，赵乡长去县上开会，临走叮嘱下乡的干部也要出动，帮忙打听我堂妹的下落。送走父亲，我心里乱纷纷的，处理了一些紧急的事务，给同事说了一声，就骑自行车回了家。家里别的人都在外面寻找堂妹，只有六叔坐在大门口，手杖丢在一边。

我拾起手杖放在六叔手边，坐在他对面说，六叔，你心里有气就打我，想咋打就咋打吧。娃娃那么小，可不能打。六叔说，你个狗日的，那么难办的大事都能办成，就不信给我弄个救济这么点小事，你办不成？我说，六叔，这事我还真办不成。不过，现在开发旅游的事，只要你想干啥，我一定尽力帮你。依我看，你胆大心细，又有巧主意，学个开缆车或开观光车的技术，白天在外面干。我六婶在家开个茶馆，也好照顾两个娃娃。真不知道你到底是咋想的？六叔说，还能咋想，现在最要紧的是把娃娃找回来。我问，你为啥要打娃娃呢？六叔说，打不着你，不打他们打谁？我把手杖放到六叔手中说，那你打，出出气。六叔说，等女子回来，我再打你。我说，你可千万别再打娃娃。六叔虎着脸说，我只打你，别人当官都给自家人办事呢，你咋就是个木头疙瘩，连这屁大点的小事都不给我办。

我回家匆忙吃了几口干粮，也准备去寻找堂妹。好在，我刚出门，就看见父亲牵着堂妹的小手从路上走来。我一奔子跑过去，抱起堂妹问，你这个小家伙，去哪儿了？堂妹搂住我的脖子小声说，去舅舅家了。我拍拍她的头说，以后六叔要是打你，你就赶紧往咱们这边跑。堂妹答应了一声。我亲亲她的额头，把她交给父亲，转身骑上自行车往乡上赶，那里还有一大堆事情等着我呢。

　　工作太忙，我无暇顾及六叔的事。一天父亲告诉我，在他和几个叔叔的好言劝说下，六叔和六婶也出去干活儿了。

　　过了些日子，我又带人去参观景区的建设。老远，我看见六叔和几个人爬在很陡的崖壁旁，扛着铁锤修索道。我们走了几步，听见六叔在山崖上大声喊我的小名，我跑到高处，使劲向他招招手。

（发表于《朔方》2017 年第 8 期）

瓜七朵的一万天

泥瓦滩是一道几十米宽的洪水沟，沟里筑了一座漫水桥。

桥的一头是村庄，一头连着青石山下开凿的公路。天下大雨时，泥瓦滩的漫水桥上洪水漫流，两边的车只能排队等候。天晴后，泥瓦滩里的淤泥就开始慢慢干裂，翘起片片"泥瓦"。村里的孩子们结伴而行，拾起泥瓦，垒房子，磨泥碗，摆家家玩。

大人看见了，吆喝几声，孩子们忙于玩耍，并不理会。可是打雷天，孩子们斗胆敢去泥瓦滩玩，那他们可要挨揍了。大人们提着棒子边追边骂："你们是不是也想变成瓜七朵呢？"孩子们吓得四处逃散。如果七朵恰巧看见，她就跺着脚大喊："快跑，快跑，风来了，雨来了，雷公的斧头劈来了！"

七朵的家在泥瓦滩旁边的高台上，她小时候经常同伙伴们一起在泥瓦滩玩泥瓦。谁料有一次等他们发现时，洪水已经到了眼前，慌乱逃跑中七朵被洪水冲了老远，大姐好不容易把她拉上滩，她已经被洪水呛软了。父母把七朵送到医院抢救了几天几夜，后来七朵虽然苏醒了，但智力严重受损，那次意外如一道高坎儿，将七朵永远困在其中。如今她二十几岁了，个头不到一米五，行为仍像个不懂世事的孩子，别人都喊她"瓜七朵"。

这年秋天，一场大暴雨把泥瓦滩的漫水桥冲了个大豁口。雨后，护路队就在距七朵家不远的一片空地上搭起帐篷，抢修漫水桥了。护路队的队长姓李，人称李队。施工之前，李队与两个助手拿着工具测量了一番，之后大家开始忙碌了。李队蹲在不远处，偶尔站起来指挥一下。散工后，他们一起去帐篷里吃饭、休息。

自从来了护路队，七朵似乎忙了许多。今天，李队喊七朵摘向日葵；明天，王工喊着向她借火机；后天，刘工让她拿针线。

李队蹲在工地边，一手托着向日葵，一手将葵花子一个一个揪下来放进嘴里嗑，很快，向日葵盘上就出现了蜂窝似的孔隙。七朵双手扶腿，弯腰站在李队身边，痴痴地望着他。李队随手掰了一块给她，七朵接过向日葵，也蹲下嗑起来。

李队笑着说："看你，大愣愣的女子，咋还没婆家？"七朵低头一笑说："我没有婆家，我姐姐都有婆家。"李队指着正在挖石头的王工说："我给你说个婆家，你看那个挖石头的人咋样？"七朵瞅着向日葵盘，头也没抬地说："能成。"李队顿时大笑着喊："王工，快过来，我给你说了个媳妇。"王工停下手说："你不要哄一个瓜女子。""是她答应的。"王工就对七朵说："瓜七朵，李队给你当女婿咋样？"七朵答应了一声，又说："啥女婿？"王工说："你给李队当媳妇，能成吗？"七朵说："能成。"工地上的人听见了，都笑起来。刘工说："瓜七朵，那你给我当媳妇能成吗？""能成。"胡工说："你咋乱应承人家呢？你知道咋给人家当媳妇吗？""不知道。""不知道你还乱应承。我给你说，给人家当媳妇，可得会做饭，会煨炕，嘿嘿，还得会生娃娃呢，你能成吗？"七朵吃着葵花说："能成。"这下，大家笑得眼泪都出来了。

李队蹲累了，站起来，从上衣兜里掏出一叠毛票说："给你，买糖去。""啥？""这是吃了你家向日葵的钱。"刘工说："你好好数一数，那是他买你当媳妇的钱。"七朵拿着钱，一张一张数着，数了好半天。胡工问：

"多少钱?"七朵说:"一沓沓儿。"刘工说:"拿来我给你数。"七朵说:"这是他的。"说完把钱交给李队,李队说:"这是给你的,你拿回家给你爸,就说我吃了向日葵给的钱。"七朵就回去了。

中午护路队开饭了,七朵站在大门口,瞅着他们在帐篷周围吃饭。李队招手喊她:"七朵,吃饭来。"七朵说:"我妈说了,不能要别人的钱,不能吃别人的饭。""哈哈,我们的饭香得很,还有肉呢。"七朵就慢慢凑过来了。李队让厨师给她盛了饭,七朵端起碗埋头吃起来。王工望着她说:"瓜子,你吃了李队的饭,就得给他当媳妇。"七朵说:"嗯,我当。"刘工一下笑喷了饭。胡工说:"那你可得给我们看狼呢,这里晚上狼多得很,吓得我们半夜都睡不着。"七朵说:"我看。"李队说:"七朵,好好吃饭,吃了回家去。"七朵把碗放下说:"我晚上看狼呢。"王工说:"色狼你可看不住。"七朵仍然说:"能成。"于是大家又狂笑起来。

谁也没想到,第二天清早他们起来时,竟然看见瓜七朵睡在帐篷的外面。她枕着破棉袄,身子缩在一片破毡里,睡得很沉。一些小虫子和蚂蚁在她的脸上、脚上爬来爬去,咬了好几处疙瘩。大家围着她看了一阵,李队说:"咱们以后可不敢哄这个瓜女子了,怪可怜的。"王工说:"她想给你当媳妇呢。""再别胡说了,人家大人知道了骂咱们呢。"

过了一会儿,七朵醒了,眨巴着眼睛坐起来。李队说:"七朵,你咋在这儿睡呢?""我看狼呢。""那是哄你的话,你快回去。"七朵站起来,双手在全身不停地挠着。他们上工后,七朵倒在破毛毡上又睡着了。

一天,王工想吃苦苦菜,喊七朵去她家屋后的一片土豆地里铲。七朵站着没动。王工又说:"李队,让你媳妇给咱们铲苦苦菜去嘛,我看那地里的苦苦菜嫩得很。"李队说:"想吃自个儿铲去。""哎呀,我忙得哪能顾得上。"李队说:"掏钱,我雇七朵给你铲去。"王工从兜里掏了五元钱说:"我的胆囊炎发作了,吃苦苦菜比药还好。"李队把钱给七朵说:

"给，买糖去。"七朵说："要一沓沓。"李队笑着说："这比一沓沓还多。""我就要一沓沓。""谁有零钱，快拿出来。"王工一喊，大家就开始摸兜。转眼，就凑了一沓沓钱。李队把钱给七朵说："你买糖吃了，给我们铲些苦苦菜。"七朵拿着钱走了。不久，她就提来了苦苦菜。王工竖起大拇指说："李队，瓜七朵最听你的话了。"

抢修漫水桥的工作虽然辛苦，但有瓜七朵逗乐，时间过得倒快。一月后，漫水桥修好了，护路队也准备走了。他们收拾起身时，跟前围了好几个看热闹的娃娃。七朵不解地问李队："你们做啥去呢？"李队说："回家去。"七朵又问："啥时候回来？"李队说："桥修好了，我们不回来了。"刘工接过话茬说："瓜七朵，你等着，李队回来接你给他当媳妇呢。""等几天？"刘工笑着答道："哈哈，瓜子，等，等一万天。"

护路队走后，瓜七朵天天在泥瓦滩垒泥瓦，只要看见人就喊："修路的来了吗？"大人们并不理会，娃娃们则学着刘工的语气说："等，等一万天。"就这样，秋雨蒙蒙时，她在泥瓦滩等着；大雪纷纷时，她也在泥瓦滩等着……

进入腊月，狂风呜咽，瓜七朵同往常一样缩着脖子，在泥瓦滩等待。她冻得浑身发抖，嘴唇青紫，脸和手到处裂着血口子，年迈的父亲怕女儿冻僵，就抚摸着她的头说："七朵，一万天其实就是一堆乱石头。"七朵听了，起身去搬石头。

过了些日子，人们发现泥瓦滩出现了一堆堆凌乱的石头。这恰好方便了需要石头的乡亲，他们把石头拉去垒羊圈或准备筑建房的地基。开春时，七朵问父亲："到一万天了吗？"父亲见女儿搬石头磨得满手血泡，只好说："到了，到了。""那他们咋还不来？"父亲捋了一把白苍苍的胡子说："唉，我的瓜女子，他们不来了。"七朵说："等，等一万天。""那你就在咱家大门下堆石头吧。"父亲其实想随时看到女儿的身影。

瓜七朵又向护路队搭过帐篷的空地上搬石头了。她的衣襟和袖子磨破了，磨掉了，她的脚被石头砸伤了，长好了，又伤了。她把近处的石头搬完了，又到离家远的地方搬。那块空地上的石头堆满了，乡亲们需要使用，又拉走了。过了一年，那里的石头又堆高了。

瓜七朵搬石头的地方越来越远，苍老的父母看到女儿抱着大石头，从远处一步步往回挪动时，总是长吁短叹。母亲说："她这个样子，可咋办呢?"父亲说："这是她的念想。"

一晃六七年过去了，又一年的夏末，泥瓦滩的漫水桥再次被洪水吹断了。这回负责抢修的队长姓马，他一眼就看准了七朵家门下的那一大堆石头。因为取石方便，漫水桥很快就修好了。直到他们走时，瓜七朵的家人和乡亲仍然四处寻找七朵。因为下暴雨那天，七朵同往常一样出门搬石头，到现在仍然没有回来。

（发表于《金山》2013 年第 9 期，获第二十三届"东丽杯"梁斌小说奖优秀奖）

零　工

　　补完课，同学们纷纷回家了。邝志正背着书包走出学校，在街上转来转去。自从上了初中，邝志正的每个假期，不是在小山城的街上摆地摊，就是在餐馆打工。因为下学期就要考高中，所以眼下他想找一份相对轻闲的零工，抽空把那本从张萌手中借到的模拟题集仔细做一遍。

　　冬天的活儿不好找。邝志正走过几道街，只看到几家小餐厅的窗口贴着招聘服务员的启事。街上冷风透骨，邝志正走走停停，冻得手脚发麻。偶尔，他望见临街有家单位的窗台上摆着盛开的鲜花，就想进去暖和一阵。

　　邝志正刚走进楼门，就有一个穿黑色制服的门卫拉开玻璃窗喊："找谁？"

　　"叔，我能在这儿暖和一阵吗？"邝志正说着，将冻得生疼的手伸向暖气。"呀"，暖气太烫了，他把手又缩回来。

　　门卫盯着邝志正，似乎在等他快点离开。邝志正见状，歉意地说："叔，我暖和一阵就走。"门卫没吱声，仍然用手拉着玻璃窗，眼睛紧盯着他，盯得他浑身很不自在，只好转身快步走出来。

　　天气似乎更冷了。邝志正徘徊在街头，忽然想，假若能找个看学校大门的零工倒不错。放假了，各处的学校都空空荡荡，他守在门房里可以安安静静地看书、写作业。想到这里，他就向学校走去。遗憾的是，无论幼儿园、小学，还是中学，都有专人看护，邝志正吃了闭门羹。

从中午放学到傍晚，邝志正敲了无数次门，此刻他还在街头。凛冽的寒风卷着尘土，不时扑进他的眼睛。望着匆匆晚归的行人，邝志正不由得想家。在他五岁时，爷爷去世了。没几年，奶奶患了老年痴呆症经常忘记回家，急得一家人到处寻找。渐渐地，奶奶连家人也不认识了。再后来，奶奶就不知道吃饭了。爸爸和妈妈带着奶奶四处求医，中药西药吃了不知有多少，也毫无效果。这些年，妈妈寸步不离地照顾着奶奶，爸爸也不能出门打工，守着家里那几亩薄地，不但要偿还为奶奶治病欠的债，还要供邝志正兄妹俩上学，家里的日子过得紧巴巴的。在行人越来越少的街口，邝志正非常想奶奶，想爸爸妈妈和妹妹，想回家。但为了减轻家里的负担，他还是咬了咬牙，呼出一股股白雾，东张西望寻找零工。

"哥们，走，跟着我们干，保证有饭吃。"突然，不知从何处冒出来一个染着黄头发的矮小子，站在邝志正面前。邝志正愣了一下，拔腿就跑。生活的经验告诉他，千万不能和这些家伙搭话。惹不起，躲得起，一旦被他们纠缠，想脱身可就难了。

"哈哈，真是个胆小鬼。"那小子冲他骂了一句。

邝志正一口气跑到城外，回头一看，那毛头小子早没了影儿。

眼看天就要黑了，如果仍找不到活儿，邝志正就得投靠同学，或是回学校向门卫求情留宿了。这是很难为情的，不到万不得已，他可不愿意麻烦别人。就在这时，邝志正听见有人喊："哎，小伙子——"他顺着喊声望去，看到百米开外的地方，有一个人步履艰难地向自己走来。邝志正有些纳闷，只听那人又喊："小伙子，你过来。"他有什么事呢？他不会与那毛头小子是一伙的吧？想到这里，邝志正又准备逃跑。唉，多虑了吧，事情哪能如此巧呢。

那人渐渐近了，邝志正才看清他是个两鬓花白的老人。"小伙子，请你帮个忙，哎哟，我的老毛病犯了，你帮着给我在城里买点药。"他吃力地说着，将十块钱和两个空药盒递到邝志正手里，然后蹲在地上，双手捂着腹部呻吟起来。

"行，大爷，你等着。"邝志正将书包放在老人身边，转身向街上跑去。他在药店买了药，又快速跑回来。

老人蹲在原地，缩着脖子不停地呻吟。

"大爷，你哪儿疼？"邝志正蹲在他面前问。

"这冻死野鬼的天气，把我的阑尾炎冻犯了。"

"大爷，你家在哪儿？我扶你回去。"

"我家远着呢。"

"那，那你咋在这里呢？"邝志正疑惑地问。

"我在城外给人家看工地呢。"老人有气无力地说。

邝志正扶起他说："那你快回去吃药吧。"

老人点点头，靠着邝志正的肩膀，向夜色笼罩的地方走去。

他们走出郊外，走过炸开了一个大豁口的古城墙，走过干涸的护城河，走过一片荒地，天黑透了。

"大爷，你到底住哪儿？"邝志正问。

"快到了，快到了。"老人说。

邝志正只好扶着他继续走。

他们终于来到一个活动板房前，老人挣扎着推开门，伸手摁亮小屋的灯。

这是一间只有几平方米的小屋。屋里摆着一张窄窄的木板床，地上有个小小的蜂窝煤炉，靠窗户的地方支着一条长木板，板上放着碗筷和锅，下面放着米面和杂物。因为屋子太小，两个人站在屋里显得有些拥挤。邝志正扶老人坐在床边，赶紧给他倒水服药。

老人服了药，缩在床上不停地呻吟。邝志正望着他难受的样子，担心地说："大爷，要不要去医院看看？"

"我这是老毛病，吃了药就慢慢好了。"老人闭着眼睛说，邝志正只好把手伸向蜂窝煤炉，一边暖手一边静静地守着他。

大约过了一小时，老人的呻吟渐渐停了，睁开眼睛说："小伙子，太麻烦你了。你家远不远？"

"我家在四十里外的山里。"邝志正说。

"学校不是放假了吗？你咋还背着书包？"

"我们今天才补完课，我想寻一个零工，就没有回家。"

"寻上了吗？"

"我寻了一下午，还没寻上。"

"冬天的活儿不好寻。"老人叹了口气，挣扎着坐起来，指着那边说："你还没有吃饭吧？那锅里有干粮，你放在火炉盖子上烤一烤吃。"

邝志正真的饿了，他边烤干粮边与老人闲谈。

"大冬天的，你为啥要打工呢？"

"我想挣些钱上高中。"邝志正说。

"你家里有啥人？"老人问。

邝志正啃着干粮，把自家的情况一五一十讲给老人。

老人听了，说："你真是个体谅父母的好娃娃。"

邝志正见老人的病情减轻了，就准备离开。

"天这么黑了，你到哪里去呢？"

"我找街上的同学去。"

老人恳切地说："你能不能在我这儿凑合住下？停工快两个月了，我一个人天天守在这里，心慌得很哩。"

"我住哪儿?"邝志正瞅着那一张窄床说。

"还有一个床,你睡这个,我睡那个。"老人指着床下的一张小折叠床说。

邝志正对他笑笑说:"我睡小床。"

老人说:"我睡小床,外面有动静也好出门。"

"外面有啥动静?"邝志正不免紧张地问。

"有人专门等到三更半夜来偷东西呢。"

"偷啥东西?"

老人伸手打开另一盏灯,指着窗外亮了的工地说:"那一堆是木料,那一堆是水泥,那一堆是钢筋,那一堆是……"

"看来工地上的宝贝真不少呢。"邝志正笑着说。

"要不是给人家守工地,我早就回家了。"

邝志正将小火炉提到门后面,拉出小床铺好,老人挪到小床上和衣躺下。邝志正就躺在床上和老人闲谈。原来老人的家距这里七十多里路,年初他来这里打工。冬天停工后,为了多挣点钱给儿子娶媳妇,他又揽下了看工地的活儿。

"你把被子压紧,这板房不像咱老家筑得厚厚的土墙那样隔冷,盖几层被都能冻透,尤其入九这几天更冷。"老人对邝志正说。

邝志正答应着,迷迷糊糊睡着了。

半夜里,老人的病又犯了。他咬着牙爬起来服了药,疼痛没有缓解,变得越来越厉害了。他用双手紧紧压着腹部,忍不住呻吟起来。邝志正猛然惊醒,看见老人跪在地上,满脸冷汗。他将老人扶到床上,向外跑着说:"我叫医生去。"

"来,打手机。"老人这才想起了手机。邝志正心里太急,没听见老人的话,只顾飞一般向远处亮着灯的地方而去。

不知何时起风了，呼呼的风从邝志正耳边吹过，他跑着跑着，不知道什么东西钩住了脚，随着嗵的一声，他已扑倒在地。邝志正趴在地上呻吟了好半天，才挣扎起来揉揉疼痛的膝盖，一拐一瘸接着跑，跑过豁口的古城墙，远处朦胧而昏暗的街灯渐渐近了，渐渐明亮了。

邝志正敞开衣襟，满头大汗地奔跑在空荡荡的大街上。

邝志正终于跑进医院。

在急诊科门口，邝志正大喊："医生，医生，快！"

"怎么了？你慢慢说。"值班护士过来问。

"城外工地上有个大爷，肚子疼，你们快去看看。"邝志正上气不接下气地说。

"你是他的家属吗？"

"不是。"

"那你是他啥人？"

"我不是他啥人。"

"你不是他啥人，你说人家肚子疼。"医生说。

"你们快去给他看病，我给你们慢慢说。"就这样，救护车在邝志正的指引下，向城外的工地疾驰。路上，邝志正向医生和护士讲了与大爷认识的经过。

医护人员赶到时，大爷正跪在床上，嘴里咬着被子，疼得脸色发黄。医生检查完，抬头说："快向救护车上抬，可能是阑尾炎穿孔了，得做手术。"

"小伙子，工地上的东西，少一样得照价赔一样，麻烦你先替我看着。这是清单，无论如何，一样也不能少。如果来了贼，你不要出门，就按墙上的那个按钮，警察就知道了。"

"大爷，你快去看病。我会看好工地的。"邝志正接过大爷递来的清单，医生就将他抬向了救护车。

救护车呼啸着走了，这间小小的屋里就剩下邝志正一个人。他换了一块蜂窝煤，将工地上的灯拉灭，躺在床上打开那张物品清单，仔细看起来：钢筋、水泥、铝合金窗……哎呀，这工地上存放着近百万元的物资，自己能看好吗？大爷是不是必须得做手术，如果他做了手术，这工地可怎么办呢？想来想去，邝志正眼睁睁地望着窗外。风加劲了，大风扬起的沙尘不时拍打着窗户，如影子般从窗前一阵一阵掠过。邝志正关了灯，小屋里越来越冷。他将炉子向床边移了移，又压上一层被子，缩在被子里直哆嗦。

蜂窝煤燃烧起来红彤彤的，可不怎么散热。后半夜，一层又一层糨糊似的雾霜，涂抹在小屋窗子的玻璃上。邝志正想，这样冷的夜，谁会跑来偷东西呢？还是不要胡思乱想吓唬自己了。再说大爷进了医院，他就不必担心了。于是，邝志正舒了几口气，睡着了。

第二天早晨，邝志正走出小屋，才发现天空乌云滚滚，一阵又一阵云被风卷过山头，天气变得更加寒冷。离工地大约五百米的地方，有几十栋尚未竣工的高楼。工地对面是长满青松的山，山下有条小河。据说很久以前，河水出山后环绕小城而流，是当时的护城河。后来河水渐渐少了，人们就筑起水坝，将河水拦在城外供饮用。

工地距古城墙约两千米，城外干涸的护城河隐约可见。随着小城人口增多，别处的城墙早已不见踪迹。只有这边地势较高，人们开发了城市的低处，终于忍不住将此处的古城墙炸开一道大豁口，向高处进发了。

邝志正展开那份清单，按照上面的记录，将露天的物资清点了一遍。然后，他站在工地上，环视着周围。山城外，除了尚未竣工的那些大楼，再没有村庄和行人。好在透过豁口的城墙，能隐约看见城内。大爷的病怎么样了？邝志正想去看他，可手里这份清单沉甸甸的。他只好回到小屋，像个主人那样寻找米面和土豆，在蜂窝煤炉上做饭。蜂窝煤的火幽幽的，烧碗水也得等好长时间，邝志正就一边做饭一边看书。吃过饭，邝志正缩在被窝里看书。不多时，一阵困意涌过来，邝志正睁大眼睛自言自语：城外连个人影也没有，哪有小偷呢？说完他就闭上眼睛。不行，万一有小偷呢？他又坐起来，在忐忑中折腾了几回，困意全无，他就埋头做起中考模拟试卷来。

做完两套卷子，邝志正穿好衣服走出小屋，打着长长的哈欠，绕着物资转了一圈。工地各处堆积着沙尘，城内城外被阴霾笼罩着。这样的天气，邝志正一个人守在城外很寂寞。为了打起精神，他走出工地，走过那些黑洞洞的高楼。楼后面是绵延的山，山上树木森森。假如人们想在山上建造别墅则另当别论，可要想在高楼的后面开拓，还真没有空地了。高楼与古城墙之间，还有一片凹凸不平的荒地，看来开发商早就谋划好先从远端建设，逐步向老城靠近了。

高楼一侧是坑坑洼洼的路，路边有一道深沟，沟下是小河。由于天气太冷，小河的水冻得疙疙瘩瘩，向前方的水坝蜿蜒而去。邝志正站在沟边眺望，突然听到对面的树林里，不知什么动物发出一声惨叫，接着树猛然摆动起来。过了一阵，树林恢复了平静。是狼或狐狸抓住了野兔或野鸡吗？邝志正吓得赶紧跑回了工地。

天快黑了，仍不见大爷回来，邝志正便寻找东西准备做晚饭。除了一袋土豆、一把葱，还有一小盆酸菜。邝志正和了一团面，炒了几片酸菜，做了一大碗香喷喷的酸汤面。一个人的生活虽然寂寞单调，倒很自在。之后，他背了一会儿课文，接着做模拟试卷。直到很晚，他才收起书本，打开工地的灯巡视了一圈，回到小屋将炉火填好，睡了。

第三天，天空阴得严严实实，好像要下雪了。邝志正将工地上的物资清点了一遍，就缩在小屋里做饭、温习功课。用蜂窝煤炉做饭，不能按时按点，只能顺其自然。早饭做好成了午饭，慢悠悠的火，打发慢腾腾的时光，更磨炼着邝志正的耐心。也罢，饭慢慢熟着，他看书，慢慢等着。

下午，邝志正巡视工地时，发现一个衣服褴褛的女人，正准备向一个偌大的垃圾袋里装工地上的铝合金。

"阿姨，那不能动。"邝志正大喊一声，跑过去。

"娃娃，这么大一堆呢，我就拾几个儿。"

"阿姨，这里的啥都有数儿，一个也不能少，少了要赔的。"邝志正蹲在她身边说。

"娃娃，我没儿没女的，你就让我拾一点儿。"女人用又黑又脏的手擦着鼻涕，可怜兮兮地说。

"阿姨，你想一想，如果你把人家的东西拾走了，我就得一分不少给人家赔，赔了我就没钱上学了。"邝志正双手拉着女人的胳膊，望着她浑浊的眼睛，低声说。

女人愣了一阵，提着空袋子走了。

原来真有人拾东西。邝志正在工地上转来转去，后来他发现站在那堆木头上，可以看到工地的全貌。如果有人靠近，就能尽收眼底。于是，邝志正索性穿上大爷那件厚厚的羊皮大衣，坐在木头上。但这里的风太大了，根本没法看书。后来，他就二十分钟巡视一趟工地，因为工地距城墙步行最快也得二十分钟。

第四天中午，大爷的儿子提着几颗苹果来，说大爷做了手术，今天才完全清醒。他还说："我爸病得很重，我得侍候他。我们一时也寻不上个看工地的人，如果你愿意帮忙，这个月的工资就归你。"

邝志正思量了片刻说："行。"

"那咱们可说定了。"

"你等一下，我给家里写封信，请你帮我投在邮筒里。"邝志正从本子上撕下一张纸，怕亲人担心，他急急忙忙写道：爸爸，我在城郊的小学寻了个看大门的零工，请你和妈妈别牵挂我。然后，折好放进信封递给大爷的儿子。

大爷的儿子接过信，反复对他叮嘱："小伙子，你可一定要操心把工地看好。"

第五天，刮了几天的风终于停了，天阴沉沉的。邝志正照例二十分钟巡视一趟工地。傍晚时分，邝志正刚巡视完工地走进小屋准备吃饭，突然两辆破旧的摩托车冲进了工地。邝志正跑出门一看，只见车上跳下来几个小伙子，其中一个就是那天在街头喊他的那个毛头小子。

看来情况不妙，邝志正转身向小屋跑，谁料一个脸上留有刀疤的长得歪歪扭扭的大个子冲过来，一把撕住他的衣领说："哥们，听话。我们拿点东西换酒喝。"

另一个戴着墨镜的家伙快速搜了邝志正的身。

那个毛头小子也凑过来说："朋友，识相点，要不然废了你。"

邝志正知道同他们没什么道理可讲，就垂着头老老实实缩在大个子手里，看着人家将工地上最值钱的铝合金材料往摩托车上抢。抢够了，他们才扔下邝志正，跨上摩托车扬长而去。

邝志正跑进小屋，扑过去按响了小屋墙上的按钮，大声说："两辆摩托车，五个小伙子，抢了东西向城内跑了。"

"啥时候？"

"刚才，刚才。"邝志正浑身颤抖得厉害。他不知道警察能不能抓住他们，如果抓不住，他拿什么赔偿工地的损失呢？

刚才真不该跑出去，如果躲在屋里按墙上的按钮，他们就抢不走东西了。邝志正焦急地在小屋里跺脚，不知如何才好。天黑透了，炉子上的饭散发出一股煳味。邝志正吃了几口饭，坐在床头发呆。没有风的城外静得出奇，静得邝志正不由得害怕。为了驱赶内心的恐惧，邝志正喝了几口水，拿出一本奥数习题集，强迫自己计算起来。直到夜很深了，他才躺下。

第六天，下雪了。中午，有人将那帮家伙抢的东西送回了工地。邝志正仔细清点了几遍，东西不差，那人就走了。雪纷纷扬扬下了整整一天，邝志正望着城内，还有四天就过年了，人们急匆匆地采购着过年的货物。

第七天，仍然下雪。城外，除了邝志正住的小屋周围落着重重叠叠的脚印外，到处是雪的世界。

第八天，几尺厚的雪将工地上的物资压住了。城里城外，远处近处，白茫茫一片。邝志正整天围着小火炉，看书，写作业，吃饭。没有人同他说话，他就大声朗读课文。几天来，那本厚厚的复习题集已经被他"啃"掉了大半。

除夕前一天，雪终于停了。城内热闹的气氛，高音喇叭播放的歌曲，使邝志正的心难以宁静。每逢佳节倍思亲。邝志正徘徊在小屋周围，手冻疼了，搓一搓。脚冻麻了，跳一跳。记得小时候的大年三十，他和爸爸一起贴春联，和妈妈一起剪窗花，和妹妹一起提着花灯笼与伙伴们追逐玩耍。如今，连个说话的人都没有。前几天他专注于书本，时间过得比较快。谁知越临近春节，日子越难熬了。

在屋外太久了，冻得邝志正不停地发抖，可是他又不想缩在那间小屋里。为了打发时间，他找来水泥袋子套住脚，在工地与高楼之间的雪地上打滚、跑步。一会儿工夫，他的后背就出汗了。他趴在松软的雪上歇一会儿，接着打滚、跑步、挥动着胳膊唱歌。然后拍掉身上的雪，轻松而舒服地走进小屋，解掉防雪的水泥袋开始做饭。过年了，得做点好吃的。做什么呢？邝志正想起妈妈烙的土豆饼非常好吃。他先用开水烫好面，将土豆洗干净，削了皮切成细丝，加入盐和葱花，再用熟油搅拌均匀，擀出碗口大的两张烫面，将土豆丝摊在一张面上，把另一张面盖在上面，用手掌将周围压住，土豆饼就成形了。然后，放在蜂窝煤炉的温火上慢慢烙熟，就是绝佳的美味。邝志正烙着土豆饼，哼着歌儿。眼下，亲人们正在干什么呢？妈妈和妹妹一定变着花样蒸年馍，爸爸守在奶奶身边给她喂饭，院里的鸡是不是围着扫起的雪堆觅食……远方宁静的乡村里那个温暖的家，陪伴着无比孤独的邝志正。

对，堆雪人去。雪太厚了，邝志正在小屋周围堆起了高高的五堆雪，仔细雕刻起来。他雕了坐在椅子上的奶奶，雕了捧着碗筷的妈妈，雕了扫雪的爸爸，雕了看书的妹妹，还雕了凝视天空的自己。直到天黑透了，他才走进小屋，吃过土豆饼，捧起书读到深夜。

除夕到了，城内的鞭炮声噼里啪啦响个不停。邝志正望着自己用雪雕刻得栩栩如生的亲人，突然想起了什么。他转身进屋，从书包中找到几条宽窄不一的彩纸，写上祝福的话，一一放在雪雕的亲人手中：亲爱的奶奶，我多么想念您。希望您在过年的时候记起我！亲爱的妈妈，多少年来，您一直无微不至地照顾着奶奶，您辛苦了。亲爱的爸爸，您关心家，心疼我们。您是我的好爸爸。亲爱的妹妹，祝你快乐成长。亲爱的邝志正，你一定要坚强！邝志正对着亲人深深地鞠躬，轻轻地说着祝福的话。

白茫茫的城外，不见一只小鸟。邝志正徘徊又徘徊，想起昨晚没解出来的一道数学题，就在雪地上用手指划着算起来。算着算着，手指冻得失去了知觉。还是学校好，有同学和老师随时讨论请教。现在只能把不懂的题积攒起来，等到开学解决了。对了，张铭与张萌兄妹俩是不是过年的时候也能静下心学习呢？那一对双胞胎是班里的尖子生，是全校人学习的榜样。邝志正不爱搭理张铭，却很喜欢张萌。偶尔同她说句话，他的心情就非常激动。元旦之前，张萌鼓动邝志正一起在学校的元旦晚会上朗诵诗歌。邝志正那个高兴，那个卖力，简直难以形容。邝志正怀念着难忘的友谊，又堆了雪，仔细雕刻了可爱的张萌和几个好朋友。

上午的时光很快过去了，美味的土豆饼也吃完了。邝志正站在小屋地上，寻思着该做什么饭。大米、白面、土豆、酸菜，就做米饭、烧土豆吧。用油把土豆块煎得黄灿灿的，再炖熟。慢悠悠的炉火，慢腾腾的时间，伴着邝志正思念亲人的心。在做饭的过程中，他一会儿唱歌，一会儿背诵着优美的诗句：风声雨声读书声声声入耳，家事国事天下事事事关心……先天下之忧而忧，后天下之乐而乐……我要到庐山去，以梦为马，今夜就出发……

除夕的黄昏，远处街上的行人和车辆越来越少。人们结束了一年的工作，采购足了丰盛的年货，背着行囊回家过年了。邝志正一会儿与他亲手雕出的亲人和同学说话，一会儿在雪上打滚。他还用红笔写了一副对联贴在小屋门边：山野积雪厚如天，城外昼夜长似年。横批：欢度春节。邝志正忍受孤独的煎熬，强打精神。他是个男子汉，既然答应了别人，就是挨刀子也得扛到底。

想到这里，邝志正又来到亲人中间，搂住奶奶的脖子放声唱起来："我爱你，塞北的雪，飘飘……"

"邝志正——正儿——正儿——"远处，好像有人喊他的名字。邝志正的心顿时欢跳起来，啊，竟然是爸爸在喊他。

"爸，我在这儿，我在这儿呢。"邝志正答应着，疯狂地向爸爸奔去。

爸爸背着大包，拄着拐杖，踩着厚厚的雪，咯吱咯吱向这边跑来。两串深深的脚印越来越近了，近了。快到护城河时，爸爸歇下脚，喊道:"正儿,你信上说给人家看学校,我把城里大大小小的学校都寻过了,从中午一直寻到现在,你咋在这里呢?"

在雪中飞奔的邝志正,听到爸爸这样问他,觉得满眼的雪,顿时融化,变成了汹涌的大河。

(发表于《安徽文学》2014年第5期)

危 桥

屋里可真暖和。红色的窗幔，奶油般淡黄而柔滑的灯光，桃粉色的沙发和床单，还有墙角那一簇火红的丝绸玫瑰，在柔和的灯光里很耀眼。那是不久前他们收拾屋子时一起去花店选的，当时他要买一簇鲜玫瑰，她却看中了丝绸做的，说这个看起来和真的没两样，而且放在家里天天开放呢，不像鲜的，几天就枯萎了。他慈爱而温和地拍拍她的额头说："就听你的啦。"于是他们就捧回来了。

这是一间只有十几平方米的单人宿舍，经她精心地布置，居然变成个温馨的家了，只属于她和他两个人的家。

时值滴水成冰的寒冬，天黑得很早，下午下班街灯已经亮了。昏暗的灯光缥缈而虚幻。风很冷，她骑着自行车，戴着口罩，将羽绒服的帽子紧紧系在头上，手套厚得有些握不住车把，脚上穿着棉皮鞋，全身裹得严严实实。然而，所有这些似乎并不挡冷，也许是她太心急，车子骑得太快的缘故，她听见冷风呼呼从耳边吹过，额头有处帽子和口罩都照顾不到的地方，被风吹得生痛。她管不了那么多，只盼着快点到家，早点见到他。心中着急，脚下的车轮转得更快了。

她在楼下就听见开门的声音，他可能在窗户中早盼着她了，或是听到了她停放自行车的响声。她急忙立好车子，冲上楼去。"慢点儿，慢点儿，小心摔倒。"他迎在门口，疼爱地提醒。她上了几阶楼梯，抬头看到他扶着栏杆探头望着，她跑得更快了。那双大手早早伸过来，她急忙拿掉手套，把冰凉的手递给他。她几乎是被他抱进门的，温暖的气息扑面而来，房门就在他们的身后了。

"风冷呀，快暖和一下。你太辛苦了，连周末也不能休息。"他唠叨着帮她解去厚实的衣帽。眼镜片上罩了一层厚厚的雾气，她取下来放在桌子上。他替她挂好衣服，就将她紧紧拥入怀中，一股暖流顿时传遍了全身。她像冰块投入燃烧的火盆，顷刻间融化了。她看到自己身上蒸腾起一层淡淡的热气，笼罩着他们，如早春时节太阳照耀下的田园。他那温柔的眼睛凝视着她，屋里处处弥漫着温馨，她有点恍惚，有些陶醉。

周末，学生回家了。除了他很少回家外，别的老师也回去了。外面是冬日惯常的风声，如果不去想象，她以为这世界上只有他们两人呢。

"有了你，生活似乎回归了青年时代，精神焕发，鲜活灵气。"他抚爱着她的秀发说。"是啊，如果遇不到你，我早就变成一缕孤魂了。"他们喃喃细语，温存缠绵，久久难舍。

直到他们饱饮了爱情的甘露，才开始吃饭。如刚刚相恋的青年，他不停地向她碗里夹菜，她散开手指罩住碗说："想撑我，才不上你的当呢。""天冷，多吃点抗寒哪。"说话间，他的筷子又伸过来，她急忙拦进他的碗里，相视一笑，温柔的眼神，瞳仁里只有彼此。

她突然想起纪伯伦的诗："没有爱情的生命，像是没有花或果的树。""而没有美的爱情就像没有芳香的花，没有种子的果。"他随口附和着。

"要是我们能在年轻时相遇，该多好，人生就不用走太多的弯路，心灵也不用受这么多罪了。"

"上天现在把你赐予我，我也知足了。人生就是这样，苦尽甘来嘛。"

饭是他精心做的，两人边吃边谈，享受着这弥足珍贵的时光。她是医生，平日轮班，唯有周末的相聚也不能每周实现。如今天，他等待了一天，天黑了她才匆匆忙忙赶来。他做的红烧鱼、甜汤、辣子鸡，还有拌的凉菜，这都是她最爱吃的，他要好好犒劳一下这个辛苦的人。她工作忙碌，自己难得有空做顿可口的饭菜。有时主管的病人多，她加班加点，连口热饭也吃不上。

饭毕，她起身要帮他收拾，他按住她的肩膀，给她捧来一杯热茶，如孩子般依在她身边，拉着她的手说："你劳累了一天，哪能让你动手。听，外面的风吹得多紧，你就别回去了吧。""孩子明天还有绘画课，得早些把他接回来，再说他在外婆家也住不习惯。待他长大成人了，我的肩头轻了，就天天和你厮守在一起。"他又紧紧地拥着她说："真舍不得你。"她突然感到鼻子酸酸的，只好贴着他的耳根说："我也一样，但我说过的，不能让孩子知道，不能让他的心灵有阴影。"她挣扎着站起来说："我得走了，天晚了。"他不再挽留，帮她把衣服穿好，又给她把帽子拉严。他要穿衣服去送她，她拦住他说："这么冷的天，出去会感冒的。我一个人走就是了。""不，我送你过了桥就放心了，这半截路暗呀。"他执意要送。"放你的一百个心，这条路我闭着眼睛都能到家呢。你要是非送，我以后可不来看你了。"她嗔怪着，把他按在沙发上坐下。"这黑天，我咋放心你一个人走呢？你就不要拦我了。你要是不让我送，我以后也不让你来了，我不放心你一个人走。""你要是送我，你请我来我也不来了，这么冻的天。"其实他们说的不来或来的话，无非是彼此心疼的情话罢了。他坚持要送，她坚决不让，两个人就这样推来让去。他穿上衣服，她硬是拉掉，后来她像一头小牛犊把头抵在他怀里硬将他抵在沙发上，这才笑着转身走了。她拉紧门，走下楼梯，听见他开门的响声，她骑上车子飞也似的进入了朦胧的夜色。他走出大门，她已经走远了。路灯很暗，加上他的视力不佳，望着她的背影消失在路尽头，他才回到宿舍，屋里似乎少了什么，空荡荡的，他的心不免有些失落。

　　他简单收拾完餐具就钻进了被窝，被里存留着她芳香的温热。他把柔软的被角拉在脸上，就像她小巧的手抚爱着他，他仿佛沉醉在千年陈酿的老酒中，让沁人心脾的清香沐浴生活的裂痕。他拿起床头的书，读不下去，满眼尽是她的身影。他闭上眼，慢慢进入如梦如幻的仙地，梦亦甜蜜。

　　也许他赐予的温暖太多了，她在返回的路上竟没感到一丝冷。车子很快就到了危桥下，她怕桥上裸露的钢筋刺破自行车轮胎，只好跳下车子，推着行走。

　　这是座架在一道水渠上的老桥，桥上曾经车水马龙。大车、小车、三轮车、自行车、进城的骡马车，曾经和行人在这儿排过长长的队，上演过无数次"肠梗阻"。有时为了抢路，车与人彼此不让大打出手，但不管有多少车，老桥这道瓶颈，说卡就卡住了。加之多年的严重超负荷运行，使桥身变形，桥墩出现了裂缝，桥上的水泥柱子也如老掉的牙，歪斜了。桥面上粗糙的裂纹剥脱着片片碎屑，下面的钢筋如根根肋条裸露出来。好在有另一处八车道大桥及时建成，才让这座老态龙钟的桥终于安静下来。由于桥体随时有垮的危险，所以有关部门在桥头竖起一块"危桥！禁止通行"的牌子。谁也不敢玩命在这条吱吱呜呜乱叫的桥上行车了。人也一样，有了好走的桥，谁还来这儿冒险呢。就这样，人迹罕至的危桥边，夏天竟长出许多野草，桥墩上也爬满了厚厚的青苔。桥下的河水缓缓流过，也许是听不到老桥可怕的响声，河水也不急于奔跑了。

　　不过，她去他所在的学校还走这条近道。他嫌危险，坚决不让她走。可她笑着说："几吨重的车都没把它压倒，我和自行车才多重，放心吧。"当然，她每次经过这里都怀着生命重生的感激。回想往事，她经常驻足良久，感慨万分。

那是夏天的一个夜晚，她因抢救病人回家很晚，他跳起来，撕住她的领口质问："你同哪个野驴鬼混去了？"根本不听她任何解释就拳打脚踢，吓得孩子缩在角落里哭喊："爸爸，求求你别打妈妈。"其实是他变心了，却非折磨她，为分手寻找合理的借口。她记不清这是第几次遭受殴打了，可为了给孩子一个完整的家，她咬牙忍受着。她越沉默，他越是变本加厉，百般刁难。她实在受不住他的淫威，猛然间想到了轻生，想到扑进奔流的河水，落个干净！她挣脱他的拳脚，疯狂地向桥边跑去，身后可怜的孩子呜呜哭着："妈妈，妈妈，回来……"

这是个不大的县城，随着近年当地经济的发展，县城的夜生活也丰富多彩起来。街上三五成群的年轻人吃着烤羊肉喝酒猜拳，休闲娱乐，舞厅的霓虹灯忽闪忽闪，闪花了眼睛。

她厌恶地半闭着眼，喉咙里好像起火了，干燥难受，抢救病人，使她连晚饭也没顾得上吃。这会儿，一阵阵虚汗从她的发梢滴落下来，眼前闪着道道金光。她想停下喝口冰水，再吃一碗面条或酿皮什么的。转念一想，反正要去寻死，何必耽误那些时间呢。于是，她又加快了脚步。

危桥就在前方还远处，那边的月色显得格外明亮。

转过街道，喧闹戛然而止，空气似乎清凉了许多。她累得跑不动了，只好气喘吁吁地向桥边走去。她满脑子都是那座熟悉的危桥，该从哪边跳才能到达河水最深处？左边？右边？踩着桥中间那个高柱子跳下去，可能是最深处。

她思索着，好不容易到达桥边，一眼就看到歪歪斜斜的危桥中间那一根高柱子。浑身没有一丝劲儿，她挣扎着俯下身，双手扶着破裂的栏杆向桥上爬行。

"你要干什么？"突然身后有人问。她惊恐地回头反问："你要干什么？""你是不是有想不开的事？"他向她的身边挪动着脚步。"不关你的事，你别过来。"他靠近她，一把拉住她的衣袖。她想挣脱，可浑身没劲儿。"瞎胡闹呢，这世上真有想不开的事吗？快坐下。"他在命令她，她惊呆了。她挣脱不开，只好呆呆地坐在桥上。"给，先喝口水。一个人，如果不是遭受了非常大的痛苦，是不会走这条路的。"她推开他的手，她是个医生，不会轻易喝陌生人的水，即使死到临头，也没有忘记。再说，他是什么人呢？他意识到她的拒绝，从手提包里摸出一瓶没开启的绿茶递过来。她没有接，他见她不挣扎，也不说话了，就坐在她身边。他还是怕她猛然跳起来，所以一只手仍紧紧拉着她的袖子。

"妹子，你有啥想不开的？是受谁的气了？"他关切地问。

沉默。长久的沉默。

皎洁的月光下，残破的危桥，被岁月的风霜雕刻得沧桑不堪，倒塌得参差不齐的栏杆倒映在河水中，仿佛在默默地诉说着过往的沉重。生长在裂隙中的野草，被流水抚弄得摇摆不定。

"想不开了，你就说出来吧，请相信，我是个好人。"他仍然拉着她说。

又是一阵沉默。

"噢，我可怜的孩子啊，妈妈怎能把你丢下不管呢？"她终于开口了。随后是泪流满面的断断续续的低泣和哀怨地倾诉。

他坐在她身边，对于她遭遇的不幸，只有不停地叹息。

她哭够了，说累了，才发现他的手还紧紧地攥着她的袖子，生怕她挣脱呢。见她的情绪渐渐稳定，他就松开了手，将绿茶递给她，她口渴得厉害，拧开瓶盖一饮而尽。

危桥周围非常安静，夜入睡了。

"我送你回家吧。"他站起来说。她忧伤地凝望着满天的繁星说："家在哪里啊？那不过是一座炼狱。"他向前走了两步，又坐下，默默地陪着她。

　　她突然想，他是谁？是纠缠她的小鬼，还是搭救她的神仙？尽管她是个唯物主义者。可他为什么偏偏知道她的心事，为什么一直陪着她呢。"你走吧。""你先走，不然我不放心。"她现在才清楚地听到这是男人的声音。"就算你这回拦住我，哪天我要是再想不开，还会来的，你走吧。""那我天天在桥上守着。你啊，真糊涂。这个时代给予每一个人最大的自由，你还有什么想不开的事呢？婚姻嘛，实在过不下去，大不了离了。你呀，还是个知识分子，怎么连这也想不开呢？"男人埋怨道。"只是孩子太可怜了，我死不足惜。""你跳下河，孩子就不可怜了？世上的没娘娃哪个不可怜呢？你一定要坚强，想开了，凡事都有解法。"

　　他们说了很多。他如宽厚的兄长，动之以情，晓之以理地开导她，直到她明白这是一种懦弱的行为，直到她为自己的想法无地自容，羞愧难当为止。两人说了一夜话，天微微亮了。她得知他是桥东一所中学的教师。他的家在距小城两百多里外的一个只有十几户人家的小山村。因为山路非常崎岖，那里至今不通班车。他说妻子不识字，是他上大学时家里给他订的亲事。他说自己并不同意，可还是顶不住家里的压力和她结婚了。他们有一个孩子，自小随他在学校读书，父子俩每次假期才回去。前年孩子上大学去了，他就很少回家了。家里她一个人种地，生活能过得去。他就安心教书，有月亮的晚上，他经常坐在危桥边纳凉，赏月，听哗哗的流水。

　　"她是个特别老实的人，说起来也很可怜，跟着我一辈子没有得到爱情。而她也害得我失去了追求爱情的机会。几十年来我心里常常恨她，恨了大半辈子，她却背着贤妻良母的好名声一直默默地受着。人生恩恩怨怨，一转眼老了，我也想开了，对她很同情，也知道自己肩上的责任。生活就这样，尤其在我的青年时代，那时候社会并没有现在这样进步、自由。当时我非常喜欢诗，晚上写了早上撕了，怕被人告发，接受劳教。"

天亮了，街上又喧闹起来。她想起自己主管的病人，他们还等着她去查房呢。她站起来，握了握他的手说："再见。"他说："无论有什么事，你可一定要坚强地生活下去。"他站在桥头，望着她单薄的身影渐渐离去，他的心被揪扯得疼痛起来。噢，苦难的女人，你可一定要好好活着。他默默地祈祷。

转眼几个月过去了，每当她惆怅地徘徊在危桥边，总有他暖心的话在耳边响起。经过痛苦的抉择，她同意了丈夫提出的离婚要求，孩子由她抚养。孩子才上小学，她一边工作一边操心孩子，很忙。他请她把接送孩子的事交给他，但她坚决摇头。虽然她因为信任而依恋他，两颗孤苦的心渐渐贴近了，生活因此而变得鲜活美丽起来。但诸多的原因，使他们只能将这份迟到的爱情埋藏在深处。

她每周来他的学校一次，也从不在此久留。眼下，天寒地冻的，她还得回去把孩子从外婆家接回来，孩子已经失去了父爱，再不能让他欠母爱了。

她推着车子上了危桥，小心翼翼，生怕钢筋刺破她的自行车轮胎。就在快走下桥的时候，她看到有一辆自行车躺在桥边，车子上还捎带着很多东西，车下有个女人趴在地上痛苦地呻吟着，她赶紧立住车子，蹲下问她哪里不舒服，女人说自己胸痛难忍。

她急忙把她扶上自己的车子，准备送她去医院。女人说她的车子没人管，不肯走。她说去医院要紧，车子随后再推。紧急中她带着这个陌生的女人向前跑。过了弯道，她拦住一辆出租车让把女人送到医院去。随后她又拦住一辆电动三轮车，让去桥头捎回女人的车子。"是您啊，一定给您送到医院。"电动三轮车夫认出了她，转身去了。前些日子他母亲住院，她是主管医生，算是熟人了。

女人是心脏病发作。她把女人送到医院，陪着女人做各种检查。问女人家住哪里，能不能联系上家属？女人说她的家在山里，家中就她一个人，别的亲戚也离得远，联系不上。那天晚上，为了照顾这个陌路的女人，她就给母亲打电话说班上忙，不能回去接孩子了，电话中她听见孩子哭了。

女人住了一天院，对于她的照顾，感激涕零。她拍拍她的肩膀轻轻地说："大姐，没关系，人活一辈子，谁还没个难处呢，你就好好治病吧。"她知道女人目前的病情一点儿都不能激动，不然会有致命的危险。

第二天女人说自己好了，要走。她劝说心脏病不能大意，得好好休息几天。她工作忙，实在顾不过来，就让母亲给女人送来了饭。女人含着泪说："你的心太好了。"她说："大姐，快吃吧，别想那么多。等你的病好了，我专门上你家去吃你做的饭。""我巴不得哩，就怕你这个好心人不肯去。""等春天，天气暖和了我一定去。"病床上的女人头发花白，满面皱纹，双手粗糙，过分的负重使她的脚掌结着厚厚的老茧。眼前的女人，真想不出她受过多少苦。唉，女人这一辈子啊，要是没有个疼惜她的男人，可就是最大的不幸。想起自己的婚姻，她对这个女人非常同情。女人也想和她拉拉话，可她工作太忙了，她们没说两句，就听见护士喊或病人叫了。

在她的极力劝说下，女人又住了一天。第三天中午，女人说什么也不住了，走之前，女人非要去认她这个好心人的家门，以后再来酬谢。她推辞不过，只好带她去了。刚进门，女人的病又犯了，好在有急救药及时服用，并无大碍。但心脏病频发，病情不稳定，这让她很为女人的身体担心。

"大姐，你先别急着走，就在我家好好休息一下吧。"她扶她躺在床上，安慰了几句就不敢多说什么了。其实，女人哪里能安心躺在别人家呢。女人知道这个好心的医生值夜班很累，却这样打扰她，给她添麻烦，心里实在过意不去啊。这可如何是好？女人一想就更焦急了。但有什么法子呢？看着她为她倒水端饭，忙前忙后，她心里真不是滋味儿。

她扶着她吃了饭，又给服了药，这才疲惫地倒在床上，沉沉地睡了。

直到太阳西下，一阵急促的电话铃把她叫醒了。她迷迷糊糊地接起电话，才听出是他的声音，只好说："不好意思，我睡着了。嗯，那好，你过来吧，我还真出不去呢。"今天是她的生日，本来事先说好早晨下了夜班就去他那里的，但他左等右等，一天过去了也不见她的影子，急得他只能给她打电话了。好在她同意他去家里。这算是她第一次邀请他，以前他送她回家，到楼下他就回去了，还从没进过她家的门呢。

本来他把蛋糕和菜肴都准备好了，可她不能来，他就向她家奔去。他在花店选了一簇鲜嫩的玫瑰，这是刚从温热的南方运来的，花叶上似乎还带着露珠，花香袅袅醉人。他身着一套新西装，理了发，油亮的皮鞋使他的脚步显得稳健而有力。

已经上灯了，他远远地看到她家橘黄色的窗纱透出淡淡的暖光，弥散在越来越暗的暮色中。周边的几家邻居可能出去聚餐或回家探望老人去了，只有她家的灯把道路照得温情而明亮。疾步中，他突然哼起那首经典老歌：深夜花园里四处静悄悄，只有风儿在轻轻唱……

他激动的心简直急不可待。那簇玫瑰，无论走路还是上楼，他都小心地用衣襟保护着它不被冻着碰着。他想这么鲜美的花，怎能抵挡北国的冷风呢？而为了护花，他的手几乎冻僵了。

他听出是她的脚步声，门开了，他把花捧到她眼前说："祝你生日快乐！""谢谢！"她微笑着，没有戴眼镜的双眼露出几份疲倦。

"献给最心爱的人。"他如浪漫的小伙儿，顺势将她拥在怀里。

她红着脸小声说："家里还有人呢。"回头，看到女人从里屋的床上起身，正在下床低头穿鞋。她急忙喊："大姐，你躺着休息，不要动。""是你家掌柜子回来了吗？真是太麻烦你们了。"女人歉意地说。"是个病人，她心脏不好。"她扭头对他说。

抬头，他看到那个女人正愕然地望着他，惊得他不由得叫了一声。

他感到自己的头发瞬间全白了。

他脸色煞白，双腿瘫软，身子摇晃着，斜下去，滑落在不远的沙发上。

"你怎么了？"她惊恐地问。

"我给你送东西来了，谁知一路上越走越远，觉得心里难受，后来就病倒在那个桥头了。我怕你忙，也没敢打搅你。多亏碰上李大夫这样的好人。你几个月不见个人影儿，我不知道你是病下了，还是咋了？急得我天天睡不着，就赶着来了。"女人絮絮叨叨地说。

那簇艳丽的玫瑰无声地散落在地上，有几个花瓣掉了，不知谁的脚踩碎了它，挤出一片血红的花汁。

（发表于《黄河文学》2011 年第 6 期）

一个女人的秋晨

秋晨的雾，如一位极度忧郁的老人。

太阳浸泡在雾气里，被淹得喘不上气来。

雾气拖在天地间，如细密的渔网，紧紧缠绕着村子。手触及的，脚触及的，脸触及的，呼吸到的，无不是阴冷的潮湿。潮湿，一点点儿浸湿衣服，浸透肌肤，浸入骨头，又一点点儿渗进了人的心里。

时过中秋，身着单衣已撑不住了。又是雾气弥漫的阴天，要是能在热烘烘的炕上美美睡一大觉，再吃一顿好饭，或者炒一盘豆子，边吃边和亲人闲谈，是最享受的事了！

女人醒来后才发现屋角漏雨了，有一缕泥水慢慢悠悠地从墙壁蠕动到炕角。炕角的被褥潮湿了。她不由紧锁眉头，把它们移到炕中间。心想，等忙回来，要赶紧上房顶收拾，要不然，大片漏雨，就麻烦了。她记得小时候房子常常漏雨，有时漏得如筛子一样，外面大下，屋里小下，要是秋雨多了，家里的席子、毡子都吊在屋顶上，晚上也是没处睡觉。有时睡到半夜，还会被雨水浇醒，只能顶着麻袋坐等天亮。那时候房顶上没有瓦，现在她家的房顶是有瓦的，可能是哪片瓦没有摆放好，才漏雨了。

女人给孩子喂足奶汁，把她抱在炕的中间，用被子围好。拉紧门，就背起背篼匆匆向雾气中走去。路上没有碰到一个女人，碰到了两个男人，他们也是上山去打草的。他们经过她身边时，咳嗽了一声，也算是和她打招呼了。要是别的女人，他们可能还会开个玩笑，说几句话什么的。但是村里所有的人都知道，她是一个有些不苟言笑的女人，很少有人拿她开玩笑。当然，在这样潮湿的天气里，他们出门给牲口打草也是多么不情愿的事啊。说不定，他们刚才为打草的事与女人吵嘴了呢。看他们嘴唇噘得高高的，都能拴住牛了。

她想，有个男人在家多好。要是男人在家，她一个女人家就不会这么早出门了。再说又来了那麻烦事，要多难受有多难受。天气潮湿，身体里也潮湿，禁不住浑身发抖。唉，她不由叹了口气。这些日子，不知为何，她总是由不得自己要叹气。有时还是一声接一声。当发现，她自己都愣了。她想不明白，有事没事的，怎么就叹气呢？胸腔里似乎被什么东西塞着，叹口气就会释放出来，感觉能轻松一点。

草上的露水一碰即落。镰刀收来的草湿漉漉的，放进背篼，水滴就顺着背篼往下滴答，很快，她的衣服和裤子就全湿了。秋田已收大半，地坎上的草不多了。地坎很滑，走在上面不时打着趔趄。她跑了几道地坎，膝盖沾满了泥巴，厚厚的，如石膏一样渐渐僵硬。她看见眼前有几株很长的蒿草，心中一喜，要是割了它们，背篼就满了，就可以早点儿回家看孩子了。也不知她醒来没有，要是醒来，一定又在哭。说不定尿了、拉了，她的小脚不停地乱蹬，糊得到处都是。想到这里，她心急起来，赶紧向前面的蒿草走去。

嗒的一声。

她滑倒在地。背篼从背上滚下地坎。盈满奶水的胸脯狠狠地磕在地上，她觉得如破裂一样疼痛。奶水忽然涌出来，胸前顿时湿了一大片。她哪里顾得这些，镰刀碰在石头上，两根手指切进镰刀里，血顺着镰刀流出来，细细的，如一条虫子在刀刃上蠕动。她忍着痛，慌忙从内衣的破袖口上撕下一缕布，缠在手指上。血很快从布条上渗出来。她急忙在地里寻了一些能止血的野草，放在嘴里咀嚼成泥，紧紧按在手指上。要是这样血还不停，她实在想不出更好的法子来。

好在过了一会儿，血止了。手指却疼痛难忍。真是十指连心，每动一下指头都觉得心被人揪着。她忍受着，把那些蒿子割了，压在背篼里。背篼撑得圆鼓鼓的，但还没有到理想的程度。她只好继续寻觅。女人知道，牲口没有好夜草不行。天晴了，要忙着耕田地。地耕不好，明年的庄稼就没有指望。女人想，这雾天正好给她和牲口放了假，看来一时晴不了。也好，停几天，等牲口缓好了，她的身子也歇清爽了，就能好好耕地了。

女人背着草往回走。雾气里的细水珠儿顺着她的头发梢往下滴，她不停地用湿漉漉的袖子擦拭着。鞋里全是水，每走一步，鞋里的泥水沙嗒沙嗒直响。身后的背篼里往下滴水，她全身湿透了。雾水似乎渗满了她的身体，实在无处可盛了，又从身体里溢出来，一股股往出流，真是很难受。她想快些回家，趴在热炕上，把身子暖和一下。

她正走得急，不料脚下又一滑，背篼和人一起滚下地坎。

"哧——"裤腿撕开了一道大口子。她低头一看，身体里流出的血早已浸染了裤子，正顺着腿慢慢往下流。受伤的手指触到地上，疼得她连忙举起来。好在这天气里没有几个人上山，要不然这个样子，叫她咋回去啊。

她慢慢从地上爬起来，把裤子卷到小腿上，撕破的裤子走起路来就不会忽闪忽闪地叫人难堪了。这一摔，浑身全是泥。她拉背篼，背篼很沉，死死地睡在地坎下，好像故意要要赖。她越往上拉，它越往下滑，她使出了全身的劲，好不容易才把它拉上地坎，她觉得这个过程太漫长了，越是心急就越觉得漫长。

女人的心里仿佛聚满了泪，真想哭一场。真的，美美哭一场，放开嗓子哭，把它们全哭出来。可是这不是叫别人听到了笑话她吗？唉，唉，唉，她只长长地，大大地，无奈地叹了几口气。

女人放下背篓，牲口已等不及了，直叫唤。羊儿叫，鸡也叫，狗也叫。经过一夜消化，谁的胃里都空了，都在等着女人回来给它们食物。她跑着，以最快的速度把它们一一喂了。这当儿，孩子在炕上不停地哭闹，她抽空进去哄几句，孩子还是哭个不停。她只能在院子里答应着哄她。可是，才三个月的孩子，怎能听得懂她的话啊。再说她也饿了，想吃妈妈的奶了。孩子哭，她就更急，恨不得飞着干。她来不及搅拌好羊料，就匆匆忙忙倒进槽里，由它们自己吃去吧。

女人终于跑进屋里。她用木棒死死顶上门，快速脱去那些粘贴在身上的湿衣裳，觉得它们缠在身上，叫她喘不过气来。裸露着身子，冷得她的上下牙间磕碰得咯咯作响。她从暖瓶中倒了热水，把毛巾浸泡在水里，急忙擦拭。她的胸脯胀得生痛，硬得像石头，手一碰，疼得眼泪都要流出来。孩子哭得更紧了，她来不及细细擦拭全身，扔下毛巾，跳上炕，抱起孩子。她那温暖的小嘴一下子扑上来，狠狠地吸吮着妈妈的乳汁。她这才长长地舒了一口气，悬着的心慢慢落在胸膛里，不是那么沉重了。

多么温暖的炕，身子贴在上面，热气从她的身下慢慢蒸上来，散发到全身，真舒服啊。她把湿尿布移开，把孩子紧紧搂进怀里，这样，她的心不再那么紧缩，也不那么潮湿了。孩子吃过一阵奶，女人觉得自己身体里那些胀满的东西，那些渗入的雾水，也一点点慢慢发散出来，舒服了许多。

孩子均匀地呼吸着，女人端详着她的小脸，觉得如梦一般。她的父亲还没有见过她，要是他打工回来，看到这个小东西是不是要大笑了。

女人想着，想着，眼前有些恍惚。她就这样躺着，搂着孩子昏昏沉沉睡着了。

很快，她就进入梦乡，梦见男人回来了，他在院子里叫她。她推开门，看见他手里拿着一双新雨鞋，还有一件新雨衣。他正对着她笑呢。

突然，院子里的狗狂叫起来，女人的梦被打破了。她惊慌地从炕上跳起来，急忙穿衣服。这时，来人已经径直走到了门口，推着门咣咣响。"等，等，等会儿。"女人想，是谁呢？怎么也不喊一声就直冲屋子来了。

屋外的人见推不开门，说："大白天的，把个门顶得严严实实，真像是过阴天哩，睡着不想起来了。"

"哥，你等一下。"女人听出是娘家哥哥的声音，很高兴。

"哥，咱家里都好吗？妈的腿病再犯过吗？"女人开门，接过哥哥肩头的行李问。

"还算平顺哩。两个老人想你想得不行，叫我来看你哩。天晴了，忙里忙外顾不上，今儿老天放了假，一大早，我想睡个懒觉，妈就催我起身了。你看我来了，你还睡懒觉呢。嘿嘿。"哥哥坐下笑着说。

女人赶紧给哥哥泡了一杯热茶，双手捧到他面前，坐在哥哥对面，笑着说："哪里还有睡懒觉的福气，我已经出门寻过一回草哩。这天气，把我冻得难受，回来在炕上暖着，就睡着了。"

"我还以为你睡着没有起来呢。嘿嘿。我想你也没有这么心闲。"哥哥说。

"不起来，长嘴的个个叫嚷得不行，哪个都要吃哩。"

"是哩，只要养着，哪个都要操心。"

兄妹俩拉着家常，时间过得真快。

哥哥说他还有事，坐一会儿就要走。女人硬挽留，叫他吃顿饭再走。孩子醒来了，女人给孩子吸饱了奶，让哥哥抱着，就跑去做饭了。

秋雨来得没有预兆，打麦场上仅有的一些柴火，一夜间几乎被雨灌透了，能燃烧的就那么一点儿。

女人把柜子里的三个鸡蛋摸出来，小心翼翼地打进碗里，她要给哥哥做一顿好饭。哥哥一年四季来不了几回，她要把最好吃的拿出来。她本想杀了那只老母鸡，可哥哥说什么也不让，他知道妹子家就这只下蛋的鸡，还要存着给娃娃吃鸡蛋呢。

菜炒好，水烧开，剩下的干柴不多了，女人想用这最后一把柴火把鸡蛋面做好。面下到锅里，柴火快燃烧光了，却迟迟不见开锅。女人急了，跑出屋子，她寻遍院里的角角落落，双手在地上趸摸着，把那些风吹来的、避在角落里的干草叶收拢到手中，跑回屋子，撒在火焰上，锅里发出嗞嗞的响声，她希望一下把锅烧开，但很快，响声就弱下去了。眼看着火苗又黯淡下来，女人都快急死了。她又跑出屋子，又在各处的角落里趸摸柴草，这回收到的更少。她急忙跑进屋子，把柴草撒在火苗上，锅里又发出一阵嗞嗞的响声，快开啊，快开啊，女人心里祈祷着。不能叫我的娘家哥哥吃半生不熟的饭呀。可是，就那点可怜的嗞嗞声，随着火焰的再度黯淡而消失了。

糟了，这回面泡在锅里了。哥哥好不容易来一回，还给他端出了夹生泡饭。唉。女人的心都快急疯了。

她再次跑出屋子，院子的角角落落里已经寻不到能烧的柴草了。

她只好抓了一把有些发潮的柴草填进灶火，微弱的火苗见到发潮的柴草全然息了，只有雾样的白烟从里面涌出来。女人无奈地趴在灶火门口用嘴吹，浓烟一股股冲出来，呛得女人直咳嗽。顾不了这么多了，火焰再不起来，饭就真泡得吃不成了，要是平日她一个人，也就吃了，但今天哥哥来了，哥哥是她最亲的亲人，他好不容易来一回，咋能叫哥哥吃这种饭啊。女人心里反反复复念叨着，越想越急，只能奋力吹着火。一股浓烟突然裹着火苗猛扑出来，女人一躲，仰卧在地上，受伤的手指触地，钻心的痛，包手指的旧布条再次被鲜血浸透了。其实躲闪迟了，女人的眉毛和发梢被火燎了，用袖子一擦，袖口上粘着烧煳的毛发。这回叫我咋见人哩？女人摸着脸颊。叫我咋能见人！叫哥哥看了多难为情啊。

锅里的饭又一阵咝咝响，火焰过后，响声还是小了。她急得都要哭了。

女人是从地上往起翻身，突然看到屋脊上放的那束扎笤帚的茵茵。那是夏天她从地坎上一根一根寻着拔来，准备扎笤帚用的，这些年天旱，它们很难寻觅。女人专门花了两天时间，才寻到能够扎一把笤帚的草茵茵。看到它，女人如得到了救星一般跳起来，她跳上炕头，从屋脊上抽出笤帚茵，跳下地，把它塞进灶膛里。火苗呼一下旺起来了，灶膛如一个得到意外之财的人，发出烘烘燃烧的欢笑声。她的心里一阵喜一阵痛，有股说不出的滋味。很快，锅里的饭终于开了大花。女人长长吐了一口气，她的眉头慢慢舒展开来，脸上浮出了笑容。她把锅里的鸡蛋都盛到哥哥的大碗里端上去。

哥哥正在逗孩子笑。她从哥哥手中接过孩子，孩子把哥哥的裤子尿湿了。

看着哥哥吃得香，女人很满意。她边给孩子喂奶，边和哥哥吃饭、拉家常。

哥哥吃完了，抹了一把嘴，望着妹子，笑着说："你看你，都给娃娃当妈的人了，做一顿饭，还和小时候一样，叫锅黑把脸抹得五麻六道哩。"女人这才想起被烟火扑了的脸，耳根一热，脸发烧，心里涌上一片潮汐，泪珠差些落下来……她假装去盛饭，跑到灶房里把泪抹掉了。

"快些吃，吃罢了，你接瓦，我给你把房顶收拾一下，要是连着下几天，房漏得厉害了，你们娘俩连睡的地方都没有了。"女人洗了脸返回去时，哥哥正盯着看她家漏雨的屋顶。

"我准备睡起来再上去看哩，正好你来了。我就不用愁了。"女人笑着说。

哥哥帮她收拾好屋顶，就匆忙起身回家了。家里还有一大堆活儿等着他呢。女人只好目送哥哥走入深深的雾气里。

哥哥的身影消失了很久，她还站在那里，呆着。她自己也说不清在等什么，不知谁家的狗叫了一声，女人抬头望了望天空，雾气似乎正慢慢收拢，天空有些亮堂了。她想，中午太阳可能会出来吧。

（发表于《雨花》2011 年第 10 期）

苦水坛

　　这是一个只有二十多户人家的小村子，名叫四岔子。当地人俗称的岔，其实就是大山之间的峡谷。四岔子村中相对平缓的地方住着七八户人家，其余的则东一家、西一家，这个岔子住两三家，那个岔子住四五家，有的墙连墙，有的单门独户，相距百米或千米。家家簸箕大的一两间土坯房已经住了几辈人。远远望去，那些零零散散分布在山顶、山腰和谷底的土房子，像一块块灰溜溜的大泥巴。从各家门口伸出的一条一条又陡又窄的羊肠小道，曲曲折折通向村子中心。

　　四岔子的山个个像和尚头，难得长几缕小草。山坡上的田地似乎常年荒着。村里最亮的风景得数富强家门口生长的两棵椿树，那是前些年富强外出打工带回来的树苗。这个时代久远的村子，连棵鸟儿歇脚的大树也没有，所以村子显得格外寂寞。偶尔有外人经过，总会驻足感叹，这里的人是如何生活的呢？

　　那么，他们到底是如何生活的呢？家家墙上挂着一本红色封皮的救济粮小本，里面记得密密麻麻，还有岔子里那一眼苦水坛在告诉人们，此地的人是如何汲取着生命之水生存的。

　　岔里有一眼四周结着白碱的苦水坛。乡亲们所说的坛，其实就是泉。从泉里溢出一股细细的苦水，汇在旁边的水坑中，又顺着沟道慢慢悠悠地流到村口就消失了。泉水含碱量极大，水流过的地方结着一道厚厚的白印，就像常年不融的积雪。泉水异常苦涩，外地人来到这里，就是渴得嗓子冒烟，也难咽下一口这里的水。祖辈生活在四岔子的人早已习惯了，并不觉得泉水有多么苦。

因这里的水太苦，外乡的亲戚自然很少来。那些万不得已来的人总不忘背上甜水。外村女子听说四岔子生活艰苦自然不会嫁进来，而此地的女子为了喝上甜水都想方设法嫁到外面去了。就这样，那些死守着家的男人无论如何也娶不上媳妇。有人估算了一下，村里上到一辈子没有成家的老人，下到半辈子没成家的中年人，再到已过而立之年仍然寻不上媳妇的年轻人，加起来老少八条光棍。当然，除了弱智的老懒和三个六十岁以上的老光棍，其他的仍坚持不懈地到处打听着找媳妇。近两年，有些村民去外面打工，他们不但娶妻生子，还在外面安了家。

四岔子光棍多不说，还有三个傻子。有时清醒有时糊涂的，有呆头呆脑自己不知道吃饭的，还有疯疯癫癫到处乱撞的。富强的姐姐富花当姑娘时还好，出嫁后病就重了，不到半年，婆家就将她送回了娘家。又过了几个月，富花就在娘家生下了一个女孩。富花妈把孩子抱到富花的婆婆家去，人家怕孩子傻，说什么也不要。"这可是你家的骨肉。"她把孩子放在富花婆家的炕上说。"你要是不抱走，我就把她扔到山上喂狼！"富花婆婆瞪着眼睛说。就这样，富花妈只好把孩子抱回来细心抚养。

转眼，该给富强找对象了。他的父母从这个村打听到那个村，别人一听"四岔子"几个字，就害怕得连连摇头，况且他还有个傻姐姐。富强见找对象无望，一气之下出门打工去了。

富强一去就是六年，回来时一手牵着个身上穿花裙子、脚穿高跟鞋的时髦女子，一手提着一桶纯净水，背上还背着一个可爱的小男孩。那女子一手牵着富强，一手小心地提着两棵树苗。这道耀眼的风景，让村里那些光棍汉简直馋红了眼。他们无不后悔自己年轻时太死脑筋，如果当初像这后生一样出去闯荡，也不会打一辈子光棍了。

富强回来要接父母与他们一起去外面生活。富强媳妇在城里理发，富强租了面街的房卖菜，两个人都特别忙，没有人照顾孩子。如果父母跟他们去的话，拔了这里的穷根不说，还能帮他们小两口的大忙。听了儿子的话，父母沉默了良久说："咱们都走了，你姐姐娘儿俩咋办？""一起去嘛。"儿媳妇说。"唉，她犯病了乱叫乱跑的，不成哩。""看着不要紧，还会做饭，她去了只管给咱们做饭，我天天忙得连饭也顾不上做。""她的病说不定啥时就犯了。"

就在富强回家的第二天早上，富花犯病了，坐在地上哭，富强媳妇看见了，抱着孩子凑过去劝她，她猛然扑过来，一把掐住孩子的脖子，吓得富强媳妇大喊起来。富强和父母听到喊声立即过来解救，孩子的脖子上已经留下了深深的指印，富花却大笑着出去了。

"宝宝不害怕，宝宝不害怕了。"富强抱过孩子哄着，富强媳妇心疼得直流眼泪。

"你看看，她这个样子，咋能和你们一起去呢？她的病一犯，把自个的娃娃都掐得口吐白沫。"富强妈抹着泪说。

"千万别去了，千万别去了。"儿媳吓得战战兢兢地说。

几个人正哄着孩子，只见小乐大喊着疯了似的扑向了外婆。外婆一把将她搂在怀里，紧追在小乐身后的富花停住了。"你敢来！我打折你的腿。"富强妈提起手边的棒子。富花望了一阵，转身蹲在角落里边哭边啃地上的木棒。"小乐，快给你妈拿药。"外孙女拿来了药，富强妈过去哄着女儿富花吃了。过了十几分钟，富花的身子一斜，睡倒在地上。富强妈和外孙女将她连抱带拉弄到炕上。她睡了一整天才醒，醒来又好人似的要抱富强的孩子，要亲自己的女儿，可谁敢靠近她呢。富强媳妇紧紧地护着孩子不敢出门，女儿小乐看见妈妈醒了，也躲得远远的。富花见没人理她，就皱着眉头对富强说："小乐不听我的话，你快把她送了人，给咱们换些苹果。"富强无奈地笑笑，就同父母商量将可怜的小乐带到城里去上学。父母想了一阵说："别看你姐犯病了就把小乐往死弄，过后还是心疼得很。小乐一走，她心里着急，病怕就更重了。"富强知道父母离不开姐姐，姐姐也离不开她的女儿小乐。

富强媳妇吓得一刻也不想在老家住了，便抱着孩子，胆战心惊地跟着富强，好不容易熬到第三天天亮，他们就走了。

这一走又是几年，他们带回来的小树苗渐渐长大了，父母更加苍老了，姐姐的病更重了，小乐去十里外的地方上学了。富强的父母除了时时要看管越来越傻的女儿，就天天念叨儿子富强一家。他们在这里苦水喝习惯了，簸箕大的土房子住习惯了，根本想不出外面的世界是什么样子，但他们打心眼里担心儿子的生计，担心孙子无人照顾，担心儿媳忙得吃不上饭。

有乡亲问富强的父母："听说富强在城里干大发了，你们咋不跟他去享福？""唉，丢不下的，缠着腿的，扯心得走不起身哩。""以我看，把富花放开让转去，你们守着她一辈子能顶个啥？老懒这些年到处乱转，还顿顿吃好的呢。听供电局的小马说，上个月他们刚在馆子里要了烧鸡和羊羔肉，老懒进来，不管三七二十一伸手就抓，害得他们吃不成，老懒可吃美了。""我们咋忍心叫自家的女子乱转去呢。这辈子，活一天就得操心她一天。"

这几年天旱，四岔子越来越衰落，苦水坛的水量越来越少，味道也变得越来越苦了。以前，四岔子人的牙到成年才会渐渐变黄，如今没几岁的娃娃牙齿就变色了，从淡黄到深黄，从深黄到青灰，最后就变成一嘴乌黑的牙了。国家发放的救济豌豆，孩子们爱炒着吃，可一吃炒豆子，豆子没咬烂，牙上却掉下碎片来。面对十年九旱的土地，那点救济粮根本无法维持乡亲们的生活，年轻人相继出去打工了。

为了给上学的小乐存一点细粮，外公外婆天天吃煮豌豆。富花既不能吃煮的，也不能吃炒的，煮的她总爱往鼻孔里塞，炒的她大把塞进嘴里，转眼就蹭得满口出血。为此，父母扛着木棒，将豌豆在石磨上推成面，给富花烧面糊喝。富花喝了面糊容易饿，她就趁父母不注意，随地捡杂物吃，野草、牛粪、破鞋等无不是她的美餐。有一次她不知从哪儿拾了半截皮绳嚼在口中，皮绳的一头下肚了，一头还拖在地上，呛得她号叫着打滚。"这个可怜的人哟。"父亲一把从女儿口中揪出皮绳，只见她口吐白沫，不省人事。母亲以为女儿的罪孽从此满了，没想到她缓了一阵又醒了。

盼不见儿子富强一家回来，父母就把那两棵椿树苗当成儿子一样疼爱。树苗刚种在大门口时，可能不适应四岔子的苦水，嫩绿的树叶蔫了。父亲急了，特意从二十多里路外担来甜水给它浇灌。过了些日子，树叶渐渐变绿了。又过了几个月，它的根扎稳了。再后来，它慢慢习惯了这里的苦水，一天天长高了。

有一天，一批国家考察队经过四岔子，他们在苦水坛取了水准备做饭。水开了，炊事员小李尝了一口，当即苦得哇一声吐了出来。"啊、啊，苦死了。"他一嚷，队友都跑来尝，然后都摇头叫苦。他们把烧开的水倒掉，对小李说："你快到老乡家要些好水来做饭呀。"小李提着水桶去了富强家，富强妈指着不远处说："苦水坛在那里呢，你到那里提水去。""那里是苦水，吃不成。"富强爸说："我们人老五辈就吃的那苦水。"小李不相信，非要看他家的水缸。富强妈就带他去了。小李一尝缸中的水，苦得倒退了几步，皱着眉头问："这水也能吃？"富强爸露出两排乌黑的牙笑着说："能吃，不能吃再没水吃。"

小李提着空桶回到宿营地，队友们正用仪器对苦水坛的水质进行取样分析，得出的结论是氟、亚硝酸盐等等有害物质严重超标，根本不适合人畜饮用。他们走时还说将来要给这里打机井，不知什么原因，好几年过去了，这个给四岔子村带来美梦的好消息一直没有着落。考察队走后，乡亲们天天盼着，等着。时间久了，他们才渐渐淡忘了这件事。

冬日的四岔子干冷干冷的。也许人们住得太分散，也许没有大树可挡风，总之，冷风卷着呛人的沙土从各个嶝岘向四岔子灌进来，没几天就把苦水坛冻得严严实实了。每天早上，人们都得趴在泉口，用镢头砸很长时间才能砸开取水的窟窿。溢在泉外的苦水冻成了乳房一样圆溜溜明晃晃的大疙瘩。

进入三九天，天气变得更加寒冷，苦水坛被一层层冰围成了火山状的冰山。人们吊水时一步步挪过垫着浮土的冰滩，又慢慢地爬上冰山，然后小心翼翼地挪到泉口，再砸开冰封的泉口……那光滑而坚硬的冰，让乡亲们吃尽了苦头，栽多了跟头。有时他们好不容易砸开泉口，担着水走上冰山，脚下猛然一滑，身体失去平稳，只听得水桶咣哩咣当一阵响，人和桶就跌落到泉口，或翻滚到泉外的冰滩上了，摔得他们乱叫好半天才挣扎起来，揉着生疼的胳膊，拍拍蹭破的膝盖，拾起扁担，捡起摔得漏底的桶子，一拐一瘸重新去担水，因为家中妻女等水做饭，圈里的牛羊正等着喝水。

有一天半夜，富花的病又犯了，她乱跑乱撞，还将家里的水缸掀倒，水哗一声，接着缸砰地摔成了两半。父母好不容易哄女儿吃了药，把她扶上炕。直到她睡安稳了，老两口才扫了满地的水，唉声叹气地睡在女儿身边闲谈起来。

凌晨，鸡叫了。

富强妈说："咱富强这会子是不是赶着去批发市场挂菜去了？""早就去了。你不记得他说天天两三点就要赶到地方，要不然挂不到好菜。"老伴说。

"唉，富强在外面受苦了。"

"咱们守着富花，给儿子帮不上一点儿忙么。"

"你说富强媳妇心里是不是结着疙瘩呢？她又理发，又要拉扯娃娃，咱们当爷爷奶奶的，自家的亲孙子没管过一天。想起来，人心上就不好过。"

"谁叫咱们命苦，生了富花这个可怜女子。没办法，没一点办法呀。"

第二天早上，凛冽的西北风呼呼刮着。富强爸弓着腰，手缩在袖筒里，担着桶子最先来到苦水坛口。他拾起镢头使劲砸着冰面，直听咔嚓一声，冰裂开了。眼前的情景吓得他顿时大叫起来，他边叫边跑，就在跑上冰山时，脚下一滑，双膝着地，随之整个身子翻滚下冰山，展脱脱地趴在地上。他鼻流鲜血，两眼发黑，过了好一阵才明白过来。

这时，有个戴着大棉帽、肩上的桶子被风吹得摇摇晃晃的人向苦水坛走来，富强爸就挣扎着抬起头，扯着嗓子大喊："快、快，快来看呀，坛里倒栽着一个人！"那人听到喊声，停下脚步问："咋了？""快、快……"突然刮过一阵强风，对方急忙背过身去。风过了，他又问："咋了？""坛里倒栽着一个人！""谁？""不知道。""你快把他扯上来！""冻硬了。"那人听他这样说，急忙扔下扁担，跑上一处高坡喊起来："苦水坛里倒栽着一个人，快来人，快来哟。"

很快，住在四个岔里的人都跑来了。先到的乡亲见富强爸仍躺在冰上，就笑着说："这不是在冰上吗？咋说倒栽在坛里呢？"富强爸呻吟说着："不是我，你们快捞坛里的。""坛里还真栽着人？""真栽着哩。"乡亲们有的上前扶富强爸，有的凑近苦水坛吓得惊叫起来："天哪，好像是老懒！他啥时候跑到这里了？这下可解脱了。"

几个乡亲把富强爸扶起来，可他根本就站不住。有人向他腿上摸了一下，愣着神说："腿断了。"那人站起来向正在打捞老懒的邹江湖说：

"哎，腿断了，你快来，显一手。"邹江湖手一扬说："等我把这个装死的弄活了再说。"邹江湖原名邹清水，小时候上过一年学，后来他自学给牲口治病。因为四岔子山高路远，严重缺乏医生，所以乡亲们患了病，也经常找他，为此，他就得了邹江湖的绰号。

苦水坛冻得实在太结实了。乡亲们寻来钢钻，好不容易才将泉口边的冰凿掉，然后在老懒的脚上拴了绳，大家一起用力才把他打捞上来。直到这时，他的手里还紧紧攥着一只水桶。也许老懒晚上渴得睡不着，跑来提水时滑进了苦水坛。

邹江湖对冰滩上的老懒说："人都说我本事大，可我对你没法子呀。"说完他转身走向呻吟不止的富强爸。邹江湖顺着富强爸的腿上下摸了两遍，然后对扶着富强爸的几个人说："把他的身子扶直，扶好。"他则蹲在地上，一手抬住富强爸那只受伤的腿，一手拿住脚，随着富强爸一声惨叫，他的腿发出了轻微的响声。"茬口接上了，抬回去用马鬃把腿子缠上，过半年再走路。"邹江湖说。富强爸疼得脸色煞白，好半天才说："真个断了？""真个断了。"

于是，乡亲们丢下老懒，将富强爸抬回了家。

接着，村长把村民分成三组，一组负责撬河滩的冰块，暂且供村民饮用，然后再清理苦水坛。一组负责请阴阳、买棺材、办理老懒的后事。一组上山给无儿无女的老懒打坟坑。

富强爸一受伤，富强妈就顾不得管村里的事了。她从冰滩上背来几大块冰放在干净的地方，然后尽心侍候老伴，时刻紧盯着女儿。

过了两天，负责清理苦水坛的村民，将坛里的冰和水全部清理出来，运到远处倒掉了。人们担着桶子来到坛边，围着苦水坛转来转去，最后还是担着冰块走了。又过了两天，有个村民叫苦连天地说："要担水饮羊羔呢，它们舔冰把舌头磨得流血呀。"再后来，滩上撬起的冰块子担没了，人们只好咬着牙说："担，老懒渴死了，咱们可不能再渴死。"

这年春节，富强开着一辆小型货车回来了，车上吃的穿的用的拉得满满的。车到四岔子村口就开不进去了，他只好把车停下，在乡亲们的帮助下用架子车一次次将东西拉回家。

躺在炕上的父亲握着儿子的手流泪了，皱纹堆满额头的母亲握着儿子的手流泪了，从富强手中接过一个大苹果的富花，眼神迷茫地望着富强，好像已经不认识这个弟弟了。小乐高兴地跑前跑后，整理着舅舅拉回来的东西。

"你这几年忙啥？咋一直不见回来呢？"富强妈拭着泪问儿子。

"我在街上人多处开了个菜店，忙得没天没夜的。前几天刚买了大房子，过完年咱们都走。"富强含着泪说。

"咋你一个人回来了？你媳妇和娃娃都好着吗？"

"他们都好着呢。我媳妇开了个大理发馆，你们的孙子也上学了。"

"你咋不叫他们回来过年？"

"只要一提回四岔子，我媳妇的头发就竖起来了。她害怕我姐，说啥也不敢回来了。"

过完春节，富强又动员全家一起去城里。父亲看着正在大门口的椿树下摘冰凌的富花，叹着气说："我们四个人都去太拖累你了，你先把小乐带去，叫她在城里好好念书，她的脑子机灵着呢。"就在这时，富花摘了两个冰凌边啃边叫："小乐，快来吃冰糖，甜得很。"

富强带着小乐经过苦水坛时，小乐突然停下脚步说："舅舅，我不想去城里上学了。""咋了？""我走了，我妈一着急，说不准也跑到这里来了。"富强搂住小乐的肩膀，一股冰凉滑下脸颊，渗入嘴角，苦苦的。

（发表于《文学港》2014 年第 3 期）

订　婚

　　给巧灵寻下张贵家这样的婆家，巧灵的父母高兴的同时，还隐隐有些担忧，总觉得有些高攀人家了。论理，他们挑挑拣拣这些年，不就是要给女儿访一个家景好的人家，叫她以后的日子过得宽裕些，少受一些罪，少受几分苦嘛。可真遇上了，人家托媒人上门提亲来时，他们心里不免七上八下。也许这出乎他们的意料，或者说他们对这门亲事还没有足够的心理准备。他们开始把事往长远想，像他们这样寒微的家里长大的娃娃，以后到大户人家，怕是要受委屈呢。当然这只是当父母的担心，他们没有对女儿巧灵说过。可在心里盘算过来，他们的娃娃缺啥？啥也不缺，说句私心话，要长相，虽不能说俊得赛过牡丹花，但配十个张贵家的儿子都不在话下。论针线，绣在花枕头上的小鸟儿，似乎一拍翅膀就会飞走了。论茶饭，五六尺的长面细丝儿一盘，样样能成。论人品，更是没说的，稳重，懂事，心地善良。话说回来，谁家要是娶了巧灵，那是他家的福气。这样的好娃娃，落到谁家给他们当儿媳那是谁家祖宗积下阴德了。娃娃是自家的乖。这话一点儿不假。在父母眼里，同村一般大的娃娃中，还没有几个能抵住他们的巧灵呢。无论是长相还是做事，巧灵都是最好的，最出色的。所以巧灵能被张贵家看中，也算是他们有眼光。好马配好鞍，好姑娘就得配好人家。将来巧灵能少受一分苦，也是她的福分，是上天的造化。翻来覆去一想，巧灵父母的心又放宽了。

　　张贵家有两辆跑运输的大车，这些年天南地北跑，跑红了。日子过得油汤油水，滴水不漏。家里两个儿子，一人手握一把方向盘，家里吃的用的，真是用大车往进来拉呢。和平常人家能比成吗？根本就比不成。大儿子早已成家，给巧灵说对象的这个是二儿子，也是家中最小的一个，这几年经常在外面跑运输，平常难得回家。也是二十四五的小伙子了，张贵寻思着给他订个亲，找个能指得住事的媳妇，将来儿子在外面忙碌，家里也不用操心。村里像他这般大的小伙子，哪一个不是身后跟着两个娃娃叫爸爸了。再不给定亲可就耽误儿子的事呢。当然他们不会愁彩礼供不起，更不会愁没人给他儿子给媳妇。这些年儿子太忙碌不说，主要是上门来给儿子提亲的人家的女娃娃他们看不上，不合心意。多少人提过了，没有定下来一个。儿子越来越大了，张贵担心好女娃娃都叫别人娶了，轮到他们真没有好的呢。打听来打听去，现在打听到距离庄子四十多里地的巧灵家，这家的女娃娃还算称心，他们就有意了。

　　巧灵对这桩亲事也是极同意的。不要论别的，光会开那么大的车，巧灵就认定，张贵的小儿子是有大本事的人，是很了不起的。能把那么大的家伙握在手里，像她和的面团一样指挥若定，这可不是一般人能做到的。还有，方圆几十里，谁家有车呢？人家不但有，还有两辆，家境好自是不必说，况且张贵以前给国家干过事，现在还有退休工资，老了根本不用儿女们操心。当然这不是巧灵首先想到的，而是上门提亲的媒人讲的。当媒人的嘴，哪个不是能说会道，他还说，哪个女娃娃能被张贵家看中，真是一件荣幸的事，能走进张贵家的门，那就掉进福坑里了，淹在蜜坛坛里了。

　　巧灵只见了一回张贵的小儿子。那是她和村里的几个姐妹夏天徒步去几十里路外的乡上赶集，下午返回时，背上背的东西很多，除了家里必需的盐碱什物，每人还背着一个大西瓜，这水物，吃起来没有几口，可是背在背上就越来越重。说来也巧，就在她们觉得很累的时候，正好有一辆车从她们身边经过，因为路窄，车在她们身后停下了，村上一个大胆的女人问车走哪里，能不能捎带她们几个一截路。司机把手一挥，打开车门，示意她们上车了。这回不但肩膀上的重物车拉着，车主还扔给她们一把水果刀，让她们把车上一个大西瓜切开解渴。那个大胆的女人还和他拉着话。车就是快呀，七八里路，转瞬就过去。在一个分岔路口，她们不得不下车步行了。下车后，那个大胆的女人说，这就是乡里富有出名的张贵的小儿子。

"看人家见过大世面的人多开舍，啧啧，啧啧！"她们一路上由衷地赞叹。那时，巧灵没敢过多看他，再说哪里好意思看人家呢？只记得她偷偷地瞅过他一眼，他脖子上挂着一个很好看的玉坠儿，翠绿翠绿的，脸略有些黑，但很清秀，可能是专心开车的原因，他话不多。但他给她的记忆是很美好的，是洒脱的，大方的。谁料时隔几个月，他的父亲张贵就托媒人上她家提亲来了。难道是那次他认下她了吗？巧灵当时听说，心里咯噔一跳。不，不是，他对她并无印象，寻访到她，完全是媒人打听的结果，这让她多少有些失望。不过，她立刻就为他着想了，他开车，有多少人从他的眼下过呢，要是他把他们都能记得下还不累呀，还不把他的脑子涨满呀。巧灵自从有这样的好事，就已经为他着想了。她一下子有了时时牵挂的人，担心的人，梦里也想的人。

张贵把订婚的日子选在十一月，说天冷了，运输就会减少，好叫儿子回来。巧灵父母同意了。日子定下来，巧灵的母亲就特意到女儿的几个舅舅家、姨姨家、姑姑家说了个遍。她希望到时候他们都能来，给她撑门面、长精神，也为她出出主意。巧灵是家里唯一的女孩儿，又许下一个有钱人家，她心里真没有底。还有最主要的彩礼，要多少合适？这些她都没有主见。按常理，方圆几十里女孩子的彩礼少则一万，多则两三万不等，嫁到外地的，还有更多呢。她怕向张家要的彩礼多了，人家会笑话他们穷，拿自个的女娃卖钱呢，要的少了，又惹人说闲话。别人说倒是小事，要是以后有个三长两短，张家人会不会拿她的女孩儿看不起人，说她的女孩儿不值钱，便宜没好货，白送给他们了。这是有过的事，村上有个女子嫁到婆家，当时婆婆家太穷，女方家也就要的彩礼少，后来闹别扭了，就把女子给娘家送回来了，当然还说了那些不中听的话，娘家人觉得很丢人。后来那女子又嫁给外地人，彩礼要了八万，这回她倒是很受男方家器重。所以村里人常说，许女娃还是要多要彩礼呢，人家不心疼咱的女娃了，还心疼人家的钱呢。人们由此受到启示，女孩的彩礼还是不能要的太少，要的少了就等于自我降价嘛。

　　巧灵的彩礼要多少，真是难倒了当父母的。在他们眼里，自己的女儿是无价之宝，要彩礼只是必要的讲究，差不多就行了。但这差不多又要多少呢，这真的难人。

　　巧灵妈在亲戚家，这个出这么个主意，那个出那么个主意，这个说的有理，那个说的也有理。本来是讨主意来的，亲戚们你一句他一句反倒使她更没有主意了，她只好把订婚的事说给亲戚们，邀请他们到时一定要来，亲戚们为巧灵能寻觅到这样的好人家也很高兴，都满口答应下了。巧灵妈在亲戚家转了一圈回家了，其实主意还得他们自己拿。

　　就在订婚的前三天，媒人来说张贵的小儿子还在新疆跑车，回不来，张贵说把日子推到腊月初八了。日子推迟，巧灵家只好把准备好的东西又收起来。巧灵就骑着自行车，挨着去亲戚家通知改日子的事情。亲戚家东山岔子一户，西山沟儿一家，她就骑着车子东山沟里出来，又上西山梁了。其实，山路步行更省劲，可要是步行的话，几家亲戚就得两三天的时间才能转到。巧灵怕误事，还是推上了自行车。眼下推着一个"大铁驴"，上山慢慢腾腾，吃力费劲，下山牵不住猛跑，似乎要飞起来了，她只能死死抓着车把。大冬天，她的头发被汗水浸泡成团团儿，贴在额头上头皮上，但她一时都不能停。天麻麻亮出门，天麻麻黑时，总算是把几家亲戚都通知到了。那些准备到巧灵家做客的亲戚们，只好把心收起来。巧灵觉得很歉意，可是她能想到，她的对象出门在外，是由事不由人的，这么冷的天，他也不能回家，是多么不容易，多么累呀。亲戚们也都很理解。她为对象担心，牵挂他，似乎比他的亲人更想他，更担心他。

腊月，父母把给女儿订婚过事的东西都准备齐了。巧灵这些日子也是忙忙碌碌，她把屋里墙壁上发黄的报纸和纸画全部撕掉，花了几天几夜的时间，把新买的墙纸细心地糊上，又剪了一些漂亮的窗花，把窗子和屋子精心打扮了一番。多年的老屋变得新鲜美丽、亮堂宽敞，如一个满脸灰尘的村妇，经过精心化妆，光彩照人了。村里人看见了，故意笑着问，她家是不是要提前过年呢，巧灵听了，羞红了脸。

腊月初三媒人又来说，巧灵的对象还是回不来，可能到过年也回不来，今年货运多得很。但张贵知道巧灵家把该准备的都准备下了，问他们能不能在巧灵对象空缺的情况下先把婚订了，要是巧灵家同意，就再不推日子，要是不同意，就只能等到他们的儿子啥时候回来啥时订了。巧灵的父母虽然有些失望，他们还从来没有见过他呢。巧灵也是偶然看过他一眼，那又有什么法子呢，空着就空着吧，反正张贵来代表儿子行个规程就行。事情定下来，人心里总踏实些，订婚不回来，结婚总是会回来的嘛，事情不定，夜长梦多，说不准半路又会怎样变卦呢，斟酌半天，他们就同意了。

腊月初六，巧灵就拉驴套上木架子车去接外婆和舅舅了。外婆家距她家二十多里路，其实就是隔着一座大山，上山十多里路，下山十多里路，山路很窄，只有架子车能过的道儿。天真的冷啊，滴水成冰。七十多岁的外婆坐在架子车上，虽然用被子围了全身，身上还穿着皮袄，一边有舅舅给拦挡风，一边是姨姨给拦挡风，但外婆还是冻得清鼻涕都吸不住。尤其在上山时，路上坑坑洼洼，这儿一块石头，那儿一个大草笆，极不平，坐在车上摆来摇去，好不难受。车子行动很慢。冬日干燥苍茫空荡的山野，连一只鸟儿也没有，远处有几簇枯草摆动着，冷风嗖嗖吹过，人身上就像泼凉水。人老了身上好像没有一点儿火气，走一趟二十里的山路，真是受了大罪。要不是外孙女的喜事，八抬大轿也把老人家抬不出门的，焐在自家的炕上多暖和啊，谁愿意受这种罪呢。

初七下午，巧灵家的亲戚陆续到了。亲戚们相聚，使屋子里充满了祥和温馨，巧灵父母的脸上洋溢着幸福的微笑。巧灵更是把事做得一丝不苟。她内心快乐如一只小鸟，激动兴奋，她的脸颊一直发热，发红。亲戚们都是为她的事而来，她巴不得做多好的饭菜端给他们。亲戚们在夸巧灵的同时，也为她能寻下个好婆家而高兴，大家坐在一起，设想着她美好的将来。

晚上母亲陪亲戚们闲谈去了，她一个人盘算着收拾第二天的菜，一直到鸡叫才完。几道凉菜，几道热菜，几碟干果，她能想到的都想到了，把能准备好的都早早准备就绪。她想，明天家里来的客人不是一般的客人，一来不能有一点儿让人家笑话他们小家子气，端出去的东西都要像样，二来正好也是显露她手艺的机会，要是来的客人问起，是谁做下这样好的茶饭，她的亲戚们自豪地说是巧灵时，那她的脸上、父母的脸上将是多么光彩。这样想着，心里就越来越攒劲，越想好上加好。干到最后实在是想不起还要干什么了，她才躺下，睡不着。眼睁睁一夜，快天亮的时候才算睡着了。

冬天早上天亮得迟，亲戚们晚上闲谈睡得晚了，大家惊醒已快八点钟。"快起来收拾哟，要不叫人家张家亲戚来把咱们笑话死了。"亲戚们说笑着，穿衣，洗漱，打扫屋子，生火，就着巧灵蒸下的油花卷儿喝茶。巧灵和妈妈、姨姨、姑姑几个忙着下厨房了。尽管一切巧灵已收拾停当了，但是上席的热菜，她们还是要细细过一遍，把花样做得更好看。这个过程不慢不紧，总之是"只欠东风"了嘛。

时间过得很快，转眼就十一点了。他们算着十一二点张家人就会来了。

十二点了，还不见张家人来，巧灵就有些着急了。一般情况下，十二点午饭前，客人就是要来的。可能是有什么事缠住走不起身了，巧灵心里默默地念叨。

一桌丰盛的宴席在蒸笼里等着。只要客人在村口向家里走来，就可以熄火，立即端上桌子。

宴席做好后，亲戚们就不让巧灵在灶房里忙活了。她回到自己的小屋里，把干活的衣服脱下，穿上新衣服，细致地洗漱过脸，梳理好辫子，把那双略带一点高跟的皮鞋穿上。她平时只穿自己做的布鞋，穿上皮鞋虽然有些不习惯，但觉得还是精神了不少。常言道，三分长相七分打扮。巧灵经过精心打扮，自己觉得太夺目耀眼，反而害羞得不敢出门去。她一个人坐在屋子里，只要听到狗叫，就向窗口张望，只要院子里人走动，她的心都快要跳出嗓门儿上，激动，紧张，脸红，她不知该怎样办才好。她无时不盼着张家人来，但又怕他们来，真是很矛盾。

真不知是出了什么岔子，快一点了，还是不见张家人的影子。屋子里的人开始有些着急，亲戚们你出来、他进去，轮换着向大路口不停地张望。

一点半。两点了。屋子里所有的人再也坐不住了，纷纷向大门上走去，人的眼睛都快瞅斜了，哪里有个人影儿呢。巧灵父母脸上的微笑慢慢凝固，悄悄冻结。

　　眼瞅三点了，他们总不是忘记日子了吧。不会是不来了吧。不可能吧，这样大的事，他们怎么会忘了呢。怎会说不来就不来呢，再说来不来总得捎个话吧。等着吧，还有啥法子。

　　巧灵心急如焚，她已忘了穿着耀眼的害羞，也和亲戚们一起站在大门外，向村口张望。

　　亲戚们等得实在有些饿了，巧灵妈招呼大家都进屋里，端了一盘油饼叫他们先吃着。唉，张家人不来，把自家的亲戚给饿下了。

　　屋子里显得烦闷起来，亲戚们纷纷议论着张家人，对他们这种闪人的行为有些不满。只有巧灵的父母表情凝重，沉默不语。巧灵的姨姨说："姐夫，姐姐，你们不要吃力，先吃油饼，就是张家人不来，咱们巧灵好好的嘛，又不是咱们的娃娃寻不上婆婆家了，非给张家不可，天下好人家多的是，只要咱们的娃娃是块金子，还怕没有人要了。不急，一点儿都不急，你们把心放宽。"话虽这么说，但谁的心里能舒畅呢。他们的心中有难言的沉闷。

　　"这张家人怕是把咱们耍弄了，把咱们闪下了。"巧灵父亲又到大门外，低声对巧灵母亲说。

　　"总不会真是忘了吧，这么大的事，不会忘下吧。要是平常没准就忘了，今儿是腊月八，谁不记得呢。"巧灵母亲很吃力地说。

　　"唉！"

　　他们又向大路上张望。

　　冬日苍白的路上，不见人影儿。只有路弯弯曲曲，爬过沟壑，爬上地坎，向村外悠悠而去。

　　三点。

　　三点半。路上还是一个人影影都没有。村落四面光秃秃的大山，在太阳快落下去时，显得倦意浓浓。

四点。天快黑了。没有光照，道路变得暗淡，冰凉，寂静，如一个暮年的老者。

那一桌精心准备的宴席还圈在蒸笼里，似乎寂寞、冰凉透了，灶膛里的火也睡着了。

四点半。

五点。

天黑了下来。

巧灵走进自己的小屋，默默地把新衣服脱下来，把高跟鞋放进盒子里，换上劳动的衣服，给牛添草，给羊倒水，忙起了平常的家务。

亲戚们看着懂事的巧灵，不由得可怜她，更气愤张家人不守信。

是啊，对于一个女娃娃来说，这是非常大的事情，对方却不来，而且连个音信都不给，明摆着是耍弄人嘛，把人当猴一样地耍了嘛。再有钱，没有信用也是枉然。现在就这样耍弄人，将来把娃娃给人家，还不知咋耍弄呢，这样的亲家不结也好。亲戚们忿忿然了。

巧灵心想，一定是有什么大事，他们来不了。她没有埋怨，只为张家人担心。她没有想过自家人有可能被闪下，只是一心想着张家，似乎人没有到张家，心已经是张家的了。那么，会有什么大事啊？会出了什么大事啊！要是没有什么大事，这就算是大事，他们怎会不来呢？所以当亲戚们抱怨张家人时，她只有担心，为她那个在远方跑车的"对象"担心。就算张家不订这门亲，只要他们都平安，也好。

冬天的天气黑得很早，五点半就全然黑透了。亲戚们那会儿吃了点东西，还是在家里待不住，都在大门外蹲着，向大路上张望。现在天黑了，路上什么也看不见了。风也刮起来，想蹲着也是蹲不住了，亲戚们跺着脚说，回回回，咱们这是等啥呢，不来算了，看把他们贵气的。就是、就是，咱们这是欠下谁的宴席了，这么下贱呢。他们唠叨着走进了屋子。

只有巧灵父亲一个人蹲在门口。风加了劲，他不停地吸着鼻涕。他已不再看路上，其实什么也看不见了，他只是心烦，觉得屋子里太窄小，头好像被蜂群蜇了，有些肿胀，脸颊也木木的，这都是他在大门口蹲着被冷风吹的结果。

又过了一阵，他进来说："点火，上席。"

亲戚们惊讶地问："来了？"

"人家不来，咱们还不吃饭了。上，上席，咱们美美吃一回，巧灵，拿酒，我和你舅舅好好喝几杯。"他心中如夏日酝酿了很久的乌云低沉地压在胸口，想出一句恶狠狠的话，张了张口又硬是咽到了肚里。的确，他还是早上喝茶时吃了几口馍，这会真是饿了。

几个女人点着灶膛里的火。很快，寂寞的大蒸笼里冒出一股股热气，似乎是憋得太久了，热气顿然塞满了屋子，把灶台上的煤油灯火苗儿挤压成黄豆大。屋子里很昏暗，妈妈姨姨姑姑们的影子在热气里隐隐约约地走来走去。巧灵在院里远远看着，突然想起小时候看过村里演过的皮影戏来。那时候她还很小，爸爸把她架在脖子上看戏呢。好像才过了几年，如今家里人却张罗着给她订婚呢。生活真的快如梦。

席很快就端上桌子来。多么好的席啊。只是拿筷子的人，没有几个有胃口的，吃得也很沉闷。吃着吃着，巧灵母亲竟然忍不住，抹起眼泪来。她这一抹可就把外婆姨姨姑姑的眼泪都给抹出来了，好像她们吃的不是席，而是眼泪，或者说是委屈，吃下去根本就消化不了，非哭出来才罢休。

等几个女人抹够了眼泪，巧灵父亲吃得差不多饱了。他笑着说："看看，你们一个一个哭得怪不怪？是这么好的席把你们给得罪了不成，咋吃着吃着哭起来了呢。他们不来，正好咱们多吃些。哭个啥嘛，真是妇道人家。来来，快吃，肚子空一天了，吃得饱饱的。看，咱们的巧灵不是好好在咱们家嘛，又没有叫人抢走。快吃呀，怪不怪呀，怪不怪呀，见别人没有来吃席还哭鼻子呢，叫旁人听说了把牙都笑掉了。你们!"

"巧灵，来，她们不吃，咱们吃，看我女儿巧灵这手艺，这茶饭。啧啧，没说的。真个没有说的。呵呵，香死人了。"他说着把巧灵拉到自己身边坐下。女人们也都不哭了。

吃完饭，大家稍叙了一会儿就睡了。很累了。真的很累了。

其实，巧灵和她的父母都没有睡着。他们想着，张家到底有什么要紧的事呢。用不用去打听一下。不行，不能去。那么，万一是真忘了日子，他们明天或者后天突然记起来，又跑来了呢？万一是他们变卦了？还是？还是？

巧灵觉得，这是她长了十七年，第一次想这样复杂的事，这事真是太难想了，把长这样大所有的事加起来，也没有这事难想。她想来想去，实在想不出结果。最后她什么也不想了，就想好好睡一觉，可能睡醒来就会想明白了。

第二天，亲戚们要走，他们得回家准备过年的东西，比如磨粉条、生豆芽菜，也把破旧的屋子清扫一下，收拾亮堂一些。巧灵母亲又拉着他们的手，抹了一把眼泪，她觉得这事对不住亲戚。

第三天，张家人还是没有来。

第六天，媒人托人捎带来话说，请巧灵的父母千万不要多心，张贵的儿子说，他不想寻农村的女娃娃，他要在城里寻个女子当媳妇呢。

（发表于《黄河文学》2010 年第 1 期）

沉重的秋天

　　金穗和兴业是腊月八结婚的。那天天公作美，前来祝贺的亲戚朋友个个喜笑颜开，一些爱热闹的年轻人更是别出心裁，愣是把喜酒喝了个大醉，把洞房耍了个没底子欢，才高兴地散去。婚前，金穗曾担心没婆婆把持的锅灶说不准会出岔子，兴业请来了镇上餐馆的大厨师。听见吃了上席的娘家人交口称赞，金穗心里暖暖的。虽然她和兴业是媒妁之约，订婚后他只来过她家两三次，她对他了解得并不多，但从举办婚礼这件大事上，金穗看出兴业还是敢拿事的男人。婚后，温柔的金穗把寒冬的蜜月融化成潺潺的春水，把往年不爱着家的兴业沐浴得面目红润，如醉如痴。

　　金穗是个勤快人，她天天早起烙上一盘热腾腾的油千层饼，在公公熬茶的空儿，她就麻利地把堂屋收拾亮堂了。随后三个人围在火炉边享受着茶的清香，兴业不时说个耍话，把金穗逗得咯咯直笑。有时天上飘洒着雪花，公公要下地喂牲畜，金穗就拦住他说："大，你在炕上好好暖着，有我们呢。"随之笑着推一推兴业说："你快把大替换一下，让大手上的裂子长好。看你的手，像个绣花的手哩。"

　　正月十五，大队的社火在村里演了三天，金穗和兴业裹在一件新皮大衣里，两人头挨头脸贴脸地站在戏场上，引得场上的人频频回头，有谁不羡慕这一对亲密无间的新鸳鸯呢。第三天的晚上，兴业和村里的一群年轻人谈笑去了，金穗自个披着大衣，没过多久就冻得直跺脚，她左瞅右看不见兴业，只好一个人提早回家了。深夜戏散了，兴业回来对她说："听说内蒙古有活干呢，我想出去给咱们挣钱。"金穗有些难过地说："你走了家里咋办？""有大呢。""你明年再去行吗？"金穗搂着他的脖子依依不舍。"不走了，不走了。"兴业随即答应她。第二天公公喊兴业往田里送肥时，他又说要和村里的几个年轻人一起去打工。听到这话，公公瞪大眼睛说："你年年出门，挣回来了个啥？屁也没有！今年再不能出去，二十好几的人了，要踏踏实实种庄稼过日子哩，成家了就要担起养家的担子！"

金穗希望公公的话能奏效，但兴业还是走了。

兴业走的那天晚上和金穗亲热得如胶似漆，他信誓旦旦地对她说这么好的媳妇谁忍心丢下呢？把金穗哄得热泪如雨。早上她睁开眼睛，家里没有了兴业的影子，东屋里收拾好的行李不见了，金穗伤心地咬着被子悄悄哭了一场。她对着镜子一看，眼睛哭肿了，就用暖瓶里的开水烫了毛巾捂在眼睛上，反复几次，仍怕公公看出来。

金穗埋头做饭，公公坐在门槛上说："在外面逛成个瞎怂了，把心逛野了，不想在家里下苦，唉！"公公把包过砖茶的麻纸撕成条儿，从烟袋子里捏了一撮旱烟放在上面卷着。金穗看到公公黑瘦的脸，额头上的青筋暴突，稀稀拉拉的花发竖立着。看得出，兴业走了把公公气得不轻，不由想起娘家弟弟以前出门胡逛时，把父亲气了一场大病，当时父亲尽拿她们几个女子出气。现在公公有气也不能向她这个才进门没几天的儿媳妇身上撒。想到这些，金穗心里就发酸。她想老人为何会让自己的儿子作整成这样呢？过了一会儿，她就以宽慰和赌气的口吻对公公说："出去就出去！家里这些地咱们能种过来，他出门总不能逛个空手回来。要是不好好干，真逛下个空手，他也不好意思进家门。"

金穗说的"咱们"就指她和公公两个人。婆婆去世早，四个女子早成家了，兴业是家中唯一的也是最小的儿子。初春正是种庄稼的季节，金穗前面拉骡子，公公在后面撒种。几十亩山地才开了个头，金穗就出现了情况，胃里难受，呕得厉害。公公催她去医院看看，金穗红着脸没说什么，公公就猜到金穗可能有喜了。他只顾做更多的活，劝她在家好好休息。金穗看着公公一个人种得非常艰难，她心急得根本闲不住，只要能支撑住，就下地给公公帮忙去了，直到实在动不了才停下。种庄稼是大活，他们两个实在干不过来，公公就托人四处打听儿子兴业，但没有结果。又过了几天，金穗呕得更厉害了，身体刀削似的瘦了一大圈，扶着墙根颤颤巍巍的，几乎连自己都顾不得，更不要说给公公做饭当帮手了。公公想叫出嫁的几个女子回来伺候金穗几天，可她们一个比一个忙。

金穗一天比一天弱了，吃一口吐三口。金穗盼着娘家妈或者姐妹来照顾她几天，可这大忙月，自家人也抽不开身哩。如果她捎话，她们会扔下活儿跑来，但来了少不得对兴业的埋怨，她不愿意让娘家人为她操心，更不想让自个的男人落骂名。至于邻居女人劝她回娘家缓几天的主意，也实在不可行。她一走家里空荡荡的，公公一个人很孤单。再说她要是回娘家"害口"，那是多么羞臊的事啊。

照顾金穗的事全落在公公身上。金穗趴在炕沿边，垂着头。公公黑瘦的粗手，糊满了面，把饭捧到她面前说："娃，你进了这个门，我就把你当自己的亲女子一样看待了。你想吃啥就说，大给你做，庄稼迟种几天不要紧，身子垮了就补不起来了。"金穗晕得眼花缭乱，她什么也不能说，一开口就想吐。有时公公端来的饭她一闻就想吐，等他出门的过程真是太漫长，她使劲掐着自己的手，把虎口都掐伤了，好不容易等公公出门，她就哇一声吐了。她晕得眼前闪着黑光，听见公公哭似的叹息。

她啥也顾不得了，觉得自己快要死了。她在夜里吐得排山倒海，晕头转向。她想，要是兴业在家，一定会把她紧紧搂在怀里，那样就会好受些。一想她的全身就发热，热得出虚汗，很难受。她多想早点好起来，可时间过得很慢啊。

她坐在后院里唯一的一棵果树下，看着一朵朵美丽的花儿盛开着，嗡嗡的蜜蜂飞来飞去，她不由吞咽着口水，伸手从花蕊里摘出那绿豆大的小果儿放进嘴里，顿时感到酸涩把胃都蚀透了。

后院的果子一天天长大，她也渐渐好起来了。她要跟公公一起下地锄草，公公背着背篓，一手牵着骡子，一手提着铲子拦住她说："娃，我从地里回来，能有一口热饭就把天叫应了。"金穗望着老骡子摆动着尾巴，公公弯着腰，一瘸一拐上山了，她心里一阵恓惶，转身进园子种菜去了。

园子不大，荒着。她蹲在地上铲了野草，用铁锹慢慢翻了土，打磨整平，在井上担来水，用铁勺泼饮湿一块种一块。几天光景，她种了一畦韭菜、一块小葱、一片红蒜，还种了小白菜、菠菜等，丢荒了不知多少年的园子让她打扮一新。隔三五天，她就担水饮一回，不多天，园子就隐隐绿了。经过一场雨，园子就被整齐的翠绿覆盖了。有了新菜，金穗每天变着花样，把饭做得有滋有味。她想公公的苦那么重，没有一碗好饭哪行。

有时累了，她就坐在地上，望着满树的果子，心想世间万物真有意思，冬天干枯的树枝，到了春天就能开出美丽的花儿，还能结出脆甜的果子。而自己又怀着啥样的娃娃，有眉、有眼、有手、有脚吗？会哭、会叫爸爸妈妈吗？哎呀，人是多么神奇，孩子是多么有趣啊。金穗想着就发笑，真是不可思议啊。有时她放下农具又拿起针线，学着给婴儿缝衣服。温暖的太阳照在背上，她感到很舒服。可只要一闲，她就想起了兴业。他会在哪儿打工呢？在建筑工地上扛水泥袋吗？袋子是不是压伤了他的肩膀？在炼油厂烧锅炉吗？天热了，烤得他怎能受得住啊？在煤矿上挖煤吗？唉，那不是好活儿。兴业出门这么久，也不给她捎个信儿。谁知道他在干啥呢？无论他在哪里下苦力，金穗都牵挂着他，思念着他。有时眼前会出现他的幻影，好像对她坏笑呢。她看着自己变形的身体、增厚的手背、隆起的前胸、鼓鼓的肚皮，这样子弄得她脸上热辣辣的。

金穗的腹部大得有些出奇，以前的衣服没有一件能拉到身上的。好在天热了，她寻出箱底的花布，给自己做了一套特大号孕服。有了它，总算解了她的难堪。村里的媳妇看到她穿得合身，就夸她手巧，她们摸着金穗的肚皮说她一定怀了"对羔儿"，要不然就怀着牛犊呢。她们和金穗开玩笑，金穗就双手托着悬垂的腹部，只顾笑，吃力地连话也没劲说。随着月份增大，她的脚和腿开始水肿，每动一步都觉得非常沉重。很多时间，她只好坐在果树下，望着果子一天天长大。

树上的果子结得很繁，一串一串压得树枝似乎要撑不住了。金穗寻来木杆给树撑腰，树就显得不那么吃力了，金穗却累得趴在地上。金穗本想着果子长大了她要美美吃，但现在果子大了她又不想吃了，没熟透的果子吃了撑得胃疼。当然，她还想把果子省下到孩子做满月时，家里来了客人端上几盘该有多体面。金穗望着果树，看着自己，心想世事一个理哟，这果树该同她一样不堪重负。村上有很多女人问她怕不怕？她说不怕，她们神秘地说怕的时候还没到呢。她就笑，她想那是她们在怀孕的时候没有看到果树，要是看到果树从开花到结果的全过程，她们就不会那么害怕了。

腹中的胎儿可能嫌妈妈的肚皮太小了，小脚不时踹着金穗，她一摸胎儿就踹得劲儿更大了。她想这一定是个淘气宝宝，不到出生的时间就急了。嘿，好好睡着，乖宝宝哟！她抚摸着如鼓的腹部哄着。金穗只要沉浸在孩子的幻想中就忘了兴业，忘了时间，忘了忧愁。

兴业回来，金穗始料未及。

兴业就在秋天回来了。他回来时金穗还以为自己在做梦。兴业进屋看到她惊讶地说："天哪，咋变成这样了？这哪里是我老婆啊！"随之，他拉过身后一个穿裙子的女子说："叫嫂子。"那女子操着外地口音叫了声嫂子，还把手伸过来要和金穗握手。金穗不习惯这个，但为了礼节，她还是挣扎了老半天才起身把手伸过去。"这是我认下的干妹子。"兴业向金穗介绍。金穗吃力地说："快快坐。"他们两人就侧身坐在炕沿边上了。金穗看着兴业的背头梳理得光亮蓬松，淡红色的新衬衣，整齐地套在天蓝色的牛仔裤腰中，猛看上去，兴业好像不是出门打工的，而是在外面工作的脱产干部。金穗忙着要起身给他们做饭，可是挣扎了半天实在动不了，就难为情地对丈夫说："你们先倒上茶，簸箕里有馍，我缓一阵儿再给咱们做饭。"兴业摇摇头说："不用了，我们包里有方便面。"金穗想说什么，又没说。现在她感到说几句话都很费劲。人就是有依赖思想，兴业回来她猛然觉得有了靠头，心里放宽了，身上就更没劲了。

金穗看着他们吃罢，就叫男人把那个女子安顿到东屋去休息。兴业过了好一会儿才进来坐在金穗身边。也许是分离得有些久的缘故，两个人相望着竟有点陌生，新婚时的缠绵成为往事，眼下男人的眼神显得不可捉摸。金穗想是自己的变化太大，男人可能一时不适应。唉，他要是不出门，一直陪着她受罪，就知道这种变化有多么痛苦。她想着，眼里禁不住涌出一团泪，怕男人担心，急忙用袖子沾了。

过了一会儿，她说："你咋还认了个干妹子呢？""认干妹子又咋了？""没咋，咋还是个外地人？""干妹子，还非要本地人！"金穗听后不言喘了。兴业把手伸进金穗的衣襟里，金穗说："小心，这家伙很爱闹腾。现

216

在睡着了，千万不敢碰醒来，要不踢得我肚子疼。"兴业有些丧气地说："知道你这个样子，我就不回来了。"这话引起了金穗的不快，但她尽力平静地说："要不是我这个样子，还叫你回来吗？你不回来庄稼谁收？再说眼看我要坐月子，你不回来谁管？总不能叫你大伺候我坐月子。"金穗觉得把他说得有些过分了，但男人的话也实在不中听，就不能怪她无礼了。她有点赌气地半闭着眼睛，想着等到晚上睡在被窝里，再向他倒一肚子的苦水。兴业象征性地靠在金穗的身后躺了一会儿，金穗多想和他拉拉话，但她多说几句就吃力，心悸得难受，没一阵她就睡着了，她隐隐约约觉得兴业出去了。

公公从地里忙回来，天已经全黑了。

"你是回来要的吗？还领来个要的，这娃娃！"金穗也惊醒了，要是往常公公从地里忙回来，她就把一碗热饭端到他面前了，今天竟然一觉睡到天黑了。她赶紧叫兴业帮着做饭。

饭后，金穗比较精神，几个人坐着闲谈了一阵，她就去东屋里为兴业的干妹子扫炕，安顿她睡觉。之后，回到自己的房中给他们捂好被子。兴业在堂屋和公公说话，她就耐心等他。她特意换上了干净衣服，洗了脸，浑身感到很清爽。她想兴业咋还不来，他们好长时间没见面了。唉，他好不容易回家了，她却变成了这个样子，真难为情呢。噢，她要当妈妈了，兴业要当爸爸了，他该高兴才对呀！

她没支撑多久，就有些困倦了。兴业进屋的时候，金穗隐约看到他长长的影子落在她庞大的腹部，她受到重压似的侧了侧身。她没有开灯，等影子走近了，听到他的呼吸了，她伸手拉住他的手说："你快来，快来摸摸，你这个逛鬼，在外面几个月，娃娃都这么大了。"兴业抚摸着她的肚皮，她又激动又吃力，禁不住热泪簌簌而下。猛然，一阵眩晕向她袭来，她努力将身体摆平，紧紧地闭着眼睛，用力握着兴业的手，希望他能帮她度过这极度的不适。过了好一阵，症状总算慢慢缓解了。兴业见她闭上了眼，以为她睡着了，就把手从她的手中抽出去了。她想兴业坐车肯定累了，她和他以后再拉话不迟，于是就松开他的手。她盼他快点上炕依在自己的身边，也好帮她担负沉重。但兴业在她的脸上瞅了瞅，就走开了。她听见兴业在院子里畅快地撒尿，然后他的脚步一点点远去了，接着东屋的门发出轻轻的吱呀声，隐隐约约又吱呀一声关上了。金穗突然感到很委屈，她想起身去叫兴业，可挣扎了半天也不行，这时头晕得厉害，她紧紧地抓着被角，生怕自己从炕上旋转滚落。

　　金穗被一阵响动惊醒时，天已经大亮了。她晚上睡得真是太沉了，要不是响声太大，她不知要睡到何时才醒呢？响声是从园子里传来的，金穗站在屋檐下，看见园子里的果树梢在吃力地摇摆着。她到园子门口，看见兴业带回来的那个女子正在果树上摘果子，树枝摇动着，果子调皮地跳来跳去不让她摘，她在树上如个猴子。眼前的情景，如同硬棒狠狠地抽在金穗的腰上，她扑向门槛，一个翻滚进了园子，海龟一样仰面躺在地上动弹不得。"不要，快下来，树负不住！树负不住啊！你快下来！"金穗几乎在哀求她。兴业目不转睛地望着树，他还没看见妻子仰卧在地上。"快下来，快下来，树负不住了……"金穗听见树枝沙沙作响。很快，那些支撑树的木棒七扭八歪倒在地上。终于，有一处树枝咔嚓折了，细细的枝条上垂满了红果子。那女子仍从这儿跳到那儿，丝毫没有在意！

　　金穗眩晕地闭上了眼。突然，她听见兴业一声惨叫！她睁开沉重的眼睛，看到兴业蹲在地上，双手紧捂着脸，一股鲜血从他的手缝中流出来。金穗连滚带爬到兴业跟前，拉开兴业的手，吓得叫了一声。兴业眼睛里流出的血，令她头晕！她猛然站起来向屋里跑去，门槛旁边放着已经磨好的镰刀，公公早下地了，他把工具为儿子准备好了，但它现在立在那里挡路，金穗一脚把它踢飞到院里的水桶上。她在屋里取了新毛巾，转身向园子跑去。

金穗用舌头舔净兴业眼里的血，从他眼中找到了一枝极细的但很硬的树枝。

兴业的干妹子一脸惊慌地望着他们，过了一会儿，她急匆匆地揣着几个果子走了。金穗真想把果子夺回来喂狗，可看到那女子猫腰逃跑的可怜样子，她就只好叹气了。

金穗从此不爱在园里的果树下乘凉了，她有空了就靠着大门的墙根，望着四面山坡上黄灿灿的麦子被乡亲们收割了，一垛一垛整齐地码在地里。有些干活麻利的人已经开始耕地了，自家的麦穗干得快掉了，公公蜗牛似的一个人收割。旁边邻居家地里的高粱变红了，路边自家地里的谷子长势很好，巴掌长、拇指粗的谷穗压弯了谷秆。噢，秋天的庄稼尽管很喜人，但她瞅一阵就觉得自己也成了谷子，沉重的腹部压得她腰疼难忍。

她不时抬头张望着村口的大路，好像在盼着一个人回来。她的心情有时很潮湿，连烈火般的太阳刺在脸上，把她的脸晒起一层糠皮，如干涸水坝里的泥浆片片干裂，她也浑然不觉。村上几个上山劳动的女人见着她问："金穗，听说你家兴业认了个干妹子？你咋不留她伺候你坐月子啊。""是个亲戚娃娃，我远方姨家的，她家里也忙着呢。""她家在平川里吗？下山时咋还要兴业背着呢？""脚崴了。"金穗冷淡地说。不知为何，金穗觉得这些关心她的女人脸上的笑比刀子还尖利，她好像听见她们在心里说：嗯，哄谁呢？你家人老五辈也没有个会谝言子的川里亲戚，这辈倒养了个好儿子，半路上认下野亲戚了。金穗不想同她们多说，也不再为此事过分悲伤。

她听见蒙着眼睛的兴业在炕上痛苦地呻吟，只好转身进屋，给他做饭、端水。

公公每天早出晚归，如一张折了的弓，头和脚几乎凑在一起了！

金穗盼着尽快把孩子生出来，她心里嘀咕是不是真的怀了几个孩子，他们撑得她简直没有一口顺气！

有时金穗觉得特别心慌，从没有过的心慌，她想要是真能生下几个孩子，到时候你嚷他闹的，那家里可就热闹起来了。

（发表于《黄河文学》2010 年第 12 期）

献　花

　　母亲节的黄昏，餐厅的客人异常多。老板联系送菜工，对方忙得顾不上。见此，老板只好让小丹去拉菜。小丹解下围裙就走，老板在身后喊："脚步放快些！"

　　小丹怕误餐厅的生意，一路奔跑，偏偏路口的红灯挡住了她。等绿灯的片刻，小丹无意间看见路边不远处的一个花园里，不知何时盛开了红玫瑰、白月季等非常美丽的花儿，她的眼泪禁不住涌了出来。

　　那是去年深秋的一个早晨，父亲突然来学校找小丹，说妈妈的病加重了。小丹来不及向老师请假，就和父亲一起把妈妈送到了地区医院。父亲不识字，小丹跑着给妈妈办住院手续，送化验标单，在病危通知书上签字。经过一天抢救，妈妈微微动了一下眼睛，小丹捧着妈妈肿得馒头似的手哭了。妈妈患的是恶性脑瘤，已经无法医治了。

　　与小丹妈妈一同住在重症监护室的那位老人床头摆着一篮鲜花。小丹知道妈妈喜欢花，就借了那个花篮放在妈妈面前。也许是花儿的清香唤醒了妈妈，她睁开眼睛，口齿不清地说："小丹，花……"这是妈妈留给小丹的最后一句话。妈妈走后，小丹辍学了。

　　小丹来城里打工近半年了。她初来这里时还是严寒的冬季，满街的冰雪，透骨的冷风穿梭在高楼间。她一头扎进餐厅，干着洗碗、洗菜、倒茶等等繁杂的活儿。两个月前，她唯有一次出门，也是帮老板到市场里去拉菜。没想到她今天第二次出门，外面的花儿已经全盛开了。时间过得真快，为了多挣点钱还妈妈看病时欠下的账，她每天凌晨四点起床，晚上十二点以后才休息。刚开始，她累得手脚浮肿，胳膊也疼得抬不起来，时间长了也就慢慢适应了。

绿灯亮了，车流如放闸的洪水向前奔涌。

小丹默念着妈妈的话，边跑边抹眼泪。

小丹把菜拉回来，看见客人更多了，有几张餐桌上还摆着清香扑鼻的鲜花。小丹扫了一眼，就和同事忙碌地穿梭在餐厅里。

过了一会儿，有个年轻人站在地当中激动地说："各位兄弟姐妹、邻里乡亲，不管咱们陌生还是熟悉，今天，咱们欢聚在这里，只为一个目的——那就是祝愿咱们的妈妈健康快乐。让我们共同举杯，向我们最慈爱的妈妈敬上一杯！"

"好！"在热烈的掌声中，人们捧起酒杯，首先向一位白发苍苍的老妈妈敬酒。接着，大家挨着把最美好的祝福送给每一个母亲。直到午夜，客人们才陆续回家。

"太晚了，你们去休息，明早迟点上班。"老板说。小丹正在为那么多的餐具而发愁，没想到老板开恩了。

小丹跑回宿舍，洗了脸，从包里捧出妈妈的照片。照片上的妈妈很年轻，她微笑着站在自家院中的一簇鲜花丛中，一手牵着自己的长辫子，一手牵着扎了两个羊角辫儿的小丹，年幼的小丹正垫起脚尖，伸手够面前的花儿。这张照片还是十几年前，村里来了一个背照相机的年轻人给她们照的。小丹隐约记得，那个年轻人为动员妈妈照相，站在她家大门口不停地恳求："大嫂，你就照上一张，全当是帮兄弟的忙。"妈妈就同意了。过了一星期，年轻人把照片送来，当时家里没钱，爸爸就给了他几碗麦子。妈妈把照片镶在一块方镜里，摆在家里最显眼的位置。

这是妈妈唯一的照片，小丹出门打工时带在身边。她擦干净床头的小桌，将妈妈的照片放在上面，倒了一杯清茶敬献在照片前，向妈妈深深鞠了一躬。小丹猛然想起了鲜花，就含着眼泪说："妈，你等着。"说完跑出门去。

母亲节的夜晚，街上的灯光格外柔和，温暖的夜风轻轻地抚摸着小丹的脸。偶尔有车驰过马路，还有喝醉的人步履蹒跚地往回走。小丹顺着人行道直奔花园而去。

花园边灯火通明，那些花儿在灯光里更加鲜艳。小丹伸手去摘一朵刚盛开的白月季，不料碰在花刺上，扎得她将手缩了回来。就在她紧紧地压着出血的指头时，不远处的小屋里传来几声咳嗽，吓得小丹赶紧蹲在地上。

小丹的手指被刺扎得较深，血一时止不住，她只好猫着腰，眼睛瞅着花儿，打算看准了再下手。

她摘下了一朵白月季，那间小屋里突然跑出来一个老太太站在门口大声问："谁？"小丹缩在花丛里，大气也不敢出。这时，一只猫向老太太跑去。老太太抱起猫说："原来是你这个淘气宝，我以为来了偷花贼。"看来，老太太是专门看护花园的。

小丹等老太太进屋好一阵了，才悄悄地向一朵紫色的月季靠近，那个老太太突然开门追过来。小丹攥紧手里的白月季，拔腿就跑。哪知老太太穷追不舍。快跑出花园了，小丹猛然摔倒，把那朵白月季压碎了。眼看老太太就要追上了，小丹顾不得心疼花，挣扎着爬起来接着飞跑。跑了很远，她回头看见那个老太太仍站在路上。

零星的人，偶尔的车。白天拥挤的道路显得宽阔而安静。盏盏路灯如连串的夜明珠。街两边高高低低的大楼顶上，闪烁着霓虹灯。小丹放缓脚步，目光从这儿移到那儿，欣赏着夜色，这一切仿佛只属于她了。

路口的灯，红了，绿了，慢悠悠的，不像白天那样匆忙。小丹过了一个路口，路边并没有人，也没有车，她忽然想起什么似的向居住的那间窄小的宿舍跑去。

第二天清晨，老太太发现花园里不知何时来了一个姑娘。姑娘怀里抱着一张照片，靠着花园，睡熟了。

（发表于《华兴时报》2013 年 7 月第 39 期）

后　记

　　我最美好的青年时光，是守候在病人的床边，倾注心血，心怀悲悯，护理一个又一个病人，让他们尽快好起来。

　　文学只是业余。周末和假期，我通常六点起床写作，写到八点，吃早餐。然后，又从九点到十二点。上午五个小时。下午二点到五点，晚上八点到十点。又是五个小时。如果精神状态不错，往往还会在下午五点到八点之间再挤出两小时。一般情况下，我的周末和假期，写作时间常在十到十二小时。整块的时间真是太珍贵了，我几乎不出门，也没空陪伴亲人。因为平常，只有晚上八点到十点之间，短短两个小时的写作，总是不够。

　　这次选择结集的作品，大多写于我在儿科和妇产科这两个极忙碌的科室工作的十多年间。对写作的痴迷，使我恨不能长上翅膀，下班就飞回家，不用做饭，不用洗衣，而是一头扑在书桌上，扎进写作里。只是，身为女人，抚养孩子、顾及琐碎的生活，样样无法回避。如果将每天的时间摊平、切块的话就会发现，留给自己自由支配的，是那样的零碎，那样的少。所以，只能积少成多。

　　当我埋头写作，树在长高，麦子在出穗，春天的花不知何时凋落，秋日的果实挂满枝头。偶尔发现，我惊讶，这一切难道是梦吗？

　　其实，写作不易。不是每一篇都能顺利，不是每一篇都能把握好节奏。有时，几个字、几个字地往下写。实在写不下去了，起身，出门，独自在河边张望。突然，眼前平静的河面扑通一声，溅起了颇大的水花。河边没有别人，路边的树林里也看不到人影，水中好像没有可以弄出这般响动的大鱼。不由得一阵紧张，边向外走边猜测，难道是谁在暗处丢了石头？是为了好玩？还是？响声就在离我很近的水中，难道有人故意吓唬我吗？在宽阔的地方，心绪渐稳，才欣喜地发现，这不正与小说撞了个满怀吗？

写短篇，似过河，打着激灵就过去了。写长篇，像爬山，要走走歇歇。二十多年来，几十个短篇和三部长篇，从生命中静静流淌而来，与亲爱的读者朋友相见。对于一个业余写作者而言，这不能不说是梦想与远方的约定。然而，远方仍在远方，追逐远方的脚将永不止步。

又一个秋天来了，周末的傍晚，停止指尖的敲击，关了电脑，去散步。无风，秋雨丝丝，撑开伞。没有行人的树荫下，片片黄叶，像展翅欲飞的仙鹤。驻足，舍不得踩踏，舍不得走出这唯美的秋色。依着树，心中安然，正如叶赛宁的诗：金黄色的落叶堆满我心间，我已经再不是青春少年。

感谢诸多刊物的编辑老师厚爱这些小说，对其进行公开发表。感谢青铜峡市委、政府和宣传部的鼎立支持，将其结集出版。感谢我的领导和同事们长期以来对我的关照。感谢亲人理解我疏于对你们的陪伴。也感谢从前那个勤奋的我，能在缝隙的时光中，仰望星辰。

董永红

2018 年 5 月 10 日